2.–

W0220871

ars vivendi®

Meine wunderbare Buchhandlung

Herausgegeben von Dirk Kruse

ars vivendi

Für Albert Krapf, Charlotte Wächtler-Prossén, Anke Bock, Christian Niedermeier, Godela Grauer, Heiko Kistner, Hans Schmidt und alle anderen wunderbaren Buchhändler

Erste Auflage der Klappenbroschurausgabe Oktober 2016

www.arsvivendi.com

Lektorat: Ulrike Jochum
Der Text »Tenor Soccus vulg. Linné« von Herbert Rosendorfer folgt auf ausdrücklichen Wunsch des Autors nicht den Bestimmungen der neuen deutschen Rechtschreibung. Als Lizenzabdruck ist auch Martin Suters »Plagiator auf Lesereise« noch in der alten Rechtschreibung verfasst.
Umschlaggestaltung: Philipp Starke, Hamburg
Druck: Orthdruk
Printed in the EU

ISBN 978-3-86913-738-4

Inhalt

Vorwort

Buchhandlungen und Antiquariate sind für mich ebenso wichtig wie Supermärkte. Auch sie verkaufen Waren des täglichen Grundbedarfs: geistige Lebensmittel. Damit ist noch nichts über die Qualität dieser Geschäfte und ihrer Produkte gesagt. Das Spektrum der Buchhandlungen ist genauso groß wie das der Nahrungsmittelhändler. Da gibt es die Discounter, die gestern noch aktuelle Bücher heute billig verramschen, Supermarktketten, die in allen größeren Städten zu finden sind und sich zum Verwechseln ähnlich sehen, egal ob man sie in Hamburg oder München betritt, Tante-Emma-Läden, die mit einem kleinen, abgestimmten Sortiment die Bedürfnisse der Nachbarschaft decken und regelrechte Feinkostgeschäfte, die statt Wein, Käse und Schokolade Kunst, Philosophie und anspruchsvolle Belletristik für Genießer feilbieten. Ich kaufe in all diesen Läden, in manchen selten, in anderen oft. Aber definitiv gehe ich häufiger in eine Buchhandlung als in eine Metzgerei. Denn Buchhandlungen und Antiquariate sind ja weit mehr als Läden, in denen beliebige Waren abgegeben und Kunden möglichst schnell und effektiv bedient werden. Buchhandlungen sind Orte der Lockung und der Verführung. Orte, die uns nicht schnell wieder loswerden wollen, sondern zum Bleiben einladen. Orte, die uns mit Sitzgelegenheiten und manchmal auch Getränken verwöhnen und wollen, dass wir uns heimisch fühlen. Orte, an denen wir in aller Ruhe die Bücher prüfen, aber auch die beratende Hilfe des Buchhändlers in Anspruch nehmen dürfen. Orte, wo wir in Buchform gute alte Freunde wiedersehen und neue, vielversprechende Bekanntschaften knüpfen. Orte, an denen wir Gleichgesinnte treffen und mit ihnen eifrige Gespräche über beeindruckende Lektüreerlebnisse führen können. Kurz: Orte irdischen Glücks.

Ob eine Buchhandlung zu einer »wunderbaren Buchhandlung« wird, hängt natürlich nicht nur von ihrem Angebot und ihrem Ambiente, sondern auch stark von ihren Buchhändlern ab. Da gibt es zwar welche, die ebenso gut auch Kochtöpfe oder Zwieback verkaufen könnten, so wenig interessieren sie sich für ihre Produkte, doch sind das die Ausnahmen. Die meisten Buchhändler, die ich kenne, sind selber enthusiastische Leser und engagierte Vermittler, die recht gut in der Lage sind, auch die vielen Bücher, die sie nicht lesen können, zu beurteilen. Ein guter Buchhändler besitzt nicht nur Waren-, sondern auch Menschenkenntnis und erreicht langfristig bei seinen Kunden eine ähnliche Vertrauensposition wie ein Therapeut oder Apotheker. Niemals kann mir deshalb eine Internetbuchhandlung oder eine Antiquariatsplattform einen richtigen Buchladen ersetzen. Nur dort erfahre ich alle Sinnlichkeit des Bucherwerbs und werde nicht nur individuell beraten, sondern kann die Bücher auch berühren, riechen, in ihnen blättern und vor allem solche entdecken, nach denen ich gar nicht gesucht habe. Ein Buch auszuwählen und es zu kaufen, macht mir beinahe ebenso viel Freude, wie es anschließend zu lesen. Erstaunlich ist es daher, dass es so wenige Geschichten von Buchhandlungen gibt, und erst recht keine Sammlungen darüber. Ich kenne und besitze zwar etliche Anthologien über das Schreiben, das Lesen und das Sammeln von Büchern, habe aber keine über Buchhandlungen gefunden. Also habe ich mich selbst an die Aufgabe gemacht und 14 Autoren gebeten, Geschichten über Buchläden und Buchhändler zu schreiben, die ein möglichst breites Spektrum des Themas abdecken: humoristisch und ernsthaft, rührselig und spannend, phantastisch und satirisch, wirklich erlebt und frei erfunden. Genau dieses Buch mit 17 Erzählungen und Essays über wunderbare Buchhandlungen, das ich noch durch drei aktuelle, bereits veröffentlichte Beiträge ergänzt habe, halten Sie nun in den Händen.

Den Buchladen als Zufluchtsort beschreiben Hans-Ulrich Treichel, der in Rom eine deutsche Buchhandlung sucht und in Berlin die Heinrich-Heine-Buchhandlung findet, und Claire Beyer. Die schwäbische Autorin lässt ein Mädchen auf der Flucht vor einem Mitschüler an einem solchen Ort Schutz suchen und in dem Buchhändler einen väterlichen Freund finden. Kindliche Protagonisten haben auch Ulrike Draesner und Ulla Hahn gewählt. Draesner erzählt vom Schulbuben Speck, der in der Schwetzinger Buchhandlung Kieser in den Büchern die Abenteuer der Sprache entdeckt, während Hahn ihrem Alter Ego in die rheinischen Buchhandlungen ihrer Kindheit folgt und in der Hamburger Traditionsbuchhandlung Felix Jud noch einen Einkehrschwung macht. Das Kind in Günter Kunerts autobiografischem Triptychon ist er selbst – er berichtet über heimliche Buchhandlungsbesuche und Lektüreerlebnisse in Nazizeit und DDR-Diktatur. Noch weiter in der Geschichte, in die Zeit der Sockenhalter und Vollbartträger, geht Herbert Rosendorfer zurück, der das Leben eines verhinderten Antiquars in Linz erzählt. Dem Buchhändler als unbekanntem Wesen widmen sich mehrere Autoren. Rolf-Bernhard Essig gibt humorvolle und erhellende Einblicke in das Seelenleben einer prototypischen Buchhändlerin, indem er einem Kundengespräch ihren inneren Monolog gegenüberstellt. Michael Kleeberg würdigt ganz konkret die Buchhändlerlegende Franz Stoffl von der Dombuchhandlung in Mainz, während Eckhard Henscheid ein allgemeines Loblied auf den Buchhändlerstand singt – natürlich nicht ohne satirisch-kritische Unter- und Obertöne. Von Spezial-Buchläden erzählen Evelyn Grill, Sandra Hoffmann und Robert Menasse. Evelyn Grill ersinnt die erste Migrationsbuchhandlung Deutschlands und wird von einer findigen Studienrätin ausgebootet. Von der unbedingten Notwendigkeit eines Buchladens für Surf-Literatur überzeugt Sandra Hoffmanns atmosphärisch dichte Geschichte. Und Robert Menasse macht anhand einer politischen Buchhandlung in Wien deutlich, dass man niemals Bücher wegwerfen sollte, weil man das eines Tages bereuen könnte. Geradezu phantastisch geht es in den Buchhandlungen von Ewald Arenz und Christiane Neudecker zu. Arenz' grantelnder Buchhändler stürzt ein Liebespaar in Verwirrung, weil er den Lebensroman des Geliebten feilbietet. Und Neudeckers gespenstisch anmutender Laden für das Nichts, in dem die Buchstaben aus den Büchern verschwinden, thematisiert die alte Autorenangst vor der Schreibblockade. Schriftsteller stehen auch im Mittelpunkt zweier anderer Geschichten: Martin Suter nimmt uns mit auf eine Lesereise in eine typische Kleinstadt, Thommie Bayer klärt uns über geheime Zwangshandlungen zahlreicher Autoren auf, die inkognito durch Großbuchhandlungen streifen. Und der gelernte Buchhändler Gerhard Falkner klagt, dass Buchhandlungen immer seltener »zentrale Orte für denkende Menschen« seien, und erinnert an die Nürnberger Buchhandlung

Jakob, die Basis Buchhandlung in München und das Edelantiquariat Foyles in London.

Viel Vergnügen mit diesen Geschichten über wirkliche und erfundene, immer aber wunderbare Buchhandlungen wünscht

Dirk Kruse Nürnberg, im September 2010

Ewald Arenz
Bücherliebe

1

Es war ein Regentag im späten Frühling, ein leerer Samstagnachmittag. Sie wanderten ziellos durch verlassene Straßen und wurden ein bisschen nass, aber das machte gar nichts.

»Eigentlich«, sagte er zur Baroness, die seit über zehn Minuten mit einem Taschenschirm kämpfte, »kann man eine Stadt nur an verregneten Nachmittagen wirklich kennenlernen.«

»Ja«, sagte die Baroness trocken und fluchte über den Regenschirm, genauso wie den Geliebten. »Im Sommer ist nämlich alles schön. Es sind die trostlosen Regentage, an denen man weiß, ob man mit ihnen zurechtkommt.«

»Ihnen?«, erkundigte er sich vorsichtig. »Wen meinst du? Und warum die Mehrzahl?«

Die Baroness antwortete nicht, sondern war an eine Mülltonne herangetreten, hatte den Deckel geöffnet, hielt den Schirm darüber und teilte ihm ernst mit: »Das ist jetzt deine letzte Chance. Öffne dich.«

Der Schirm erkannte entweder die Gefahr nicht oder war der Ansicht, dass man für seine Überzeugungen sterben sollte. Er entfaltete sich auch diesmal nicht, als die Baroness den Knopf drückte.

»Na gut«, sagte sie knapp, »Tschüss für immer.«

Der Regenschirm fiel dumpf in die Tonne. Dann wandte sich die Baroness an ihren Begleiter.

»Die Stadt und den neuen Geliebten. Denn, wenn sie bei schlechtem Wetter nicht funktionieren …« Ihr Blick wanderte bedeutungsvoll zur Mülltonne.

Er musste lächeln.

»Mein Lieb'«, sagte er dann in gefasstem Ton, »ich bin nicht dein neuer Geliebter.«

»Das stimmt«, unterbrach sie ihn herzlos, »du bist alt!«

Er hob nun den Zeigefinger und sah streng aus: »Lass mich ausreden, undankbares Stück, das ich erst aus der Gosse auflesen musste …«

Die Baroness riss in gespielter Empörung Augen und Mund auf und heuchelte Fassungslosigkeit, aber dann musste sie lachen und hakte sich bei ihm unter. Er legte schnell den regennassen Zeigefinger erst auf seine, dann auf ihre Lippen. Ein Fernkuss. So war alles zwischen ihnen. Der Ton. Die Unterhaltungen. Die Namen und die Sprache. Die Baroness hatte natürlich einen bürgerlichen deutschen Namen, wie es sich für eine Studentin der Philosophie gehörte. Am Anfang war es so eine heimliche Liebe gewesen, von der keiner wissen durfte, daher kam es wohl, dass er »Peter« genannt wurde und sie »Baroness«. Vielleicht war es aber auch nur des Spielens und der Bücher wegen. Es war so eine Liebe, die sich vor allem aus der Sprache nährte. Wenn sie sich nicht hatten sehen können, hatten sie sich geschrieben. Hunderte von SMS. E-Mails. Chats. Er, dessen erste Verliebtheit in eine Zeit gefallen war, in der es das alles noch nicht gegeben hatte und man in erster Linie stundenlang in Telefonzellen gestanden war, um miteinander zu reden und zu schweigen, staunte manchmal darüber, wie sehr das geschriebene Wort wieder zum

Träger von Liebe geworden war. Und aus der Kürze, die einem SMS aufzwangen, hatte sich eine Grammatik und ein Wortschatz ihrer Verliebtheit entwickelt, die sonst niemand verstand und die sie auch jetzt noch mit großer Lust am Spiel weiterführten. Manchmal konnte ihnen wirklich kein anderer mehr folgen.

»Mage mir?«, fragte die Baroness mit der ganz kleinen Mädchenstimme, über die sie durchaus auch verfügen konnte.

»Mond, Sterne, alles was duftet«, antwortete er liebevoll, aber etwas zerstreut, denn er hatte auf der anderen Straßenseite eine Buchhandlung entdeckt. In einer Buchhandlung hatten sie sich kennengelernt. Aber nicht deshalb ging er gerne in Buchhandlungen, sondern weil sie beide gerne Bücher kauften, hatten sie sich in einer Buchhandlung getroffen. Es regnete jetzt stärker. Die Baroness schien, nachdem sie den Schirm aufgegeben hatte, den Regen ignorieren zu wollen. Der Himmel war tief und grau; von den Dächern triefte es. Sein Kragen begann feucht zu werden.

»Da wäre eine Buchhandlung«, sagte er und versuchte, ihre Finger aus seinem Gürtel zu lösen, die sie soeben eingehakt hatte. Sie machte das manchmal und behauptete dann, sie sei festgewachsen und er könne sie nie mehr loswerden. Wenn er dann feierlich erklärte, dass das ja auch niemals seine Absicht gewesen sei, verzog sie manchmal das Gesicht und jammerte zufälligen Passanten weinerlich zu, dass der alte Mann sie gefesselt hätte.

»Bücher haben mich niemalen interessiert!«, sagte sie jetzt. »Dieweilen du die Bücher mehr liebst als mir. Aber bitte«, fügte sie dann hinzu, »geh du zu deinen Büchern und lass mir allein im Regen stehen. Es ist ja nicht so, dass ich auf dich angewiesen wäre.«

Sie machte allerdings keine Anstalten, den Gürtel loszulassen. Peter war bereit, den Gürtel aufzugeben und öffnete die Schnalle.

»Fang dir einen neuen Geliebten«, schlug er vor, »oder komm jetzt sofort mit. Es regnet, und du hast unseren Schirm weggeworfen. Du bist anstrengend, und ich werde nass.«

»Ich bin anstrengend, doch sehe ich gut aus«, korrigierte die Baroness in gehobenem Ton, aber dann gab sie nach und rannte über die Straße. Das Wasser spritzte, wo sie in Pfützen trat. Er musste wieder lächeln. Manchmal war sie ganz ernsthafte junge Dame, klug und schlagfertig, manchmal ein kleines, gedankenlos spielendes Mädchen. Er lief ihr nach, holte sie kurz vor den drei Stufen zum Eingang des Ladens ein und versuchte sie zu küssen. Die Baroness drehte sofort den Kopf weg und hob den Zeigefinger: »Wie oft wurde dir bereits erklärt, dass dieses unziemlich ist? Hm? Wie oft?«

Er wollte etwas Kluges antworten, aber der Regen nahm auf einmal zu und das Wasser begann, von den Dächern herabzustürzen, weil die Dachrinnen die Mengen nicht mehr fassen konnten.

»Lass mich rein!«, sagte er halb lachend, halb ärgerlich. »Ich bin schon klitschnass!«

Die Baroness gab lächelnd den Weg frei, und sie traten gemeinsam durch die Tür.

Im Buchladen waren jetzt, da es draußen in Strömen regnete, alle Regale in ein graues, diffuses Licht getaucht. Die Farben der Buchrücken waren alle um ein paar Nuancen gedämpft. Auf dem Holzboden lag in der Mitte des Raumes sogar ein richtiger Teppich, der allerdings hie und da Falten warf. Dann gab es ein paar Tischchen, auf denen nachlässig, aber nicht ohne ein Auge fürs Detail, Neuerscheinungen arrangiert waren, und es gab natürlich die Regale an den Wänden. Das heißt, es war anzunehmen, dass die Regale an Wänden standen, denn man sah diese nicht. Die Buchhandlung war wohl früher einmal eine herrschaftliche Wohnung gewesen, denn sie bestand aus drei oder vier großen Zimmern, durch die sich nun die Bücherwände zogen. Man konnte jetzt auch sehen, dass die hinteren Räume hohe Fenster hatten, die auf einen alten Garten hinausgingen. Es knarzte, wenn man ging; die Räume waren alle mit hundert Jahre altem Parkett ausgelegt. In einer Ecke stand etwas verschämt eine durchaus moderne Verkaufstheke mit einem leise summenden Computer und einer Kasse.

»Das«, sagte Peter beeindruckt, »ist aber nett hier.«

»Ja«, meinte die Baroness in lässigem Ton, »ist ganz okay«, was bedeutete, dass sie diese Buchhandlung auch mochte. Sie wollte eben ein Buch von einem der Tischchen nehmen, als aus dem Nebenzimmer eine körperlose Stimme ungnädig sagte: »Wenn Sie auch nur eines meiner Bücher mit Ihren regennassen Fingern berühren, fliegen Sie hier achtkantig raus.«

»Hoppla!«, sagte die Baroness überrascht und hielt inne. Sie und Peter sahen sich belustigt an. Er hob die Augenbrauen ein kleines Stück, sie drehte die Augen um ein Winziges nach oben – die kleinen Zeichen des gegenseitigen Verstehens, der gemeinsamen Verschworenheit der Verliebten gegen den Rest der Welt. Die Baroness wollte etwas sagen, wurde aber von der Stimme unterbrochen, die barsch befahl: »Bleiben Sie in der Mitte des Raumes stehen, tropfen Sie mir den Teppich nicht voll und versuchen Sie, möglichst still zu sein. Ich nehme an, dass nur der Regen Sie hier hereingetrieben hat und Sie wahrscheinlich das erste Mal in so einer Art Laden stehen. Meinetwegen können Sie den Regen abwarten, aber fassen Sie nichts an.«

Es lag jetzt mehr als Belustigung in dem Blick, den die beiden tauschten. Man hätte von ungläubiger Begeisterung sprechen können. Die Baroness grinste.

»Ich habe in meinem Leben bereits das eine oder andere Buch gekauft!«, rief Peter mit einiger Ironie in den nächsten Raum.

»Das mag sein«, kam es trocken zurück, »aber sicher nicht bei mir. Aus meiner Sicht sind Sie so nutzlos wie ein Analphabet.«

Die grünen Augen der Baroness weiteten sich vor Überraschung und Vergnügen.

»Der Mann scheint dich zu kennen«, flüsterte sie Peter boshaft zu, »und ich mag, wie er denkt. Er findet dich auch nutzlos. Wie er wohl aussieht?«

»Ich nehme an, wie Benito Mussolini«, flüsterte Peter zurück. Er musste auch grinsen.

»Ich habe das gehört«, kam die Stimme wieder, und dann knarrte das Parkett im Nebenzimmer. Da war jemand aufgestanden.

Die Baroness und Peter wechselten einen kurzen Blick und warteten. Der Mann, der aus dem anderen Raum kam, war hager und hatte einen dünnen Bart. Außerdem hielt er ein Glas Wein in der Hand. Er sah kein bisschen aus wie Mussolini.

»Ich sehe Mussolini nicht im Geringsten ähnlich!«, sagte er mürrisch und musterte Peter und die Baroness unfreundlich, aber doch ein wenig neugierig.

»Stimmt«, sagte die Baroness, »abgesehen von dem schwarzen Hemd sind Sie nicht so der charmante Verführer der Massen.«

Peter sah überrascht, dass es um die Mundwinkel des Buchhändlers kurz zuckte. Seine Stimme klang aber nicht weniger mürrisch, als er Peter mit einem abschätzigen Blick auf die Baroness boshaft fragte:

»Ist Ihre Beziehung zu der Dame eher karitativer Natur oder ist Ihre Verliebtheit auf fortgesetzten Alkoholmissbrauch zurückzuführen?«

Peter und die Baroness sahen sich diesmal komplett ungläubig an. Der Mann war von so atemberaubender Unverschämtheit, dass sie beide einen Augenblick lang nicht wussten, was sie sagen sollten.

Die Baroness fasste sich als Erste.

»Ich beginne zu verstehen, warum dieser Laden so leer ist«, sagte sie maliziös, »mal abgesehen von den etwa 10 000 Büchern, die wahrscheinlich noch viele Jahre in diesen Regalen lagern werden. Ist Ihnen das Prinzip eines Buchladens nicht klar, oder wollen Sie einfach keine Bücher verkaufen?«

Peter warf der Baroness einen halb bewundernden, halb besorgten Blick zu. Vielleicht war sie etwas zu weit gegangen. Er hatte keine Lust, hinausgeworfen zu werden. Es gab einen kleinen Augenblick der Stille. Draußen rauschte der Regen. An den Schaufensterscheiben liefen schmale Bäche hinunter und ließen die Außenwelt verschwimmen.

»Ich werde«, sagte der hagere Buchhändler nach einer Pause gelassen, während er sich zu einem der Regale umdrehte, »heute mit Sicherheit noch zwei Bücher verkaufen. Und zwar an Sie.«

»Ich will Sie nicht entmutigen«, sagte jetzt Peter, »aber selbst Ihnen müsste klar sein, dass Sie an einen Analphabeten keine Bücher verkaufen können! Vor allem nicht, wenn Sie den Analphabeten eben massiv beleidigt haben.«

Der Buchhändler lehnte sich gegen ein Regal, trank einen kleinen Schluck seines Weines und betrachtete die beiden. Die Baroness und Peter fühlten sich eindringlich gemustert, aber sie wollten sich auch nicht die Blöße geben, wegzusehen. Das gedämpfte Prasseln des Regens gab der Stimmung zwischen all diesen Büchern etwas von der Welt Abgeschiedenes, einen Hauch von Strenge, so, als sei man in ein Museum oder in eine Kirche geraten. Die Baroness betrachtete den Buchhändler und fand, dass er trotz seiner Unverschämtheiten nicht boshaft aussah. Er hatte etwas Ernstes. Vielleicht bekommt man das ganz von allein, dachte sie, wenn man sein Leben lang von Büchern umgeben ist. Da wandte der Mann sich an Peter und fragte gelassen:

»Sagen Sie, fürchten Sie nicht, dass Ihre kleine Geliebte einen so viel älteren Mann irgendwann satt hat? Wenn die Faszination für die intellektuelle Überlegenheit nachlässt …«

Peter sah, dass sich die Augen der Baroness einen winzigen Augenblick weiteten, als sie ihm ihr Gesicht zuwandte, wie um ihn ihrer Solidarität bei einer Antwort auf diese unglaubliche Unhöflichkeit zu versichern, aber er konnte trotzdem nicht sofort etwas sagen. Auf irgendeine Weise hatte ihn dieser Mensch mit seiner lächerlichen Bemerkung im Innersten getroffen. Es war, als hätte er diese kleine, geheime Furcht vor dem Alter, vor dem Versagen, vor der Schwierigkeit dieser Liebe zur Baroness sofort entdeckt und ans Licht gezerrt. Er holte tief Luft und versuchte, überlegen zu lächeln, aber da hatte sich der Buchhändler schon an die Baroness gewandt und genauso überheblich gefragt: »Und Sie, meine Liebe? Glauben Sie noch, dass Sie wirklich seine letzte große Liebe sein werden? Und dass

Sie die Blicke der anderen immer aushalten werden? Oder dass Sie sich wirklich nie mehr verlieben werden? In einen anderen, jüngeren, frischeren Mann?«

Peters und der Baroness' Blicke trafen sich. Er konnte sehen, dass sie genauso betroffen war wie er, und das wiederum verunsicherte ihn. Und es war ja so, dass ihn diese Bemerkung nicht weniger berührte als sie. Er konnte ja nicht sicher sein … vielleicht war es wirklich nicht die ganz große Liebe. Und wer wusste, wie es für sie war … sie sahen auf einmal beide weg.

»Wir müssen ja nicht hier sein«, sagte Peter und versuchte, gelassen zu klingen, aber es gelang nicht so ganz, als er die Baroness fragte: »Kommst du?«

»Das geht Sie nichts an!«, sagte sie fast gleichzeitig und scharf zu dem Buchhändler, der immer noch an seine Bücher gelehnt dastand, hager, leicht gekrümmt und mit wachen Augen hinter altmodisch spiegelnden Brillengläsern.

»Ich weiß«, sagte er, »ich weiß. Aber Sie. Kommen Sie mit!«

Er stieß sich leicht vom Regal ab und ging in den nächsten Raum seines Ladens. Peter und die Baroness folgten ihm nach einem kurzen Zögern. Es war, als sei plötzlich eine kleine Unsicherheit zwischen sie getreten. Peter wollte nach ihrer Hand greifen, aber sie machte – unabsichtlich oder nicht – gerade eine kleine Bewegung, sodass er ins Leere fasste.

Der Buchhändler war an dem schmalen Regal zwischen den beiden hohen Fenstern stehen geblieben. Die große Weide im Garten triefte. Der Regen fiel so dicht, wie es nur ein Frühlingsregen kann: rauschend und so, dass alles Grün im Garten wie durch einen dichten Schleier zu leuchten schien. In dem hohen Raum wiederholte sich das Grün im dämmrigen Nachmittagslicht, das alle Konturen unsicher machte. Der Buchhändler war auf eine Trittleiter gestiegen und holte ein Buch aus einem der oberen Regale. Dann stieg er hinab, ging sicher zwei Regale weiter und nahm auch dort ein Buch heraus.

»Das hier kann ich Ihnen heute empfehlen«, sagte er trocken, als er sich zu den beiden umdrehte. »Bitte!«

Er reichte der Baroness und Peter je ein Buch. Peter drehte seines um, sodass er den Titel lesen konnte. Und dann war er doch überrascht. *Die Baroness*, stand da in kühler Schrift über den weißen Umschlag gedruckt, *Roman*.

»Ach nee«, sagte er einigermaßen beeindruckt. Dann sah er neugierig auf das Buch in der Hand der Baroness.

»Doch«, sagte sie, denn sie war wie immer etwas schneller gewesen und hatte seinen Titel schon gelesen, bevor er ihren hatte lesen können. Sie hielt das Buch hoch.

»*Peter*«, sagte sie, »*Roman*«. Halb ironisch, halb verunsichert fügte sie an: »Nett, hm?«

Sie ging dem Buchhändler hinterher, der schon wieder in den ersten Raum wechselte, wo die Verkaufstheke war.

»Wie haben Sie das gemacht?«, fragte die Baroness neugierig. »Das ist nicht schlecht. Wirklich nicht.«

»Er hat uns auf der Straße gehört«, sagte Peter hastiger als nötig, »bevor wir reingegangen sind.«

Der Buchhändler war jetzt hinter seiner Verkaufstheke, stellte das Glas Wein achtlos auf einem Prospekt ab und bückte sich nach einer Tüte.

»Was Sie da haben«, sagte er, als er mit zwei kleinen weißen Plastiktaschen wieder auftauchte, »ist der Lebensroman Ihres Geliebten. Oder Ihrer Geliebten. Von Anfang bis Ende. Das macht dann jeweils 19,80 Euro. Wenn Sie ihn haben wollen«, fügte er nach einer kleinen Pause noch an.

»Blödsinn«, sagte Peter, legte das Buch auf die Theke und sah zur Baroness hinüber.

»Sie müssen es nicht kaufen«, sagte der Buchhändler gelassen und streckte die Hand nach dem anderen Buch aus. Die Baroness zögerte einen kleinen Augenblick, dann streckte sie ihm das Buch hin und sagte:

»Doch. Ich finde das lustig. Obwohl es Quatsch ist. Los«, sagte sie, »sei kein Spielverderber! Nimm das Buch. Und bezahl alles!«

Peter lachte, als er das Portemonnaie herausnahm, aber so unbefangen wie sonst klang es nicht.

»Bisschen billig, so ein Trick!«, sagte er zu dem Buchhändler, der das Geld in Empfang nahm, in der Kasse kramte und dann herausgab.

»Viel Vergnügen beim Lesen«, erwiderte der hagere Mann aber völlig unbeeindruckt, und es klang so, als hätte er es in diesem Ton schon seit 20 Jahren zu jedem Kunden gesagt.

2

So abrupt, wie er begonnen hatte, hatte der Regen auch wieder aufgehört. Sie gingen auf der glänzenden, dampfenden Straße in die Stadt hinunter. Im Westen war der Himmel aufgerissen und die späte Nachmittagssonne herausgekommen. Es war ein unwirkliches Licht wie nach einem Gewitter.

»Er hat uns gehört«, sagte Peter nachdenklich, während sie nebeneinander hergingen, jeder mit seiner kleinen weißen Plastiktüte in der Hand.

»Ich weiß nicht«, sagte sie nach einer Weile, »hast du ›Baroness‹ zu mir gesagt?«

Er zuckte die Schultern. Dann nahm er das Buch noch einmal aus der Tüte.

»Na ja«, sagte er dann, »*Die Baroness*. Wahrscheinlich gibt es hundert Romane, die so heißen.«

»Ja«, sagte die Baroness, »genau wie *Peter*.«

Sie waren auf der Brücke angelangt, wo sie sich immer trennten. In der Mitte, unter der Statue des Weltreisenden. Es hatte jetzt, zum Abend hin, richtig aufgeklart. Nur noch wenige Wolken wurden rasch über den Himmel getrieben, und auf einmal war eine kleine Fremdheit zwischen ihnen.

»Bis Dienstag dann«, sagte Peter.

»Bis Dienstag, alter Mann«, antwortete die Baroness lächelnd, aber Peter war sich nicht sicher, ob es so leicht klang wie sonst.

Als er durch den hellen Frühlingsabend nach Hause ging und wie nebenbei die Frühlingsgerüche von nassem Gras und blühenden Robinien in der klaren Luft wahrnahm, die vor einem Jahr zu ihrer allerersten Verliebtheit gehört hatten, ärgerte er sich auf einmal, dass sie in die Buchhandlung gegangen waren. Dieser unglaublich arrogante Mensch hatte ihnen den Tag verdorben. Er trat, plötzlich sehr wütend, nach einer Dose, die auf dem Gehsteig lag, blieb mit der Sohle hängen und stieß sich den Zeh. Fluchend über die eigene Dummheit und endgültig schlecht gelaunt, kam er zu Hause an.

Später, als er am offenen Fenster saß, in einer seltsamen Mischung aus Wehmut und Ärger in den Abend sah und ihm immer wieder Bilder der Baroness dazwischenkamen, dachte er nach. Was war es denn eigentlich gewesen? Zwei Worte eines unfreundlichen, arroganten und mehr als indiskreten Buchhändlers, der seine Bücher verkaufen wollte. Aber noch als er das dachte, wusste er schon, dass das nicht stimmte. Es war einfach so, dass der Mann es so genau getroffen hatte. Seine geheimen Ängste und Gedanken. Seltsam. Peter straffte sich und sah aus dem Fenster über die Stadt. Allmählich wurde es ganz dunkel und überall gingen die Lichter an. Eigentlich sah es so friedlich aus, wenn man über die Dächer sah. Aber er war unruhig. In solchen Augenblicken war auf einmal alles unsicher und düster. Was tat er mit seinem Leben? Und was tat er mit dem Leben der Baroness? War es wirklich so, dass sie sich selbst – und damit den anderen – belogen? Er trommelte mit den Fingern unruhig auf die Fensterbank, dann drehte er sich kurz entschlossen um und holte das Buch aus der weißen Tüte, die er auf den Tisch gelegt hatte, als er nach Hause gekommen war. Dann ging er wieder ans Fenster.

»*Die Baroness*«, las er den Titel noch einmal. Das hatte er schon geschickt gemacht, dieser Buchhändler. Peter wog das Buch in der Hand. Ihr Leben sollte darin stehen, hatte er behauptet. Was für ein Blödsinn! Er schlug es aufs Geratewohl auf und las:

»Sie sah ihm hinterher und ärgerte sich nicht zum ersten Mal über das braun-rot karierte Jackett, das er schon vor Jahren hätte wegwerfen sollen.«

Peter hielt inne. Ein eigenartiges Gefühl war da plötzlich in ihm; so ein Gefühl, wie man es von nächtlichen Spaziergängen kennt, wenn man auf einmal merkt, dass da jemand hinter einem geht. Wie weit konnten Zufälle gehen? Er hatte ein braun-rot kariertes Jackett. Er konnte sich gerade nicht erinnern, ob er es schon jemals angehabt hatte, wenn er die Baroness gesehen hatte, aber er hatte eines, und so, wie er sie kannte, würde es ihr nicht gefallen. Verunsichert wog er das Buch in der Hand. Zufall? Wie viele braun-rot karierte Durchschnittsjacketts gab es in der Welt? Er schlug es ein ganzes Stück weiter vorne auf und las:

»Die Strömung im Fluss war viel stärker, als sie gedacht hatte. Sie gab sich Mühe, nicht in Panik zu geraten und schwamm in gleichmäßigen, kraftvollen Zügen, aber sie sah am vorbeiziehenden Ufer, wie schnell sie abgetrieben wurde. Die Doppelspitze des Doms verschwand allmählich, als unter der Brücke der Lastkahn auftauchte …«

Er hielt das Buch geöffnet in der Hand. Das sonderbare Gefühl der Beklemmung war jetzt noch stärker. Er erinnerte sich an einen Tag, an dem sie auf einer Brücke gestanden waren, Hand in Hand, und ins Wasser gesehen hatten und die Baroness auf einmal leichthin gesagt hatte: »Soll ich dir erzählen, wie ich einmal fast ertrunken bin?«

Und sie war in Köln aufgewachsen. Am Rhein. Peter zwang sich zur Vernunft. Es gab auch in anderen Städten einen Dom. Jeder war schon einmal fast ertrunken, weil er leichtsinnig im Meer oder im Fluss geschwommen war. Zufall. Koinzidenz. Natürlich setzte er jetzt alles in Beziehung zur Baroness, weil der Buchhändler behauptet hatte, in dem Buch stehe ihr Leben. Trotzig blätterte er fast bis zum Schluss und las:

»Der Friedhof war voller blühender Bäume und der kühle Aprilwind bewegte die jungen Blätter wie …«

Erschrocken, hastig und mit einem Gefühl wie von plötzlicher Scham klappte er das Buch zu. Wenn, nur einfach mal so gedacht, wenn in dem Buch wirklich ihr Leben stand, wollte er dann wissen, in welchem April es endete? Wollte er das wirklich wissen? Wollte er wissen, was mit ihnen beiden geschah? Wollte er wissen, was ihre Zukunft war und seine, so lange sie mit ihm war, und schließlich: Ob es überhaupt eine gemeinsame Zukunft gab?

Es war jetzt ganz Nacht geworden. Neumond, und der Himmel schwarz. Peter löschte das Licht und stand im Dunkeln, immer noch das Buch in der Hand. Las sie gerade sein Leben? Sie war so neugierig … Und er? Sollte er wissen, was mit ihr geschah? Und was geschehen war? All die kleinen Geheimnisse, die man so hat? Die vergangenen Geliebten, die alten, nur halb vergessenen Lieben? Die Sehnsüchte, die nichts mit einem selbst zu tun hatten? Und wenn sie es las, sollte er dann nicht auch alles über sie wissen? Es würde alle Unsicherheit wegnehmen, die da manchmal zwischen ihnen war. Und er würde wissen, ob sie wirklich liebte. Er müsste ja vielleicht nicht alles lesen. Nur die Kapitel, die ihn angingen. Ob sie las? Ob sie der Versuchung widerstehen würde, und ob sie es überhaupt wollte? Er überlegte, ob er sie anrufen solle, aber dann blieb er doch einfach am Fenster stehen und sah in die Nacht. Irgendwie konnte er jetzt nicht mit ihr sprechen. Er spielte unentschlossen mit dem Buch. *Die Baroness. Roman.* Dann, mit plötzlicher Entschlossenheit, warf er das Fenster zu und machte in der ganzen Wohnung Licht.

3

Im Sonnenlicht eines richtigen Frühlingstages hatte der Buchladen nicht mehr Zauber als ein Buchladen eben hat, aber dafür sah er jetzt viel freundlicher aus als noch vor drei Tagen. Der alte Parkettboden leuchtete dort, wo die Sonne durch die Fenster hereinfiel, und wie in allen Buchläden glitzerte der Staub in den Lichtbahnen. Die Tür war offen gestanden, als Peter eingetreten war, und so lag der typische

Geruch jedes Buchladens nach Papier und ein wenig nach Leinen von den Buchrücken neben den Blütengerüchen von draußen nur wie eine Erinnerung in der Luft. Peter stand in der Mitte des Raumes, hatte das Buch in der Hand und wusste nicht genau, wie er sich fühlen sollte. Es war kein sehr schönes Wochenende gewesen. Sie hatten nicht einmal telefoniert, es war, als hätten die beiden Bücher ihnen mit einem Mal die Sprache genommen. Er hatte die Baroness nicht anrufen können; eigentlich wusste er selbst nicht, wieso. Aber drei Tage Schweigen – das hatten sie bisher noch nie gehabt.

Wieder war der Besitzer nicht zu sehen, und Peter trat ziellos zu den Regalen und sah sich die Bücher an, die dort standen. Die Klassiker in Leinenbindung hier: Goethe, Hesse, Schiller, Mann. Im Regal daneben die leuchtend bunten Taschenbücher mit modernen Titeln wie *Seide*, *Schnee* oder *Tausend Sachen, die man bei Frauen falsch machen kann!* Peter verzog den Mund zu einem halben Lächeln. Davon kannte er auch ein paar. Unschlüssig streifte er zwischen Regalen und Tischchen hin und her, nahm mal dieses, mal jenes Buch auf und wartete höflich, dass sich der Ladenbesitzer zeigte.

»Ach«, kam es aus der Tür zum Nebenzimmer, »sehen Sie, Sie sind doch wiedergekommen.«

Der Ladenbesitzer hatte diesmal kein Glas Wein, sondern eine ziemlich gebraucht aussehende, sehr große Kaffeetasse in der Hand, aus der er angelegentlich einen Schluck nahm, bevor er boshaft fragte:

»Ist meine böse Kundenfangstrategie aufgegangen? Wollen Sie jetzt doch Bücher bei mir kaufen?«

Peter antwortete nicht gleich, sondern sah den Mann sehr aufmerksam an.

»Nein«, sagte er dann langsam, »eigentlich wollte ich kein Buch kaufen. Ich wollte wissen …« Er hob das Buch, das er die ganze Zeit in der Hand gehalten und das ihn drei Tage lang gequält hatte, »… ich will eigentlich nur … also, was ich wirklich wissen will, ist …«

Der Buchhändler unterbrach ihn.

»Beim letzten Besuch haben Sie viel mehr geredet. Was für eine heilsame Kraft Literatur doch haben kann. Also, was genau wollen Sie wissen?«

»Na, das würde auch mich interessieren«, kam es vom Eingang. Peter drehte sich um. Da stand die Baroness. Im Morgenlicht leuchtete ihr Haar. Peter fühlte einen kleinen Stich, als er sie ansah.

»Hallo«, sagte er.

»Selber Hallo«, sagte sie kurz und trat jetzt auch ein. Der Buchhändler hob bloß halb die Hand als Zeichen, dass er sie wiedererkannte, trank aber sonst nur einen Schluck Kaffee und wartete ab. Die Baroness musterte Peter.

»Du siehst aus wie Dresden im April '45«, sagte sie dann. »Schlecht geschlafen?«

Es klang sorgfältig neutral, und Peter hätte nicht sagen können, ob das eine echte Bosheit war oder ob sie sich einfach an ihrem gewohnt leichten Ton festhielt.

»In meinem Alter braucht man nicht mehr so viel Schlaf«, gab er zurück und lächelte schief, »aber so ganz wie der strahlende Morgen siehst du auch nicht aus, mein Herz.«

Sie nickte kurz, aber sie lächelte nicht, und so wusste er nicht, was sie dachte. Ihre Blicke trafen sich, und sie sahen sich eine ganze Zeit lang schweigend an. Er hatte das Buch in ihrer Hand natürlich ebenso gesehen wie sie das seine. Er fragte sich, ob sie ihn so ansah, weil sie das Buch gelesen hatte, und im selben Augenblick wurde ihm klar, dass sie sich das auch fragen musste, egal, ob sie seinen Roman jetzt gelesen hatte oder nicht.

»Na«, sagte sie dann schließlich unvermittelt, »was wolltest du den Herrn fragen?«

Der Buchhändler hatte sich nicht von der Stelle gerührt.

»Ich«, setzte Peter an, aber dann unterbrach er sich selbst. »Nichts«, sagte er dann und streckte dem Buchhändler mit einer plötzlichen Bewegung das Buch hin: »Ich möchte dieses Buch zurückgeben.«

Der Buchhändler nahm es und drehte es ein bisschen hin und her.

»Ich bin keine Leihbibliothek«, sagte er trocken. »Ihr Geld kriegen Sie nicht wieder, das ist Ihnen klar, oder?«

»Das ist mir egal«, sagte Peter plötzlich sehr erleichtert, »ich bin sogar bereit, ein anderes Buch zu kaufen.«

Die Baroness hatte Peter genau beobachtet. Impulsiv trat sie einen Schritt vor.

»Ich gebe meines auch zurück«, sagte sie und legte es auf die Theke.

»Ich kann dann bald ein Antiquariat aufmachen«, sagte der Buchhändler ungerührt, aber man hatte den Eindruck, dass ein Lächeln um seine Mundwinkel spielte. »Hat es Ihnen nicht gefallen? Nicht spannend genug?«

»Das geht Sie nichts an!«, sagte die Baroness in dem schnippischen Ton, den Peter so gut kannte, und er musste lächeln.

»Ich denke«, sagte er mit leichter Selbstironie, »die junge Dame mag keine Schundromane.«

Die Baroness warf ihm einen kurzen Blick zu und lächelte das erste Mal. Peter wurde es warm ums Herz, man konnte es nicht anders sagen. Der Buchhändler nahm die beiden Bücher, sah sie kritisch an, pustete über den Schnitt und stellte sie wieder in die Regale. Die Baroness und Peter beobachteten ihn. Wenn man in den nächsten Raum hineinsah, konnte man durch die Fenster erkennen, wie der verwilderte Garten in der Vormittagssonne leuchtete.

»Wollen wir ein bisschen Bücher kaufen?«, fragte er sie.

»Ich denke, wir leihen sie erst einmal aus und sehen, ob sie uns gefallen«, sagte sie mit einem kleinen Lächeln. Und dann gingen sie durch die Räume, machten sich gegenseitig auf Bücher aufmerksam, zeigten sich Kuriositäten und lachten, wenn sie beide gleichzeitig nach einem Buch griffen. Der Buchhändler hatte sich in seinen Sessel zurückgezogen und las Zeitung.

»Hast du's gelesen?«, fragte Peter unvermittelt, noch halb lachend. Die Baroness sah ihn nicht an.

»Und du?«, fragte sie nach einem Augenblick zurück.

»Ich«, sagte Peter in gehobenem Ton, »habe ja wohl zuerst gefragt. Die Genfer Konvention verlangt, dass du mir Auskunft gibst!«

»Die Genfer Konvention«, sagte die Baroness lässig, »ist eine Erfindung der sowjetischen Feindpropaganda und gilt in dieser Stadt sowieso nicht, weil hier ich alleine bestimme.«

Sie griff nach einem gewaltigen Bildband über Afrika.

»Wenn du mir liebst, käufst du diesem hier!«, sagte sie in dem Kinderton, der Peter immer lachen machte.

»Mein liebes Kind«, sagte er daher, »ich weiß nicht, ob dir der Begriff Privatinsolvenz vertraut ist. Boshaftes, gieriges Natterngezücht!«

Die Baroness sah sich um, ob der Buchhändler in der Nähe war, aber in diesem Raum waren nur Bücher und die Sonne und ein wenig flirrender Staub, deshalb küsste sie Peter flüchtig auf den Mund.

»Dies«, sagte sie und stieß ihn weg, als er sie wieder küssen wollte, »wollen wir nicht zur Gewohnheit werden lassen. Und jetzt kaufen wir Bücher.«

Eine halbe Stunde später, als sie den Buchladen mit zwei Tüten voller skurriler Kinderbücher, Romane und Bildbände (darunter der Afrikaband) verließen, sagte der Buchhändler, in der Tür stehend: »Nur zur Information – es handelt sich hier nicht um einen Leasingvertrag. Sie können die Bücher jetzt für immer behalten. Bis zum nächsten Mal!«

Peter drehte sich noch einmal zu ihm um: »Was bringt Sie auf den Gedanken, wir würden noch mal wiederkommen?«

Der Buchhändler lächelte das erste Mal offen und frei.

»Alle kommen sie wieder«, sagte er heiter, »alle«.

Peter und die Baroness gingen eine Zeit lang schweigend durch die sonnenhellen Straßen. Der Tag fühlte sich leicht an, und es war ein Vergnügen, die Baroness neben sich zu wissen. Peter sah sie von der Seite an. Sie lächelte nicht, aber ihr Gesicht war entspannt und sie sah sehr schön aus.

»Willst du wirklich wissen, ob ich's gelesen habe?«, fragte er dann.

Die Baroness antwortete nicht, sondern ging noch ein Stück, bis sie auf der Mitte der Brücke waren. Dort stellte sie die Tüten ab und schwang sich auf die Mauer.

»Lübbest du mir noch?«, fragte sie nachlässig und lehnte sich an eine der warmen Sandsteinkugeln, die in regelmäßigen Abständen auf der Mauer standen.

Peter sah sie an und dachte, dass es vielleicht völlig unwichtig war, was man voneinander wusste, solange es Tage wie diesen gab.

»Große Lübbe«, antwortete er, »mit Lübbelchen obendrauf.«

»So wie das Geglitzer da unten?«, fragte sie weich und zeigte auf den Fluss, der in der Sonne gleichmäßig durch die Stadt mit dem wunderbaren Buchladen floss.

»Wie das Geglitzer«, sagte Peter, und dann küsste er die Baroness auf den Mund.

Thommie Bayer
Die temporäre Schwellenangst

Als Schriftsteller ist man nicht gesichtsberühmt wie ein Fernseh-, Film- oder Popstar, man kann seiner Wege gehen und sich mitten in der Wirklichkeit umsehen, ohne Furcht vor Autogrammjägern, Paparazzi oder Fans, die einen zum Grillfest einladen wollen, um dort ihre Lebensgeschichte zu erzählen. Günter Grass und Martin Walser mögen hier eine Ausnahme bilden, das liegt meines Erachtens an der exzentrischen Gesichtsbehaarung – obwohl, der Schnauzer von Grass könnte ihm auch gelegentlich die Frage einbringen, ob er Wolf Biermann sei, und die Augenbrauen von Walser lassen den weniger literarisch gebildeten Bundesbürger vielleicht an Theo Waigel denken.

Sicher gibt es Kollegen, die diesen Umstand bedauern und im tiefsten Innern von einem glamourös-turbulenten Rockstarleben träumen, vielleicht weil sie auf die Selbstinszenierung von Figuren wie Houellebecq reinfallen, sie wünschen sich so sehr, einmal in erschöpftem Ton ausrufen zu dürfen: »Ich hasse diesen Rummel um meine Person«, dass sie keine Buchmesse und kein Literaturfestival auslassen, denn dort ist auch unsereins ein paar Tage lang in Maßen prominent und kann darauf hoffen, von irgendwem erkannt zu werden.

Aber selbst diese Kollegen, die das Privileg der Unauffälligkeit nicht hinreichend zu schätzen wissen, kommen alle zwei, drei Jahre in die Situation, es herbeizusehnen, wenn sie nämlich als Spion in eigener Sache durch die Buchhandlungen stromern, scheinbar ziellos den Blick über die Stapel schweifen lassen, dem Auge jedes eventuellen Beobachters wie ein x-beliebiger Kunde erscheinen wollen, der sich irgendwas zum Lesen sucht und nicht so recht weiß, was. Dabei geht es nur um eines: zu kontrollieren, ob das eigene, eben erschienene Buch da ist, ob der Stapel, wenn es denn einer ist, fünf oder gar zehn Bücher hoch ist, ob er eventuell schon abgenommen hat – acht Bücher zum Beispiel deuten auf den Einkauf einer Partie hin, von der schon drei Exemplare einen Käufer gefunden haben, drei Bücher hingegen könnten heißen, es waren elf und acht sind weg, aber auch, es waren nur fünf und zwei sind weg. Allerschlimmstenfalls hat der feige Sortimenter nur drei bestellt und kein Kunde sich bislang zum Kauf entschlossen. Sollte das Buch gar nicht da sein, hilft nur noch die verzweifelt-optimistische Notlösungs-Lesart: Es läuft so gut, dass der ganze Stapel täglich ersetzt werden muss. Versteht sich von selbst, dass in solchen Fällen Gesichtsberühmtheit das Letzte wäre.

Ich kann nur für mich sprechen, aber ich würde kistenweise Wein verwetten, und zwar den von mir sehr geliebten Château Guiot aus Nîmes, dass alle Kollegen das tun, dass sie alle so äußerlich cool wie innerlich fahrig und nervös die Buchläden durchschlendern – außer Walser und Grass natürlich, denen ist das verwehrt, ihnen bleibt nur die Schreibtisch-Version, das zumindest stündliche Abfragen der Internetbuchläden, um selten euphorisch, öfter aber leider nah der Depression und gebeutelt von Existenzangst, die sogenannten Verkaufsränge zu beobachten. Wir anderen gehen zusätzlich zu dieser stündlichen Tortur auch noch raus in die Welt und kontrollieren, ob es uns gibt. Ob wir uns die eigene Existenz nicht nur einbilden.

Und das tun wir in der Großbuchhandlung.

Nicht in dem kleinen, feinen, inhabergeführten Laden, den wir doch eigentlich über alles lieben.

Das Kaufhaus genießt in unseren Kreisen keinen allzu guten Ruf, üblicherweise loben und ehren wir den überschaubaren Laden mit dem kompetenten, lesenden Personal wie Lehmkuhl in München, Wetzstein in Freiburg oder Bittner in Köln, dort glauben wir nicht nur als Leser mehr von dem zu entdecken, was unseren Neigungen entspricht, sondern fühlen uns auch als Autoren eher gewürdigt – der lesende Buchhändler könnte ja schließlich auch mal was von uns gelesen haben. Falls es im anspruchsvollen Feuilleton besprochen wurde. Er könnte uns gar erkennen und bitten, ein paar Exemplare für seine besonders geliebten Kunden zu signieren. Und überdies fühlt man sich als einer von vielleicht zwanzigtausend vorrätigen Namen eher der Branche zugehörig – unter zweihunderttausend wie im Buchkaufhaus drückt die Realität einfach zu sehr aufs Gemüt. Die Realität ist nämlich, dass wir mit unserem Buch nicht mal den Präsenzanteil einer Sardine im Mittelmeer haben, sondern eher den eines Herings im Atlantik.

Und – um im Bild zu bleiben – die Haie, Delfine und Wale fallen nicht so auf. Ein Laden mit fünfzig Quadratmetern Verkaufsfläche kann nicht hundert Exemplare von Tommy Jaud, Stephenie Meyer, Dan Brown etc. auf die Tische stapeln, wie es in der Großbuchhandlung selbstverständlich und für unsereines Augen deprimierende Normalität ist.

Damals, als der Strukturwandel seinen Anfang nahm, war das Wort »Schwellenangst« in aller Munde. Damit war gemeint, dass Lieschen Müller (ist möglicherweise heute nicht mehr politisch korrekt, weil herablassend konnotiert) sich nicht unter die gelehrt-missbilligenden Augen der Buchhändler wagen würde, um einen Unterhaltungsroman zu kaufen – sie musste fürchten, mit gerunzelter Stirn auf »gute« Literatur hingewiesen zu werden und sich ihres Geschmacks schämen zu sollen. Also legte man die Schwelle sozusagen tiefer, platzierte Kochbücher, Modernes Antiquariat, Taschenbuchbestseller und Zeitschriften im Eingangsbereich und ließ den Kunden, der sich umsah, in Ruhe. Man sprach ihn oder sie nicht an, ließ ihr oder ihm alle Zeit, sich den ersehnten Nackenbeißer- oder Blutrauschkracher herauszusuchen und räusperte sich nicht mal an der Kasse despektierlich über die Wahl. Der Plan ging auf.

Nach und nach verschwanden viele schöne und auch weniger schöne mittelständische Buchhandlungen, denen die Kundschaft untreu geworden und abhandengekommen war, denn erstaunlicherweise schien auch der selbstbewusste und schwellenangstfreie Kunde irgendetwas an den Rolltreppen, riesigen Verkaufsflächen und weniger muränenartig dressierten Verkäuferinnen zu schätzen. Dass Lieschen Müller, die ich jetzt mal lieber Ottilie Normalverbraucherin nennen will, sich dort wohlfühlte, hätte man ja verkraftet, aber dass einem die eigenen Leute stiften gingen, war ein Schock, der uns befürchten ließ, diese Entwicklung würde früher oder später eine Verknappung des Angebots, ein Verschwinden der feineren, eigenartigeren und weniger ottilienaffinen Bücher zur Folge haben.

Bis jetzt scheint das noch nicht so zu sein – zwischen den Buchbergen finden sich noch immer Bücher, deren elegantere Gedanken oder entlegenere Themen auch uns verlocken. Das stellen wir spätestens dann fest, wenn wir alle paar Jahre wieder auf Spionagetour gehen, denn obwohl es natürlich in den großen Buchhandlungen ebenfalls lesende Buchhändler gibt, verlaufen die sich dort und lassen uns in Ruhe, wir gehen kein allzu großes Risiko ein, bei der Stapelkontrolle aufzufliegen. Denn wir, die Autoren, sind es, die dann ihre temporäre Schwellenangst haben. Alles, was für die kleine Buchhandlung sprach, spricht nun, in dieser speziellen Situation zwar befristet, aber dennoch mit Macht, gegen sie.

An der kleinen, schönen, edlen Buchhandlung, die es zum Glück noch gibt und die uns das Jahr über gut versorgt, drücken wir uns allenfalls nach Feierabend die Nase am Schaufenster platt, in der Hoffnung, unser Buch liege sichtbar aus – mehr nicht.

Wenn wir schon mal in der großen, weiten Welt der Hunderterstapel sind, und wenn wir doch ganz normal wirken wollen, könnten wir ja eigentlich auch gleich das unschlagbar billige Kochbuch im Eingangsbereich mitnehmen. Und den Reiseführer für Nordspanien. Und diesen Thriller, der so toll sein soll, obwohl er ganz oben auf der *Spiegel*-Bestsellerliste steht. Falls es in Nordspanien mal regnet und wir den *Mann ohne Eigenschaften* schon durch haben.

An der Kasse fühlen wir uns zwar wie Verräter – Grass und Walser würden das bestimmt nicht tun, aber Grass und Walser sind Großschriftsteller, die haben eine Großmoral, wir sind klein und fehlbar. Und verpflichtet, im wirklichen Leben unterwegs zu sein, und wo wäre das, wenn nicht hier bei Ottilie Müller?

Claire Beyer
Buchhändler Rogalsky

Ich erhielt die Nachricht am frühen Vormittag. Marek Rogalsky war gestorben. Seine Frau, die ich in Gedanken immer nur die Pfefferminzdame genannt hatte, teilte mir die Nachricht in knapper Form mit und bat mich, ihm die letzte Ehre zu erweisen. Außerdem habe sie etwas für mich, das sie mir in seinem Auftrag überreichen müsse.

Ich wäre auch so gekommen. Sie beendete das Gespräch, und ich war in der Trauer über seinen Tod wie versteinert, hatte ich doch gerade in letzter Zeit oft an ihn gedacht. Unmotiviert und ohne ersichtlichen Grund waren meine Gedanken fast täglich zu ihm gewandert, zu diesem kleinen, immer dunkel gekleideten, ein wenig schief gehenden Mann, der nur einen Arm hatte, aber nicht unter seiner Behinderung zu leiden schien. Im Gegenteil. Er schaffte das Kunststück, mit der einen Hand jedes Buch an der gewünschten Seite aufzuschlagen, als hätten die übrig gebliebenen fünf Finger die Fähigkeit, das Papier zu durchleuchten. Wann immer ihn jemand bat, eine bestimmte Stelle in einem Buch zu finden, drehte er sich zum Regal, griff nach dem verlangten Band, drückte ihn mit Oberarm und Ellenbogen gegen den Körper und schob den Nagel des Zeigefingers zwischen die Seiten. Stets fand er auf Anhieb den gewünschten Text. Ich gab ihm heimlich den Namen »Der Zauberer«, und bis zum heutigen Tag bleibt mir rätselhaft, wie er das machte. Jenen geheimnisvollen

Nagel hatte er wachsen lassen und so bearbeitet, dass seine Spitze messerscharf war.

Daran erinnerte ich mich in diesem Augenblick, und daran, wie ich ihn kennenlernte:

Ich war zehn Jahre alt und überzeugt, über all das Bescheid zu wissen, was wichtig für mich war. Ich kannte die Tiere der Umgebung, hatte für jede noch so kleine Blume einen Namen, konnte im Schlaf die Hauptstädte der Welt aufzählen, Autos unterscheiden und wusste darüber hinaus ganz genau, wie man Jungs auf die Palme bringt. Dieses Wissen war vermutlich der Grund, weshalb ich, einmal mehr, einen von ihnen auf dem Weg zur Schule ärgerte. Ich schnappte Emil – er wurde nur »der dicke Emil« genannt – das Pausenbrot weg und warf es in hohem Bogen in den Weiher. Noch bevor er reagieren konnte, war ich im Schulgebäude verschwunden und hatte mich schutzsuchend hinter die Lehrerin gestellt. Emil sprühte vor Zorn, durfte seine Beschwerde aber nicht mehr loswerden. Es hatte schon geläutet. Während des Unterrichts spürte ich seine drohenden Blicke, blieb in den Pausen in der Nähe von Lehrern und rannte nach Schulschluss in der Hoffnung los, er käme nicht hinterher. Meiner Überlegung nach würde er unterwegs schnaubend aufgeben. Ich hatte mich getäuscht. Mit leerem Magen, aber einer gehörigen Portion Wut im Bauch, kam er näher und näher. Ich musste mit dem Schlimmsten rechnen. Den heißen Atem schon hinter mir spürend, öffnete sich in höchster Not eine Tür. Ohne zu überlegen, schlüpfte ich hinein und war in der einzigen Buchhandlung weit und breit gelandet.

Heute weiß ich, dass es Tage gibt, die vom ersten Moment an mit dem Gefühl beginnen, dass etwas Außergewöhnliches geschehen wird. Aber so ein Tag war das nicht. Hinter einem hohen Regal versteckt, lugte ich zum Eingang und sah und hörte, wie eine kleine, dunkle Silhouette mit ruderndem Arm den erschöpften Emil verjagte.

Kurz darauf schlug die Tür wieder zu und Marek Rogalsky kam auf mich zu. Er trug ein viel zu großes, tiefblaues Jackett über einem weißen Hemd, dessen Kragen weit vom Hals abstand. Seine Haare waren mausgrau und länger, als ich sie jemals bei erwachsenen Männern gesehen hatte. Er lachte mich an, als würden wir uns schon eine Ewigkeit kennen und bot mir an zu bleiben, bis sich der Bursche auch wirklich verzogen hätte. Ich weiß noch genau, dass er mich nicht nach dem Grund der Verfolgungsjagd fragte und wie erstaunt ich darüber war. Stattdessen bot er mir Wasser an und schob, ehe er in einer Kammer hinter den Regalen verschwand, ein Buch, das er in der einen Hand gehalten hatte, in seine Jackentasche und klopfte darauf, als wollte er sich vergewissern, dass es darin gut aufgehoben war. Das war meine erste Begegnung mit Marek Rogalsky, dem Zauberer, und sie hatte, das ist mir heute klar, mein Leben verändert.

Meine Gedanken tauchten immer tiefer in die Vergangenheit, und wie so oft erstaunte es mich auch dieses Mal nicht, dass sich die Erinnerung an jene Zeit als sicherer Ankerplatz erwies. Vielleicht hielt sie die Erstmaligkeit präsent, vielleicht die Unverbrauchtheit, vielleicht auch die lebendige Phantasie. Noch vermochte die Erfahrung nicht, ihr den Platz streitig zu machen.

Damals wollte ich gerade den Buchladen verlassen, das Wasser hatte ich hastig getrunken, als er mir zurief, er habe noch etwas für mich. Schnell drückte er mir ein schmales Comic-Heftchen in die Hand, an dessen Titel ich mich nicht mehr erinnere. Ich weiß nur noch, es ging um einen

Helden des Urwalds. Ich bedankte mich erneut und versprach, bald wieder zu kommen. Mein Held für diesen Tag war bereits gefunden, auch wenn er nur einen Arm hatte. Dass ich ihm dies nicht sagte, verzieh ich dem Kind, das ich damals war, aber erschreckt stellte ich nun fest, ich hatte es auch versäumt, ihm später davon zu erzählen.

Immerhin hielt ich mein Versprechen, wenn auch nicht in den nächsten Tagen oder Wochen. Es war die frühe Nachkriegszeit, und wir Kinder hatten die Straßen und Hinterhöfe, den nahen Wald, das Flussufer, ja, einen gesamten Flussabschnitt für uns. Die Eltern hatten weder die Zeit noch die Kraft, sich um uns zu kümmern. Der Nachteil war, dass wir die jüngeren Geschwister aufgehalst bekamen, die als Klotz am Bein mehr als lästig waren, aber das ließ sich irgendwie verschmerzen. Jeder Tag war von Bedeutung, selbst wenn wir ihn nur schläfrig in der Sonne vorbeistreichen ließen, an den Zaun gelehnt, die nackten Zehen im Gras versteckt. So ganz und gar ohne Kontrolle lebten wir in einer Parallelwelt, zu der die Erwachsenen nichts beitragen konnten, so wenig wie sie Zutritt dazu hatten. Wir schufen eigene Gesetze und Hierarchien, erfanden Spiele mit von uns aufgestellten Regeln, befolgten sie ohne Murren, entdeckten Mehr- und Minderheiten und streiften alles schweigsam ab, wenn sich die Wohnungstüren hinter uns schlossen.

Die Welt der Bücher war nicht Teil unseres Tagesablaufs. Und eben das sollte sich seit meiner Begegnung mit dem Zauberer gründlich ändern. Seine Buchhandlung war in den kleinen Räumen einer ehemaligen Druckerei untergebracht. Der Teil, der früher der Auftragsannahme diente, war zum Verkaufsraum umgestaltet worden, wodurch für die Präsentation der Bücher nur eine begrenzte Fläche zur Verfügung stand. Die meisten Titel lagerten im hinteren Teil des Gebäudes, inmitten der alten Druckmaschinen, die keiner kaufen wollte oder deren Abtransport zu teuer war. Bei Regenwetter roch es immer nach Leim und Öl und nach Mandeln. Ein Geruch, den ich, im Gegensatz zum Besitzer, sehr mochte. Wenn es regnete, riss er deshalb die Tür des Verkaufsraums auf, auch wenn er stöhnte, die Feuchtigkeit schade den Büchern und seinem Rheumatismus. Als ich ihn an einem dieser Regentage fragte, woher er eigentlich kam, antwortete er unbestimmt, er sei heimgekehrt, und ich hörte zum ersten Mal sein Lieblingszitat, das mir bis heute gegenwärtig ist:

»Ich bin zurückgekehrt, ich habe den Flur durchschritten und blicke mich um ...« Ich insistierte nicht weiter, hatte schon als Kind verstanden, er mochte es nicht, ausgefragt zu werden. Ein anderes Mal sagte ich ihm, dass ich seinen Namen schön fände. Auch darauf reagierte er kaum, sah nicht einmal hoch. Schließlich murmelte er, er hätte darauf verzichten können.

Und da war die Sache mit dem Buch, das er immer bei sich trug. Er las darin oder notierte sich etwas, wenn gerade keine Kundschaft im Laden war, was häufig vorkam. Als ich danach fragte, packte er weiter unbeirrt Pakete aus oder versah die neuen Bücher mit Preisen – er schrieb die Zahlen immer mit Bleistift auf die erste Seite – zog dann erst das kleine, schmale Büchlein aus der Tasche, beugte sich so darüber, dass ich nichts erkennen konnte, und sagte:

»Ich brauche eine Fassung für meine Gedanken. Wie jedes Bild einen Rahmen braucht oder zumindest einen haben sollte, muss ich meinen Gedanken einen festen Platz geben, ehe sie sich davonmachen. Ich bin kein

Schriftsteller. Ich notiere mir nur die Worte, die ich für hell, farbig, wunderbar oder hintersinnig halte. Aber ich notiere ebenso die dunklen Fährten, die sie legen. Dafür ist dieses Buch. Es gibt genügend Sammlungen, dessen bin ich mir bewusst, aber dort stehen willkürlich ausgewählte Gedanken anderer. Ich brauche meine eigenen. Denn ich suche in den Büchern mein Leben zusammen. Schau dich um! Alles, was du hier siehst, nährt mein Universum. Papier verrottet, Autoren sterben, aber ihre Gedanken bleiben auf wundersame Weise erhalten. Sie sind wie eine nie verlöschende Quelle. Aber jetzt ist es Zeit für den Tee.«

Mit diesem letzten Satz beendete er jeden Monolog. Denn ein solcher war es, musste er doch davon ausgehen, dass ich nicht verstand, von was er in solchen Momenten völliger Selbstvergessenheit erzählte. Aber das kümmerte ihn nicht, und schon bald zog dieser wunderbare, einmalige Pfefferminzgeruch durch den Laden, ein Duft, wie ich ihn nur bei dem von ihm zubereiteten Getränk vernahm. Die Teeblätter brachte eine junge Frau. Sie kam einmal im Monat mit einem Korb voller Minze vorbei.

Irgendwann machte Marek Rogalsky mir das Angebot, gelegentlich für ihn zu arbeiten. Als Lohn bot er an, mir aus einer Kiste – sie stellte das Antiquariat dar – ein Buch auswählen zu dürfen. Hatte ich mich in ein neues verguckt, was hin und wieder vorkam, fand ich dieses tags darauf in der Kiste wieder.

»So neu und schon antiquarisch«, lachte er und sagte noch etwas, das so klang wie »ich hoffe, du bist schon so weit«.

Das stachelte mich an. Kaum auf dem Gehweg, schlug ich das Buch auf, las die ersten Worte, las den ganzen Weg nach Hause, bis zu meinem Zimmer, bis zu dem alten, verschlissenen Sessel. Las die halbe Nacht und am anderen Tag, noch vor der Schule. Und während ich las, spürte ich, etwas tat sich auf, ein unbetretener Raum, ein Flur, der Durchgangsstation zu meinem Innersten wurde und mich andererseits glauben ließ, ich wäre binnen Stunden gewachsen. Ich sah keine Wände mehr, keine Fenster, bemerkte weder die Geschwister noch hörte ich das Rufen der Mutter. Ich flog auf und davon, folgte dem Wolf in die Wälder, erlitt die Schindereien, die man ihm antat, hörte das Jaulen, fühlte mich verwundet, schließlich gerettet und geheilt. Inzwischen kannte ich mich in der Buchhandlung sehr gut aus und fand auf Anhieb alle Bücher von Jack London. Als Nächstes zog ich den *Ruf der Wildnis* hervor. Mit furchtbar schlechtem Gewissen schmuggelte ich den Roman aus dem Laden, las die ersten Worte gleich auf der Straße – eine Angewohnheit, die ich bis heute nicht abgelegt habe.

Aber als ich das Buch zu Ende gelesen hatte, wurde mir schmerzlich bewusst, dass ich, auch wenn ich es ins Regal zurückgestellt hatte, nicht darüber reden durfte. Und über das Schicksal von Buck, dem Schlittenhund, nicht reden zu dürfen, bedrückte mich sehr. Schließlich bildete ich mir ein, das Buch nie wirklich gelesen zu haben, und ich lernte meine Lektion daraus. Als er dann kurze Zeit später leichthin sagte: »Es gibt keine größere Entfernung als die zwischen zwei Köpfen«, bezog ich das Zitat sofort auf mich und fühlte mich durchschaut.

Die Zeiten wurden besser, und bald stapelten sich die Bände bis unters Dach. Romane und Gedichtbände, Reiseliteratur, Lexiken und Kinderbücher, Fachliteratur und Bildbände. Manches stammte auch aus Haushaltsauflösungen, die Kiste reichte als Antiquariat schon längst nicht mehr aus. Da kam er auf die Idee, zwischen alten und druckfrischen

Büchern keinen Unterschied mehr zu machen. »Es kommt schließlich auf den Inhalt an«, antwortete er den irritierten Kunden, als sie Band für Band nebeneinanderstehend im Regal fanden. Und: »Natürlich sind abgegriffene Bände billiger, beachten Sie nur den Preis, er steht auf der ersten Seite.« Bücher, die ihm unverkäuflich schienen, schob er zwischen die Druckmaschinen, in die hintersten Ecken, oder benutzte sie als Unterlagen für wacklige Regale. Nie warf er ein Buch in den Müll. Er ging mit ihnen um wie mit lebendigen Wesen. Verschwanden Exemplare, nannte er sie seine Phantome. Das waren in der Regel die aktuellsten. »Kaum sind sie hier, sind sie auch schon wieder fort«, war sein ganzer Kommentar.

Immer öfter beschäftigte ich mich damit, nach der Schulzeit eine Buchhändlerlehre zu machen. Doch Marek Rogalsky, dem ich all das in schillernden Farben schilderte, gefiel diese Idee zu meinem Unverständnis ganz und gar nicht. Zwar freute er sich über meinen Eifer, er warnte aber auch davor. »Viele Dinge sind's, die wir mit Heftigkeit ergreifen sollen, doch andre können nur durch Mäßigung und durch Entbehren unser Eigen werden. Erst sollst du die Welt und dann ihr Inneres sehen. Aber jetzt ist es Zeit für den Tee.«

Mit der ganzen Verzweiflung eines Kindes, das mit Verlust noch nicht umzugehen weiß, wehrte ich mich. Er aber blieb hart, und ich kam nicht mehr mit der alten Freude in seinen Buchladen. Als er mir eines Tages eröffnete, er werde heiraten und seine Frau werde mit ihm arbeiten, hatte ich mich schon von ihm entfernt. Ich vergaß sogar zu fragen, wer seine künftige Frau sei. Doch diese Frage war überflüssig geworden, denn mir stieg plötzlich Pfefferminzgeruch in die Nase, und da wusste ich es.

Ich besuchte Herrn Rogalsky immer seltener und blieb schließlich ganz weg. Anfangs war es wohl, weil ich enttäuscht war, und später, weil ich zu lange den Kontakt gemieden hatte und nicht wusste, wie ich das erklären sollte. Ich hatte engstirnig reagiert und wusste das ziemlich gut einzuschätzen. Mir war auch klar, was Marek Rogalsky dazu sagen würde: Er hätte mich zuerst lange angesehen, dann seinen geliebten Marc Aurel zitiert, oder, wenn es ganz schlimm gekommen wäre, hätte er sich höflich nach meinem Befinden erkundigt. Das wollte ich mir ersparen.

Nur noch einmal, ich war längst erwachsen, kam ich ihm nahe. Mein Vater hatte seinen 70. Geburtstag, und ich sollte auf jeden Fall einen zweitägigen Besuch bei meinen Eltern einplanen. So ihr Wunsch. Ich fügte mich ungern, tat ihnen aber den Gefallen. Meine Besuche waren seit geraumer Zeit immer spärlicher geworden. Zwar telefonierten wir hin und wieder, aber die Entfremdung zwischen uns wuchs bei jedem Gespräch. Wir hatten einander einfach nichts mehr zu sagen, und so blieb es bei höflichen Erkundigungen und Alltagserzählungen beiderseits. Meine Geschwister waren früher angereist, und da es ein warmer und sonniger Tag war, konnten wir im Garten feiern. Ich übernachtete in meinem alten Kinderzimmer, das zum Hobbyraum meines Vaters geworden war. Er schnitzte Miniaturvögel, baute Kuckucksuhren, reparierte alles, was sich nicht mehr drehte oder nicht mehr tickte oder nicht mehr schlug. Mein Bett stand noch dort, wo es immer gestanden hatte, und auch mein Bücherregal mit Kinder- und Jugendbüchern. Ohne gewählt zu haben, nahm ich am anderen Morgen ein Buch heraus und schlug die erste Seite auf. Die Preisangabe in kleinen Bleistiftzahlen war noch immer deutlich erkennbar, ebenso der Stempelaufdruck auf einem herausnehmbaren Beiblatt: M. Rogalsky, Buchhandlung. Scham kam über mich wie eine Welle. Ob es sie noch gab? Ich würde spazieren gehen, erklärte ich meiner Mutter nach dem Frühstück, wusste aber schon, dass ich nur ein Ziel hatte: meine Buchhandlung.

Die ehemals staubige und enge Straße war verbreitert und mit neuem Belag versehen worden. Geschäfte, die mir völlig unbekannt waren, reihten sich daran entlang. In der früheren Metzgerei befand sich jetzt ein Kleiderladen des Roten Kreuzes, statt der Bäckerei fand ich einen Drogeriemarkt vor, und dort, wo wir unser Geld für Süßigkeiten ausgegeben hatten, verkaufte die Telekom ihre Handys. Nur mit größter Überwindung setzte ich meinen Weg fort. Aber meine Befürchtung traf nicht ein. Wie eh und je, allen Erneuerungen oder Veränderungen zum Trotz, fand ich den Eingang, der mir vor vielen Jahren rettende Flucht geboten hatte. Ich betrachtete die Auslage, schielte dabei aber schon auf das Schild an der Tür mit dem Namen des Inhabers und war wieder erleichtert, auch hier hatte sich nichts geändert. Marek Rogalsky. Er musste inzwischen uralt sein. Und doch berichtigte ich den Gedanken gleich wieder. Für Kinder sind alle Erwachsenen alt, egal, wie viele Jahre sie auf dem Buckel haben.

So war ich dann auch nicht allzu überrascht, als sich die Ladentür öffnete und der Buchhändler neben mich ans Schaufenster trat. Sein Gesicht, sein Haar, seine Figur, nichts schien sich verändert zu haben seit der Zeit, als ich ihn zuletzt gesehen hatte. Und ich war nicht weniger verlegen als damals bei unserer ersten Begegnung. »Aha! Haben wir ausgeschmollt?« Und dann lachte er, was sollte ich schon machen, ich lachte mit.

Er bat mich, mit ihm in den Laden zu kommen. Kaum war die Tür aufgegangen, strömte alles auf mich ein, was ich je mit der Buchhandlung verbunden hatte. Mandeln und Pfefferminze, Öl, alte Bücher, die neuen, Pakete und Leim, immer wieder Leim mit Mandelduft. Es war ein schöner, aber auch ein schmerzlicher Moment, den ich jedoch mit allen Sinnen einsog.

Die Holzregale und Auslagentische standen – ich erinnerte mich sofort – noch immer an denselben Plätzen. Nur die Bücher waren neu. Sie wirkten mit ihren Hochglanzumschlägen in dem dunklen, von Holz und Stofftapeten bestimmten Raum wie Fremdkörper und irgendwie deplaziert. Auf meine Frage, wo denn die antiquarischen Bände geblieben seien, zuckte er mit der Schulter.

»Die Welt hat sich verändert, seit du – ich darf doch noch du sagen – zum letzten Mal hier warst. Aber nur der Form, nicht dem Inhalt nach.«

Ohne nachzudenken, fragte ich nach seinem Büchlein, und er klopfte auf die Jackentasche.

»Das ist auch so seltsam. Als ich jünger war«, sagte er, »befürchtete ich, mehrere Ries Papier beschreiben zu müssen, um all die Gedanken und Zitate zu notieren, die ich im Laufe meines Lebens als wichtig erachten würde. Aber je älter ich werde, desto weniger Seiten brauche ich. Das Leben fußt auf vereinzelten Erkenntnissen, nur die Literatur scheint unendlich zu sein. Und jetzt ist es Zeit für den Tee.«

In meinem wundervollen Buchladen war die Welt stehen geblieben, war statisch wie ein Gedicht von Benn und schön wie eine japanische Zeichnung. Während er die Minze aufbrühte, sah ich mich genauer um. Hinter diesem Regal hatte ich gesessen, als Emil mich verfolgte. Als hätte er meine Gedanken gelesen, erzählte er, die Teekanne und Tassen geschickt mit der einen Hand balancierend: »Er ist zu einem ranken und schlanken Mann herangewachsen und Zahnarzt geworden, der mit seiner Familie noch immer hier wohnt. Auf dem Hügel neben der Kirche besitzt er ein Haus, in dem auch die Praxis untergebracht ist.« Ich vernahm in dieser Äußerung jenen seltsamen Unterton, mit dem er – auch früher schon für Fremde unmerklich – seine Bedenken auszudrücken pflegte. Unvermittelt fragte er: »Na, noch immer daran interessiert, den Buchladen zu übernehmen?« Ich zögerte, antwortete ausweichend, plauderte lieber über alte und neue Zeiten, und mit dem Versprechen, mir sein Angebot zu überlegen, verließ ich den Laden.

Ich wollte gerade einen letzten Blick in die Auslagen der Buchhandlung werfen, als ich in der spiegelnden Scheibe einen Reflex wahrnahm. Das Gefühl, beobachtet zu werden, irritierte mich. Ich wandte mich um und sah auf der gegenüberliegenden Straßenseite einen Mann, der etwa in meinem Alter sein musste. Er war sportlich gekleidet, schlank, und seine Haare lagen exakt aufeinander, als hätte er sie eben gekämmt. Mit der gesamten Erscheinung wollte er so gar nicht zum dörflichen Straßenbild passen. Noch während ich ihn musterte, winkte er mir lachend zu. Sollte das wirklich der *dicke* Emil sein? Schon lief er über die Straße, nahm mich in den Arm und wirbelte mich herum. Ich konnte mich nur wundern. Dann erzählte er, er sei Zahnarzt geworden, ihm gehöre das große Haus an der Kirche ebenso wie das, wo der Friseur untergebracht sei, und auch der Drogeriemarkt zahle seine Miete an ihn … Ohne Punkt und Komma sprach er weiter, wollte wissen, was aus dem und jener geworden sei, stellte mir zwischendurch neue Fragen, ohne die Antwort abzuwarten, redete in einem fort. Ich wusste gar nicht, wie ich mich aus der Situation befreien konnte. War er als Junge so maulfaul gewesen, dass die Lehrer ihm jedes Wort aus der Nase ziehen mussten, hatte er als erwachsener Mann das kindliche Schweigegelübde gründlich abgelegt.

Er schien gar nicht zu bemerken, dass die Tür zur Buchhandlung aufgegangen war. Ich aber erkannte die Pfefferminzdame sofort. Sie jedoch rettete mich nicht. Ohne uns zu beachten, schwang sie sich auf ihr Fahrrad und fuhr davon. Für einen Augenblick hatte ich gehofft, Herr Rogalsky würde heraustreten, mich ein zweites Mal vor Emil schützen, mich gleich wieder mit sich hineinnehmen in seine Welt, wo sich die Worte mit dem Staub verbanden und jedes Aufwirbeln nur zur Folge hatte, dass bald alles lautlos herabfiel, und so die Ruhe nie wirklich gestört wurde. Eine wunderbare Ruhe, gleichzusetzen mit einem universalen Stillstand, der zugleich Geborgenheit und Weisheit beinhaltete.

Letztlich blieb mir keine andere Wahl, ich musste Emil stehen lassen und trat den Rückweg an.

Aber bereits damals war meine Entscheidung gefallen. Es ging nur noch darum, meinen Entschluss, die Buchhandlung nicht zu übernehmen, für mich verständlich zu machen. Ich leistete lange Widerstand gegen den Gedanken, bis ich ihn endlich zuließ: Ich konnte und wollte auf den Zauber nicht verzichten, den ich in meiner wunderbaren Buchhandlung gefunden hatte. Was mich betraf, war das längst zu einer existenziellen Frage geworden. Ich rief an, um Marek Rogalsky meine Entscheidung mitzuteilen. Er aber sagte nur: »Es eilt nicht.«

Fast ein Jahrzehnt später erreichte mich die Nachricht vom Tod des Buchhändlers.

Die Trauerfeier und anschließende Beerdigung fand an einem Freitag statt. Fast alle Einwohner des Dorfes waren gekommen. Wer fehlte, war krank oder beruflich unterwegs. In vorderster Reihe saßen die Witwe, der Bürgermeister und der Feuerwehrhauptmann in Uniform. Er war in der Buchhandlung Rogalsky Stammkunde gewesen, schon zu der Zeit, als ich dort ausgeholfen hatte. Und er war es auch, der eine kurze und berührende Rede hielt. In all den Jahren sei ihm Marek Rogalsky Freund geworden, begann er tief bewegt. Marek hätte ihm auch dann noch zugehört, wenn andere längst die Flucht ergriffen hätten. Wie solle er denn nun noch etwas finden, ohne Mareks magischen Zeigefinger. Irgendwann wollten sie gemeinsam eine Reise nach Island antreten, um ins *»rote Auge«* des Vulkans zu schauen. Sie hätten es zu lange hinausgezögert, und nun wäre es ja nicht mehr möglich. Also würde er alleine hinfliegen und aus der Lava einen Vulkanstein wählen, der seinem Freund angemessen sei. Das habe Marek verdient. Dann verneigte er sich vor dem aufgebahrten Sarg und nahm seinen Platz wieder ein.

Dass Marek Rogalsky Katholik gewesen war, wurde mir erst während der Trauerfeier bewusst. Ein katholischer, polnischer Deutscher oder ein deutscher, katholischer Pole. So genau wusste das keiner.

Nach der Zeremonie wartete ich am Ausgang auf Frau Rogalsky. Sie bat mich, am Abend zur Buchhandlung zu kommen.

Ich suchte eine Sitzbank oberhalb des Friedhofs auf, um in Ruhe nachdenken zu können. Ich hatte eine Ahnung, weshalb sie mich um ein Gespräch gebeten hatte. Es konnte nur um die Buchhandlung gehen. Sie wollte sie mir fraglos zum Kauf anbieten, so wie es Marek Rogalsky bei meinem Besuch vor Jahren vorgeschlagen hatte. Ich überlegte lange, wie ich an einem solchen Tag ablehnen sollte und formte die Sätze in meinem Kopf: Frau Rogalsky, bitte verstehen Sie, dass es für mich keinen Zutritt in die Welt geben kann, die Ihr Mann geformt hat und die nur durch ihn zu dem wurde, was sie ist: meine wunderbare Buchhandlung.

Und genauso sagte ich es ihr. Unsere Begegnung fiel entsprechend kurz aus. Frau Rogalsky nahm meine Entscheidung ohne sichtbare Regung entgegen. Bevor ich mich verabschiedete, drückte sie mir ein Kuvert in die Hand. Ich nahm es dankend entgegen. Kaum auf der Straße, öffnete ich es. Eine schwarze Kladde von der Art, wie Marek Rogalsky sie immer bei sich hatte, lag darin. Noch im Gehen schlug ich die erste Seite auf. Der erste Eintrag, in feiner Bleistiftschrift geschrieben, zitierte Marc Aurel:

»Entweder lebst du hier fort und bist alsdann schon daran gewöhnt, oder du ziehst von hier weg und wolltest dann eben das, oder du stirbst, und dann hast du ausgedient. Ein Viertes aber gibt es nicht. Sei also nur guten Mutes!«

Für einen Moment sah ich sein feines, spöttisches Lächeln vor mir. Ich blätterte weiter, fand darin die Sammlung seiner Gedanken, schlug das Büchlein zu, schob es in meine Jackentasche und klopfte leicht darauf, um mich zu vergewissern, dass es dort sicher aufbewahrt lag.

Ulrike Draesner

Speck

Speck wusste nicht, warum er Speck hieß. Er war dünn, so sah er sich zumindest selbst aus dem Spiegel an. Stets hatte er frisch gewaschenes, ja duftendes Haar. Sein Lieblingsspiegel indes zeigte einen verschwommenen Speck, einen Speck, umrahmt von Büchern. Speck war kurz, die Bücher umstanden ihn wie einen Kranz, zwischen Speck und den Büchern befanden sich eine Scheibe und das Nichts. Specks Finger waren nicht immer sauber. Dafür waren auch sie kurz, sehr kurz sogar, konnten aber ein Buch halten, jedenfalls richtig herum, und die speckigen Abdrücke von Specks Fingern auf den Fenstern der Buchhandlung sah kaum jemand. Speck mochte Bücher, einzig ein Buch, in dem in fortlaufenden Geschichten nur gezeichnet wurde, man nannte es »Wimmelbuch«, mochte Speck nicht. Er erkannte sich darin in einem Mädchen wieder, das, ständig Buch lesend, durch die Stadt lief und das Leben versäumte, es war aber das Leben der anderen. Einmal rannte sie des Lesens wegen gegen einen Laternenpfahl, die Grobheit dieser Komik verletzte Speck, der wie das Mädchen selbstverständlich überall und immer las, und doch lachten die anderen darüber und zeigten auf das gezeichnete Kind, das Speck nun innerlich ebenfalls »Speck« zu nennen begann.

Speck war groß und zugleich klein. Nicht zufällig stand er an der Tür des Buchladens, auch wenn dieser geschlossen hatte, nicht zufällig drückte er sich an der Scheibe die Nase platt. Es war berückend, wie die Welt hier mit sich selbst in Übereinstimmung trat: In Speck standen Bücher, die, stand er vorm Laden, äußerlich noch einmal vorkamen; in Speck stand ein kleiner Speck, der wusste, was er wollte, der Bücher las und dabei groß wurde wie eine Welt.

Wie das geschah, war für Speck offensichtlich, schien den meisten Menschen aber ein Rätsel oder gar Geheimnis; Speck entdeckte, dass sie sich nach solch einem Erlebnis sehnten, aber nicht wussten, wie die Sehnsucht stillen. Das musste umso mehr erstaunen, als das Geheimnis jeden täglich umgab, ja, jeder sich seiner bediente, wenn er Sprache benutzte. Den Buchhändlern, einem Brüderpaar, war es selbstverständlich vertraut, sie spielten damit und mit Speck, indem sie ihm zeigten, wie man die Welt einrichten muss, damit sie sich reimt:

Eins zwei drei vier fünf sechs sieben,
in der Schule wird geschrieben,
in der Schule wird radiert,
bis der Lehrer explodiert.

Als Speck ein paar Tage später stolz das Gedicht weiterführte, waren sie empört (um Speck zu gefallen):

Lehrer fährt ins Krankenhaus,
streckt den Po zum Fenster raus,
unten steht ein Polizist,
kriegt die Kacke ins Gesicht.

»Ist«, gereimt auf »icht«. Da fühlte man, wie die deutsche Sprache etwas Sprödes, besser »Sprödiges« hatte, das sie liebenswert machte, empfindlich und packend. Wie sie brach, wenn sie reimte, wie sie rieb, wenn sie sang, wie bescheiden sie war, ging es um den Klang, wie gern sie sauste und zischte wie der Wind, bis die Kassenzettel im Laden dahinwehten, die Teppiche sich wellten, die Seiten der Bücher von selbst umschlugen. Speck staunte: Offensichtlich war die Welt keine Kugel, die unbeweglich auf dem Globusständer verharrte, sondern ein an unsichtbaren Sprachschnüren auf und nieder hüpfender Ballon, der je nachdem, wie an ihm gezogen wurde, ein anderes Bild zeigte.

Kaum war Speck etwas älter, also hatte mehr gelesen, sprachen die Brüder vom Schwimmen! Speck wusste, dass die Tiefen der Buchhandlung nachts bläulich schimmerten. Auch mochte das Namensschild mit dem Rabenzeichen, das sich leuchtend über zwei Häuser erstreckte, meer- oder seeblau genannt sein. Aber Schwimmen? Die Brüder wackelten ein wenig mit den runden, einander ähnelnden Köpfen und sagten, als wäre es das Selbstverständlichste: »Das Deutsche ist ein Teich.«

Speck lachte herzlich. Das war zu komisch. Da saßen sie nun alle drei an einem der Tische der Buchhandlung, und die Händler verrieten, was sie aus Büchern gelernt hatten. Die Worte des Deutschen trieben auf der Fläche der Grammatik wie Seerosen: Unten waren sie miteinander verbunden, oben tauschten sie Platz. Je nachdem, was man anstellte, verknoteten oder entwirrten sich die Stängel, je nachdem fühlte auch die Welt, die der Satz fasste, sich freundlicher, stachliger oder nachgiebiger an. Der ältere der Buchhändler sprach für Speck hier von Rosigkeit – wenn ein Satz ins Gehirn glitt und angenehm betäubte. Der andere betonte die Schlammigkeit des Deutschen, man versumpfte, japste im Satz, manchmal machte gerade das den größten Spaß.

Für eine Zeit waren Speck die gedrehten Sätze am liebsten, ein Stängel schlang sich um den anderen, lesend kletterte man die Spirale hinauf, ohne im Vorhinein zu wissen, wo man ankommen würde. Die Brüder übrigens fuhren einen schnittigen, silbrigen Wagen, orderten, surften wie andere auch, handelten, rechneten. Weil sie aber nicht vergaßen, die Türen in ihr Inneres geöffnet zu halten – sie lasen eine Stunde am Tag, was sie wollten, jenseits allen Geschäfts –, wussten sie, was Menschen brauchen, und versorgten Speck mit Kuchen und einem Meereskundebuch.

Es erzählte von der überraschenden, an sich übersteigerten, aber effektiven Intelligenz der Tintenfische. Die waren nichts als überdimensionierte Schnecken, mit acht Armen und neun Gehirnen. Die Regeln für den deutschen Satzbau ähnelten ihnen, ja, waren ganz dem freien Krakentum verpflichtet. In raschem Wechselgesang führten die Brüder den Beweis auf für Speck:

Neun Gehirne hat der durchschnittliche deutsche Satz.
Der durchschnittliche deutsche Satz hat neun Gehirne.
Neun Gehirne – durchschnittlicher deutscher Satz.
Der deutsche Durchschnittssatz hat neun Gehirne.
Deutsch durchschnittlich hat der Satz neun Gehirne.
Der durchschnittliche deutsche Satz hat Gehirne – neun.
Der deutsche Satz hat im Durchschnitt neun Gehirne.
Gehirne, neun, hat der durchschnittliche deutsche Satz.
Der Satz hat neun Gehirne, deutsch durchschnittlich.
Deutsch: neun Gehirne hat im Durchschnitt der Satz.

»Das waren zehn«, rief Speck, aß das letzte Stück Kuchen und kletterte inspiriert die nächste Leseleiter hinauf. Gemeinhin hatte er Angst vor Leitern, allemal, wenn sein Vater eine im Garten aufstellte und Speck aufforderte, die letzten Früchte aus dem Wipfel des Apfelbaums zu holen. Nur hier, im Buchladen K., vergaß er diese Angst sowie andere Ängste und kletterte in ungeahnte Höhen. Vor der Tür standen Linden, rundum gab es Drogerien, Boutiquen, Gasthöfe, Apotheken, sogar ein Schloss mit Park und Café. Fast sah die Stadt aus wie eine deutsche Stadt in Büchern aussieht, nur mit dem Unterschied, dass sie wirklich war, und manchmal wehten extrem verlockende Torten- oder Spargelgerüche durch die geöffnete Ladentür herein und mischten sich mit dem Duft nach Tinte, Leinen, Leim und Papier jeglicher Art.

Speck machte sich nützlich: Er wedelte auf seiner Leiter mit einem Staubtuch, entdeckte Verlorengeglaubtes, führte einen Kunden zu einem seltenen Buch. Den Parcours zwischen den hohen und halbhohen Regalen, Schemeln, Tischen, neuen Bücherstapeln, älteren Bücherstapeln, Nischen, Buchstützen, Lesetischen, Drehständern kannte er wie kein Zweiter. Es war ein Parcours auf allen Höhen der Buchhandlung, die, wie es sich gehörte, Buchhandlung von oben bis unten und von unten nach oben war, vor allem Letzteres, denn von unten füllte sie sich und wuchs stets ein wenig zu.

Da passierte ihm dies: Er stand vor irgendeiner Buchhandlung in irgendeiner Stadt und sah sich im Schaufenster gespiegelt als alter Mann. Es war aber wieder die Buchhandlung mit dem blauen Rabenschild. Speck erkannte, dass er früher größer gewesen war, daran erinnerte er sich; er war früher auch kleiner gewesen, daran erinnerte er sich ebenfalls, nun schrumpfte er also wieder, nur nicht ganz. Bücher schwebten um ihn, seine Finger waren nicht mehr so speckig, aber noch immer dazu fähig, Abdrücke zu hinterlassen, zarte und tastende Spuren am Scheibenglas.

Speck hatte gelesen, wie ein junger Mann sich beim Zahnarzt während der Behandlungen verliebte, ja, die Frau fürs Leben fand. Die Möglichkeit, stumm auf dem Stuhl zu liegen, während eine Unbekannte ihm gut zusprach oder gar solidarisch seinen Arm drückte, sodass er ihr mit den Augen danken konnte, zog ihn an. Da er beim Lesen gern ein Bonbon aß, und ein zweites, durfte auch er zum Zahnarzt gehen. Leider verpasste er mehrfach die Helferin, weil er weiterlesen musste, obwohl er, je mehr er las, im Lesen immer langsamer wurde. Speck hatte begonnen, in die weißen Räume zwischen den Zeilen – oh nein, nicht zu rutschen: er trat ein. Sie hatten Türen, die sich öffneten, sanft winkten, ihn tiefer zogen. Bald entdeckte er, dass es auch für diese Räume Räume im Laden gab. Dort saß man im gelben Schein einer runden Hängelampe zwischen dunklen Regalen und manchmal in der Sonne neben der bunten Fensterscheibe. In den Räumen, die die Zeilen Speck gewährten, geschahen Dinge, die mit dem, was in den Zeilen geschah, verbunden waren, es aber wie eine ferne Melodie umspielten. Sie erzählten von Gedanken der Figuren und ihrer Verbindung mit Specks eigenem Leben; hier verschmolz die Buchwelt mit ihm, hier war er ganz bei sich: indem er nicht allein war. Er lachte vor Glück und fand seither auf den Regalen auch jene kleinen, oft ein wenig angegilbten Bücher, die nur einige Gedichte enthielten und immer schon dagestanden hatten. Lange vor seiner Geburt waren sie gedruckt worden, ein wenig fleckig nun; leise Stimmen, die, entepente leiolente, gern auch einmal ein »icht« auf »ist« reimten.

Die Zahnarztbesuche gingen ergebnislos vorüber; man darf sich aber nicht vorstellen, Speck hätte einsam gelebt. Er wusste manches über Menschen, weil er sie liebte, zugleich aber Angst vor ihnen hatte. Diese Kombination galt als Rudelklassiker (weitverbreitete Symptomatik unter Rudellebewesen). Speck war kein Leitwolf, auch das teilte er mit vielen. In der Buchhandlung lernte man sich kennen, trank einen von den Buchhändlern im rechten Augenblick angebotenen Kaffee und begann, von sich zu erzählen. Speck hörte gut zu und wusste auch Rat zu geben oder, mehr noch, mitzufühlen. Nicht selten brachte er Ideen auf, die dem Betroffenen nie gekommen wären, und wusste noch zu sagen, wozu ihre Umsetzung bestenfalls führen würde. Manche Bücher nannten so etwas »emotionale Intelligenz«, dazu lächelte Speck nur, und auch die Buchhändler lächelten, denn sie hörten gern zu, wenn die Kundschaft sich unterhielt. Einer der Brüder ging dann selbst zum Regal – an geraden Tagen war es der ältere, an ungeraden Tagen der jüngere –, um zu lesen und durch sein lautloses Tun die Kunden zu unterstützen, während der andere Kisten ausräumte, kassierte, den Kaffee brühte oder mit dem Auto zum nächsten Bahnhof fuhr, bis der Wagen silberne Bahnen um die Buchhandlung gelegt hatte wie ein Mond um seinen Planeten.

Auch Speck war nun so weit: Er hörte die Stimmen der Bücher.

Anfangs dachte er, es seien im Verborgenen die Stimmen der Autoren, doch es handelte sich um die Stimmen der Bücher selbst – nicht ihre Erzähler oder Figuren kamen zum Zug, sondern das ganze Buch, wie es im Regal stand, aus diesem Papier, mit diesem Schutzumschlag, diesem Leinen, diesem Lesebändchen, dieser Seitenaufteilung, in dieser Schrift und dieser Sprache. Immer leichter bewegte Speck sich in der Sprache, das geschah so sanft, dass es ihm zunächst nicht einmal auffiel, erst mit der Zeit spürte er, wenn er selbst den Mund auftat oder anderen zuhörte, wie die Sprache die Zügel seiner Gedanken zog, wenn die Gedanken denn einmal das Pferd waren, und die Sprache sie also ritt oder zuritt und zum Springen brachte. Da steuerte sie, einfach durch ihre Pausen und Luftholungen, ihr Gewicht und ihre Füllung, den Zug nach links oder rechts oder auch in die Höhe, ins Trippeln, Tänzeln, Verharren oder Galoppieren.

Am Ende wunderte es nicht einmal mehr Speck selbst, dass er seine Frau vor einem Buchregal kennenlernte. Sie erzählte ihm, wie sie als 13-Jährige von ihrer Mutter Thomas Manns *Bekenntnisse des Hochstaplers Felix Krull* geschenkt bekommen hatte und die erste Sexszene ihres Lebens las. Die Mutter sei zwischendurch ins Zimmer getreten, um zu fragen, wie das Mädchen den Roman finde, die Leserin habe ein dezentes »hja, ganz gut« zustande gebracht und nachgeschaut, was der Autor noch so geschrieben hatte. Die *Buddenbrooks* fand sie enttäuschend. Das eigentlich Entscheidende aber war, wie Speck sich genau erinnerte, was seine spätere Frau sodann sagte: Wie sie eben nun das Buch so viele Jahre später wieder lese und die Szene zwischen dem schönen Hotelboy Felix und jener reichen Dame fortgeschrittenen Alters, die er schließlich um einige Juwelen erleichtere, vollkommen verändert finde. Und zwar allein durch sich selbst. Damals, als Mädchen, habe sie sich mit dem Jungen identifiziert, den Dienstleistungssex gespürt, die Frau für alt und in keiner Weise begehrenswert gehalten. Nun sei sie selbst so alt wie die Romanfigur und folge der Stimme des Autors keineswegs! Denn sie sehe, wie er sich mit seiner Sprache alles zurechtreite, wie er die Erotik verteilt habe zwischen dem Jungen und der Bestohlenen, welcher Körper glänze. Aber die Stimme des Buchs sei eben das nicht. Die erlaube ihr, in dem Hotelzimmer, in dem alles geschehe, frei umherzuwandern, also etwa auch die Frau zu sein und mit ihr zu lächeln über die Diamantengier des Jungen und seinen zu schnellen Erguss.

Hier zwinkerte die im Baum sitzende Katze, die spätestens jetzt in diese Geschichte gehört, und Speck sah, dass sie in etwa so wenig Zähne hatte wie er, was ihn nicht beunruhigte. Zum Lesen brauchte man keine Zähne, nur Augen oder Hände, und schon war es wieder der junge Speck, der die Leiter hinaufkletterte und soeben frisch gedruckte Bücher in die Hand nahm, die er jetzt, als alter Speck, festhielt, mit dem jungen Speck in sich, alt und vergilbt oder alt und unvergilbt, weil man die Papierzusammensetzung geändert hatte. Auch die Buchhändler waren noch immer da. Das hatte Speck erwartet, etwas anderes hingegen nicht: Die Buchhandlung hatte ein zweites Geheimnis.

Sie enthielt kein einziges Buch über die Zeit. Bücher zur Zeit gab es in Bibliotheken und jenen Buchgeschäften, die Bücher so schnell gegeneinander austauschten, dass Speck schon meinte, man habe statt Büchern Blumen und statt Buchregalen Geldregale stehen. In einem Roman hatte er gelesen, dass sich einmal, es musste wohl in Island gewesen sein, ein Rabe auf eine Person stürzte, die soeben mit ihrem Einkauf aus solch einem Laden trat. Der Vogel zerrte an der Plastiktüte, in der das Buch steckte, bis der Kunde losließ, und flog mit der Beute davon. Alle Zeitungen berichteten von dem Ereignis, einer einmaligen Begebenheit. Wenige Tage später indes wiederholte sich der Zwischenfall, diesmal mit mehreren Raben, die sich, einer nach dem anderen, auf Kunden des Buchladens stürzten und mit Plastiktüten und den in Plastik eingeschweißten Büchern entwischten. Die Raubstücke verschwanden spurlos, die

Raben vermehrten sich. Bald saßen sie in Schwärmen auf allen Dächern, Bäumen und Leitungen und warfen sich in großen flügelschlagenden Haufen auf jeden, der versuchte, ein Schnellbuchgeschäft zu verlassen.

Speck hatte, als er noch sehr kurz war, Angst gehabt, die Bücher könnten ihm auf dem Lebensweg ausgehen, Angst vor dem Tag, an dem er den Buchladen, trotz dessen schierer Unerschöpflichkeit, doch einmal ausgelesen haben würde. Eine Zeit lang sauste er deswegen, wenn er zu Hause im Bett lag und den Vater durch die Wand schnarchen hörte, auf einer Rakete vor das Schaufenster; später brauchte er nicht einmal mehr eine Rakete dafür.

Bald beruhigte er sich. Seine Buchhandlung war kein Blumenladen. In ihr verblühte nichts, nichts wurde im Dunkeln heimlich ausgetauscht. Bücher, die einmal eingesogen waren, gab der Laden nur in überschaubaren Portionen wieder ab. Pakete sah Speck ankommen, einzelne Bücher gehen. Exemplare, die Kunden gewünscht, aber nie abgeholt hatten, wurden in das eigens eingerichtete Inspirationsregal geräumt. Nach einigen Jahren des Lesens bemerkte Speck, dass er die Buchhandlung nicht auslesen konnte, nicht so, wie man ein Glas Wasser austrinken kann, einen Kaffee oder ein Glas Wein. Es erleichterte ihn unendlich: Nun würde er mit dem Leben eher ans Ende kommen als mit den Büchern.

Manche, wie er herausfand, als er studierte, bedrückte eben das, und es hatte, wenn man darüber nachdachte, auch etwas Trauriges. Allein: Die Alternative wäre um vieles schrecklicher gewesen.

So fand Speck sich beflügelt von Reichtum und Überschuss. Wenn er daran dachte, wollte er sich in einen duftenden Buchkorb setzen, eine der vielen Welten erzählen, denen er begegnet war, dazu wünschte er sich Reime und zwei Buchdeckel aus der Buchhandlung, vor deren Scheiben er in Gedanken oft schwebte, auch als er nicht mehr in der Stadt lebte, in der er nie gelebt hatte. Doch den Ort gab es, er hatte ihn, in aller Wirklichkeit, lange schon erkannt.

Rolf-Bernhard Essig

Nazis in Dortmund

Für B. S.

»Aber natürlich habe ich Zeit für Sie. Einen winzigen Moment bitte!«

Ich habe zwar ungefähr 20 Kilo Bücher auf dem Arm und bin schon halb im Lagerraum verschwunden, aber vielleicht hat der Typ ja bloß seine gelbe Binde mit den drei schwarzen Punkten vergessen. Oder sehe ich heute einfach so anziehend aus, dass er sich gerade mich ausgesucht hat? Vielleicht steht er auf gestandene Buchhändlerinnen?

»So. Jetzt! Stehe zu Ihrer Verfügung. Was kann ich für Sie tun?«

Vielleicht sollte ich ihn gleich aus dem Laden schmeißen, so wie er mich von Kopf bis Fuß mustert, als wäre ich eine galaktische Schabe. Die Fußgängerzone ist voll genug, sodass er nicht mal hinfiele. Doch ruhig, mein Herz. Er hat den Weg hierher gefunden. Er hat die Schwellenangst besiegt und die größere noch, einen Menschen anzusprechen, einen wildfremden, ja, eine Buchhändlerin. Es könnte ein ernsthaft Interessierter sein.

»Ein Buch? Also davon haben wir eine ganze Menge. Ginge es noch eine Spur genauer? An was dachten Sie denn?«

Wie komme ich nur darauf, dass er denken kann. Sprechen, ja, aber höhere, meinetwegen mittlere Hirntätigkeiten – ich weiß nicht, ich weiß nicht. Warum gerate immer ich an solche Schrate? Auf die Weise kann das Jahre dauern. Und in 20 Minuten ist Ladenschluss.

Ich wäre jetzt einfach im Lager verschwunden. Hätte dort hinten ein wenig mehr Ordnung reinbringen können. Und dann endlich heimgehen, jedenfalls weit weg von Umstandskramern wie dem hier.

»Also, wenn Sie sich nicht an den Titel erinnern können … Aber das kriegen wir schon hin. Wozu habe ich das denn gelernt?«

Genau: wozu, wozu? In Momenten wie diesem begreife ich es wirklich nicht mehr. Ich war doch jung, intelligent, strebsam, jedenfalls meistens. Übersehen konnte man mich auch nicht. Gut, kein Model, aber ein großes Mädchen, das viel schaffen kann in dieser Welt. Das hätte doch für eine anständige Arbeit reichen können! Stattdessen stehe ich hier in diesem netten, kleinen Kleinstadtbuchladen mit vier kleinen Kollegen und mit gar nicht so kleinen Problemen und warte. Warte gefühlte 20 Minuten, um eine einfache Antwort aus diesem grinsenden Gesicht zu kitzeln. Immerhin ist er höflich.

»Wie wäre es denn mit dem Autor? Das hilft ungemein! Damit kommen wir in der Regel weiter. Wir kennen natürlich nicht alle, doch im Notfall hilft uns ja das Computerchen hier.«

Was fasel ich da wie ein Lehrmädel? Ich sollte lieber gleich im Computerchen die Fahndungsliste ansehen, ob jemand aus der geschlossenen Abteilung ausgebüxt ist. Schwer sediert wirkt er auf jeden Fall. Das Dauerlächeln passt auch. Nur die Kleidung weist stark auf Rudis Reste Rampe hin. Oder doch nur Freizeitklamotten? Teure Sachen im Used-Trash-Look? Wenn er doch nur den Autor ausspucken würde. Wie heißt er? Bitte, bitte! Gib mir ein A! Oder was auch immer.

»Mit ›M‹ oder ›S‹ gibt es wirklich eine Menge. Mankell, Meyer, May, McFadyen, Sparks, Safier, Schury, Seghers. Können Sie mir noch mehr verraten? Ist er Deutscher, oder eine Frau vielleicht?«

Ich glaube, er kann gar nicht lesen. Er braucht einfach was, um den abgebrochenen Kommodenfuß zu ersetzen. Gut, er quatscht nicht ohne Punkt und Komma. Aber ein bisschen mehr dürfte es sein.

»Was Sie nicht sagen! Das *ist* aber auch schwer, wenn man drei Kinder hat und keine Frau.«

Ich kann kaum begreifen, wie auch nur eins entstehen konnte, dafür umso besser, warum sie weg ist. Wahrscheinlich konnte sie die Warterei auf Antworten nicht ertragen.

»Ich glaub auch nicht an Ratgeber. Da haben Sie recht. Die helfen vor allem den Autoren. Als Selbsttherapie und finanziell. Wenn wir schon bei der Hilfe sind – hätten Sie noch einen kleinen Tipp für mich? Sie erinnern sich, das Buch!«

Das Buch! Sag mir, was du willst! Hier liegt ein Teppichmesser! Ich bin auch nur ein Mensch. Und hab das Haus vor zehn Stunden verlassen! Du lebst gefährlich!

»Darauf bin ich noch nicht gekommen, aber wo Sie es jetzt sagen. Na, wenn jedenfalls ein Roman auch irgendwie ein Ratgeber ist und Sie einen Roman wollen, dann sind wir ja schon ein ganzes Stück weiter.«

Auf dem Weg in die Klapse. Denn lange halte ich das nicht mehr aus. Warum hilft mir denn niemand? Kein Kollege nirgends. Die riechen so was. Die verstecken sich hinter dem Büchergilde-Regal oder bei den Sams-Figuren auf der Kinderburg und vertrauen auf meine übermenschlichen Widerstandskräfte: Bookwoman rettet mal wieder den Welt-Laden und schafft das Unmögliche – verwirrte Kunden glücklich zu machen. Puh, das tut gut. Jetzt geht es mir besser. Wenn er was Konkretes äußert, werde ich ihn verschonen. Nutze deine Chance, Würstchen, lebe weiter! Bookwoman verzeiht dir. Aber nur, wenn du endlich zu Potte kommst!

»Drei Jahre Lehrzeit, stimmt. Bei mir waren es zweieinhalb, wegen der Realschule. Das Wichtigste ist natürlich die

Praxis. Sie verstehen, der Kundenkontakt. Es genügt nicht, wenn man nur gerne liest.«

Nein, man muss auch Supernanny sein, mindestens eine Kampfsportart leidlich beherrschen und fünf Jahre Meditation in Shangri-La oder einem Ashram Ihres Vertrauens absolvieren. Von einem Computerkurs pro Jahr für das Warenwirtschaftssystem und ein paar Semestern Jura ganz zu schweigen, um die Horden junger Ladendiebe straffrei aus dem Geschäft zu komplimentieren. Ach, und Chemie natürlich. Salzsäure sollte in keiner wohlsortierten Buchhandlung fehlen. Wozu lesen wir denn Cornwall, King und Harris? Ein kleiner Schlag mit dem ›Wahrig‹ auf den Hinterkopf, flugs in die Wanne im Lager, und schon löst sich so ein Kundenproblem wie von selbst. Stöpsel raus und flutsch, weg.

»Und warum sind Sie kein Kollege geworden?«

Weil du im Berufsverzeichnis nur bis »Autoverkäufer« gekommen bist, seitdem das Lesen eingestellt hast und Buchhandlungen nur noch betrittst, um deinen sadistischen Neigungen nachzugehen.

»Autoverkäufer, tatsächlich? Das hätte ich mir denken können. Bei der Beredsamkeit!«

Seit knapp zehn Minuten immerhin schon drei Sätze. Oder waren es vier? Ich verlier langsam den Überblick. Wo bin ich? Was will er von mir? Sankt Lukas, hilf mir jetzt und in der Woche vor Weihnachten. Amen!

»So ein Witz lockert doch den Alltag auf. Und wenn es dann noch ein Buchhändlerwitz ist. Erzählen Sie ruhig! Ich bin ganz gespannt.«

Es stehen schließlich nur sieben Kunden hinter dir. Es ist auch erst 18 Uhr 46. Es fehlt von den Kollegen jede Spur. Und es dauert nur noch 17 Schläge bis zu meinem ersten Herzinfarkt. Exitus durch Kunde.

»*Nazis in Dortmund*? Das ist sicher ein politisches Buch.«

Nein, das ist der älteste Buchhändlerwitz aller Zeiten. Okay, okay, nach dem Zweiten Weltkrieg: Kommt ein Kunde in die Buchhandlung und kann sich nur noch an den Titel des Buches erinnern. Er hat ›Nazis in Dortmund‹ verstanden. Nach einer halben Stunde Suche und der Hinzuziehung dreier Kollegen und vierer Kunden – je nach Witz-Erzähllaune kann hier ausgebaut werden – stellt sich heraus, dass es sich um einen Verhörer handelt. In Wirklichkeit hatte ihm jemand ›Narziss und Goldmund‹ empfohlen. Harharhar.

»Hehe, haha. Ja, darauf kann man wirklich nicht kommen. Obwohl Hesse durchaus gegen die Nazis war und sicher erst recht gegen die in Dortmund. Kunden wollen manchmal schon seltsame Dinge. Was für ein Glück, dass Sie sich erinnern, welchen Roman Sie wollten! Können Sie ein wenig vom Inhalt erzählen?«

Wenn nicht, dann kippe ich dieses Regal mit den Kunstbänden und Lexika auf dich. Das sollte als Unfall durchgehen. Das Problem wären nur die vielen Remittenden und dass du so einen schönen und schnellen Tod nicht verdient hast. Also sag mir lieber, was vorkommt! Vielleicht hat dieses Martyrium dann ein Ende, und ich kann nach den sieben Kunden – oh wie, nur noch fünf? – endlich Feierabend machen als freie Frau und ohne Vorstrafen; kann heim zu Mann und Kind, zur Badestelle, wenn's noch warm genug ist, ein Bier trinken, lesen.

»Komplizierte Liebesgeschichten gehören zu den beliebtesten Stoffen. Können Sie sich denn an irgendwelche Details erinnern? Namen der Hauptfiguren? Wo die Geschichte spielt? Wurde es vielleicht verfilmt? Oder ist Ihnen der Verfasser mit ›M‹ oder ›S‹ doch noch eingefallen, wenigstens seine Nationalität?«

Ich könnte einfach in Ohnmacht fallen. Vielleicht ist er ein Kavalier der alten Schule und lässt mich hier liegen. Ich bin auch nur eine Buchhändlerin, der man die 35 Jahre Dienst am Kunden langsam anmerkt. Weil Schwachmaten wie der da uns umbringen, jawohl, umbringen. ABER: Ab heute 18 Uhr 52 wird zurückgeschossen. Ich gebe dir noch fünf Minuten. Obacht! Quäle nie eine Buchhändlerin im Scherz, denn sie fühlt wie du den Schmerz. Was sag ich: Sie fühlt ihn viel stärker als so ein Klotzkopf von Autohändler. Gut, vielleicht ist er wirklich nur unglücklich, vielleicht ist er verliebt und verwirrt, vielleicht wird dieses Buch sein Leben retten, das seiner Kinder und zweier nationaler Automarken, aber ich brauche jetzt Fakten, Fakten, Fakten!

»Sie haben nur den Film gesehen! Da ist doch schon mal was! Wer hat denn da mitgespielt?«

Wahrscheinlich grüne Monster. ›Shrek‹, da gibt es auch eine komplizierte Liebesgeschichte. Und er will wahrscheinlich doch eine DVD. Ich fasse es nicht. Wo sind die Kollegen? Eine ist auf dem Klo. Seit über zehn Minuten. Wie heißt's im ›Hauptmann von Köpenick‹: »Wer scheißt denn hier so lange?« Der Heinz muss doch irgendwo …

»Wenn ich ehrlich sein soll, kann ich mich nur an *Matrix* mit Keanu Reeves gerade erinnern. Und Uma Thurman aus *Pulp Fiction*. Das sind aber keine Liebesfilme. Und ob es dazu Romane gibt?«

Klar schüttelt er den Kopf! Tu ich innerlich seit zehn Minuten. Ob verdrängtes Headbanging als Berufskrankheit anerkannt wird?

»Wenn das nur Nebenfiguren sind, ist es natürlich schwierig. Hm. Schauen Sie, wir machen das jetzt so: Sie überlegen kurz, was Ihnen alles außer ›Reeves‹, ›Thurman‹, ›komplizierte Liebesgeschichte‹ und ›verfilmt‹ noch einfällt und schreiben es auf diesen Zettel. Hier ist eine Kaffeemaschine. Funktioniert ganz einfach. Hier Latte, da Cappuccino und Espresso. Ich bedien rasch die anderen Kunden. Bin gleich wieder bei Ihnen. Am besten, Sie denken zwischendrin sogar mal kurz an etwas anderes.«

Ich fühl mich wie der Dschinn aus dem ›Dieb von Bagdad‹: »Frei, frei, endlich frrrrreiiiii!« Wenn auch nur für zehn Minuten höchstens, denn das hier sind meine Kunden, treue Seelen, geduldige Lämmer auf unserer Bücherweide, kenne ich alle mit Namen. Das erledige ich von Herzen und mit links. Mist aber auch, dass jetzt die Kollegen wieder da sind! Wie schaurig! Lasst mir doch auch einen! Halt! Langsam!

»Hier ist der bestellte Manierismus-Band und die Hannah-Arendt-Biografie. 57,90 bitte. Eine Tüte? Kann ich sonst noch etwas für dich tun? Nein? Na … dann … Wiedersehen!«

Warum hast du heute so wenig Zeit, oh mein geliebter Stammkunde? Fühlst du denn nicht meine Not? Gerade du, der du sonst so charmant von deinen Studiosus-Fahrten zu plaudern verstehst, von deinen verrückten Reisegesellschaften in Ecuador und Argentinien, die von dir noch nachts um drei erwarten, dass du ihnen als Führer die Klos zeigst. Und heute? Nichts als Eile. So zieh denn deiner Wege. Rette dich und lass mich hier liegen! Da geht er hin. Und kein Kunde mehr übrig als der Zettelmensch dort drüben mit dem Cappuccino. Nun gut. Ich habe über 50 Jahre gelebt. Es war nicht so schlecht, manches sogar schön. Die Axel-Hacke-Michael-Sowa-Lesung, die Harry-Rowohlt-Sause bis um vier, das letzte Tim-Fischer-Konzert.

»Ich hab Sie nicht vergessen. Ich war nur gerade ein wenig in Gedanken. Spielt der Roman denn auch in komplizierten Zeiten – Kreuzzüge, Zweiter Weltkrieg oder Kalter Krieg? Sind die Helden wohlhabend oder eher am Ende?«

So wie ich: desorientiert, müde, heimatlos, kaputt, deprimiert. Mir wird immer klarer, warum Buchhändler Alkoholiker werden.

»Was haben Sie denn aufgeschrieben? ›Frankreich. Liebhaber? Markise? Gefühlsverwirrung. Ältere Frau und jüngerer Mann. Und umgekehrt?‹«

Drei Fragezeichen auf einem Zettel. Vielleicht sollte ich ihn mit rüber ins Kinderbuch nehmen. Ich muss da eh dringend nach dem Rechten sehen und langsam abschließen! Wieso »Markise«? Mord hinterm Rolladen? Quatsch! Wahrscheinlich einfach »Marquise«, wie ›Die Marquise von O…‹ Das hat mal jemand mit der ›Geschichte der O‹ verwechselt, aber …

»Verzeihung, die Rückseite hab ich übersehen: ›17.? 18. Jahrhundert? Duell, Schnee‹ …«

Mache ich es kurz und springe von der nächsten Brücke wie bei Bierce? Lasse ich mich von einem keuschen Vampir beißen und sterbe vor Langeweile? Erschieße ich mich wie Werther? Oder stürze ich mich in einen Degen wie …?

»Halt! ›John Malkovich? Glenn Close? Verführung?‹ Meinen Sie etwa *Gefährliche Liebschaften*?«

Yabba dabba doo! Ich bin der König des Dschungels! Ich bin Wonder-Bookwoman, die unschlagbare Buchhändlerin! Ich bin die Größte! Ich bin die Schönste! Ich bin der Sieger! Filmclubjahre mit viel Kunst, die wehtut, ich danke euch! … Aber warum sagt er denn nichts? Warum nimmt er mir den Zettel aus der Hand? Was ist los. Ich kann mich nicht getäuscht haben! Alles stimmt! Sag was, hopp! Bitte! Ein Erfolgserlebnis am Feierabend, wann hatte ich das zum letzten Mal? Als die Frau den Klassensatz ›Zauberberg‹ bestellte. 1998? Ne, '97. Das darf doch alle 15 Jahre mal geschehen. Heiliger Johannes, heiliger Bartholomäus, jetzt seid ihr dran. Helft eurer Schutzbefohlenen!

»Die müssten wir im Laden haben, da bin ich mir fast sicher. Vielleicht sogar in unterschiedlichen Ausgaben. Diogenes, Hanser, Insel, dtv. Schau an, sogar Artemis & Winkler. Leicht angestaubt, aber gute Übersetzung, soweit ich weiß.«

Ich bin so gut wie glücklich! Alles an seinem Platz, sauber, die Regale durchweg ordentlich, die Bücher ohne Eselsohren oder Flecken. Anspruchsvoller Titel in mehrfacher Auswahl vorhanden. Manchmal sind wir tatsächlich so gut wie unser Ruf! Und besser als die Ketten.

Hoffentlich bleiben die unserem Städtchen noch lange fern! Sonst ist es mit uns Essig.

»Bücherschreiben wäre nichts für mich! Schon gar nicht übers Autoverkaufen. Auch wenn Sie mir das zutrauen!«

Das hättest du wohl gern, aber so weit bin ich noch nicht. Außerdem kenn ich genug Autoren. Selbst hier am Ort ein Dutzend. Die Möchtegerns, Schluderer, Wenigkönner außen vor gelassen. Die andern sind schon nett, zuweilen. Desorientiert, wenn sie zu viele Lesungen haben, desolat, wenn kein Publikum da ist; noch mehr als wir. Mal ängstlich, dass sie keiner erkennt, mal sauer auf die Schlange mit Signierwünschen. Klagen über miese Bezahlung oder zu hohe Steuern. Geschiedene, gealterte Casanovas, Langweiler, Homos – komischerweise keine Lesben bis jetzt.

»Über mich schon gar nicht. Wir Buchhändler, wissen Sie, wir erleben gar nicht so viel.«

Okay, bis auf die gammelnden Eier hinter der Kinderburg letzten Sommer. Literaturkritiker, die auf den Teppich kotzen. Und bedrohliche Inkassoleute mit Mafiaklamotten, die sich in der Adresse geirrt haben. Glaubt uns eh kein Mensch! Egal! Jetzt möchte ich mein Erfolgserlebnis abholen. Zack, zack!

»Haben Sie sich entschieden? Ach, und ist das jetzt eigentlich das richtige Buch?«

Meine Hoffnung schwindet. So, wie er blättert und schaut. Wäre auch komisch gewesen. Hab's zwar nicht gelesen, soll aber hohe Literatur sein. Spannend auch. Der Film auf jeden Fall. Na ja. Ich geb auf. Dahin. Vorüber. Verweht. Ich sehe ihn verschwinden. Ohne Buch. Dann kann ich wenigstens alles wegräumen, den Laden zuschließen, die Kasse prüfen, die Lichter löschen und heim – alive, wenngleich nur noch ein wenig kicking.

»Die Unterschiede? … Die kann ich Ihnen nur anhand der Bücher erklären. Also die Preise sind das eine, das andere die Ausstattung. Wenn Sie es verschenken wollen, wäre gebunden mit Schutzumschlag schön, vielleicht sogar ein Lesebändchen. Hier die Hanser- oder die Winkler-Ausgabe. Sollten Sie es in den Urlaub mitnehmen wollen, wären Taschenbücher von Insel, dtv oder Diogenes gut, weil klein und nicht so teuer, dabei verlässlich im Text. Die Schrift hier zum Beispiel ist gut lesbar. So'n Augenpulver ist nichts mehr für mich.«

Die Augen fallen mir eh gleich zu, und ich verstehe gar nicht, wie ich hier immer noch spreche, sinnvoll sogar. Ich steh seit neun im Laden, packe Kartons aus, sortiere Bestellungen ein, hatte kurz zwei Vertreter da, nichts zu Mittag, 73 Kundengespräche bei höchstens 300 Euro Umsatz, und dann …

»Selbstverständlich. Sie können haben, was Sie wollen. Aber bei uns gibt es keinen Mengenrabatt, auch nicht für fünf Bücher. Sie wissen vielleicht – Ladenpreisbindung. Gut. Dann folgen Sie mir doch bitte zur Kasse. Soll ich sie einpacken? Als Geschenk? Brauchen Sie eine Quittung? Das macht insgesamt 83 Euro 25.«

Das wird mir langsam unheimlich. Versteckte Kamera? Undercoversteuerfahnder? Prüfer vom ›Börsenblatt‹, der sehen will, ob wir Buchhändler durabel sind? Frührentner, der für die Ansprache höflicherweise zahlt? Ist ja billiger als im Puff, vermute ich. Autor auf Stoffsuche für den großen Schlüsselroman über den deutschen Buchhandel unter dem Titel ›Nazis in Dortmund‹? Will er sich an seiner Ex rächen? Oder vor weiteren Enttäuschungen schützen? Wozu dann fünf Bücher? Oder ein neues Sondermodell, das »Gefährliche Liebschaften« heißt – mit breiten Liegesitzen? Aber dann hätte er den Titel gekannt und …

»Ihnen auch! Vielen Dank! Beehren Sie uns bald wieder, sagte man früher doch. Ach, und wenn Sie eine Visitenkarte hätten … unser Auto hat mehr Kilometer auf dem Tacho als die meisten Haare auf dem Kopf. Auf Wiedersehen.«

Da geht er hin. Und ich weiß nicht: Was wird er damit machen? Warum bin ich gerade so sentimental gestimmt? Gelohnt hat es sich ja. Warum nur fühlt es sich grad so an wie – Abschied. Verdammt noch mal, reiß dich zusammen! Aber irgendwie, ich weiß nicht … Genug! Laden zu. Verdammt! Der Schlüssel klemmt schon wieder. So ein Mist! Heinz wollte doch seit zwei Wochen Grafit reinsprühen. Und alle sehen mich durch die Glastür: knien, fluchen, rütteln. Huch! Er. Er winkt! Das sollte ich dann wohl auch mal. Ciao, seltsamer Autohändler mit deiner großen Büchertüte. Leb wohl! Wieso wirkt er so zufrieden? Fast – getröstet. Vergiss den Menschen! Die Kasse ruft, der Feierabend, die Familie. Morgen ist wieder ein Tag für eine nervenstarke Buchhändlerin. Ob er wiederkommt?

Gerhard Falkner

Bücher, Buchhandlungen und Übersprungshandlungen als Ursprungsbedingungen

Mir haben Bücher immer mehr bedeutet als Torten, Autos oder Fußball. Lesen war für mich so etwas wie für Thomas Bernhard das Gehen. Eine dem Denken angemessene Art der Fortbewegung.

Dabei habe ich sogenannte schwierige Bücher oft den einfachen vorgezogen, ähnlich wie Bergsteiger schwierige Wände bevorzugen, Schachspieler vertrackte Spielzüge oder wie Fachleute sich selten mit Gebrauchsanleitungen zufriedengeben.

Die Orte, an denen man solche Herausforderungen erst aufspüren und sie anschließend auch noch erwerben konnte, waren die Buchhandlungen, und ich möchte sagen, dass ich, als ich Anfang der 70er-Jahre eine Buchhandelslehre abschloss, noch einen Hauch von dem gespürt habe, was sie ein paar Jahrhunderte lang waren, zentrale Orte für denkende Menschen.

Etwas Einzigartiges.

Der Verfall dieser Institution vollzog sich ab den 70er-Jahren allerdings mit rasender Geschwindigkeit, ausgelöst durch die Bücherstapel, die den Buchrücken im Regal entmachteten und mit dem Mittel der militanten Auftürmung der Buchkörper die jahrhundertealte Priorität ihres Inhalts überwinden halfen.

Die Quantität als Qualitätsmerkmal begann ihren Siegeszug.

Ich habe die Strategie dieses Kriegszugs in meiner Kranichsteiner Rede »self-fulfilling profity« genannt (siehe: www.poetenladen.de).

Während der Rückentitel auf dem Buchrücken noch in einvernehmlicher Beziehung zum Inhalt seines Buches stand, ist der Buchstapel weiter nichts als ein brachiales Mittel, ein Hindernis, das den Hinzutretenden zwingt, auf seinen Titel zu starren.

In Verbindung mit der Buntheit der Umschläge, der Billigkeit der Ausstattung und der offensiven Zurschaustellung hat das etwas Pornografisches.

Die meisten der großen Buchhandlungen sind mittlerweile einfach nur noch vulgär und gleichen eher Sexshops als einer Schnittstelle des kulturellen Tausches.

Zum Glück verschlug es mich unmittelbar nach meiner Lehre nach England.

Des Meeres und der Liebe Wellen!

Mit London, England und seiner Ökonomie ging es gerade bergab. Deutschland entwickelte sich wirtschaftlich zu dem, was dann in den 80er-Jahren in die New Economy ausartete, die an Schändlichkeit und Menschenfeindlichkeit dem Faschismus durchaus das Wasser reichen kann.

Während die Beatles sangen und das Roundhouse wummerte, schlossen die Docks. In den Straßen, für die ich stellvertretend immer die Finchley Road um die Ecke von meiner Wohnung vor Augen hatte, machten die Läden und Handwerksbetriebe dicht, und die IRA bombte die Londoner in eine gerade erst verblassende Angst zurück.

Am Horizont der neuen, wilden Zeit erschienen das Bodypiercing und die Punks.

Andererseits gab es auf der Habenseite Stil, wirklichen Stil, wie er zu dieser Zeit in Deutschland undenkbar war.

Und es gab auf der Sollseite, einer neu sich formierenden Jugend, so eine Art brutaler Schönheit, wie sie dann für die 80er-Jahre exemplarisch wurde.

Mit einem halbjährigen Working-Permit (einer Arbeitserlaubnis) erhielt ich einen Studentenjob in der damals größten Buchhandlung der Welt, nämlich bei Foyles in der Charing Cross Road, London WC 1.

Die Arbeitserlaubnis wurde für gewöhnlich nicht länger als für ein halbes Jahr ausgestellt, da Miss Foyle gewissenhaft darauf achtete, ihre Angestellten wieder los zu sein, bevor sie in den gefürchteten Hafen eines Kündigungsschutzes einlaufen konnten.

Man war da sehr nahe an den amerikanischen Vorbildern des berüchtigten gewerkschaftsfeindlichen Kapitalismus der Pullmans, Vanderbilts und Co.

Einige Wochen watete ich in einem fensterlosen Raum in Packpapier und Paketschnüren, schleppte Bücherpakete und schrieb Preise in die hinteren Buchdeckel.

Nach Dienstschluss erholte ich mich in nächtelangen Expeditionen durch die entgeisterte Großstadt.

Eines Morgens erreichte ein sogenannter Flyer der Direktion (an die ausländischen Studenten, jene Prototypen der unbesoldeten Praktikantensklaverei) unser tristes, multikulturelles Arbeitslager mit der Aufforderung, wer etwas von alten Büchern verstehe, möchte sich bitte melden.

Ich meldete mich.

Schon seit einigen Jahren, vor allem um meine Arno-Schmidt- und meine Paul-Celan-Sammlung aufzubauen, hatte ich Antiquariatskataloge studiert.

In jeder größeren Stadt, durch die ich kam, besuchte ich als Erstes die Botanischen Gärten und die Antiquariate, dann die Kirchen, am Schluss die Kunstgalerien.

Diese Neigungen gehörten zu meiner kultivierteren Seite.

Es gab auch andere.

Nach einem kurzen Interview mit Lady Foyle zog ich aus meinem stickigen Loch in den einzigen repräsentativen Raum des Hauses, das sogenannte Rare Book Department.

Es entsprach in etwa dem allgemeinen Zustand des Landes – es war heruntergekommen, aber nicht ohne gewisse, diesem Umstand widersprechende Details.

Es gab Kristalllüster, etwas knallige englische Teppiche, einen großen viktorianischen Schreibtisch und die ob ihrer düsteren Ledereinbände leicht bedrohlich wirkenden Regalwände.

Bis zu diesem Zeitpunkt hatte ich keine Ahnung, dass Miss Foyle eine bedeutende Persönlichkeit war, mit Verbindungen zu D. H. Lawrence, Charles de Gaulle, Yehudi Menuhin und dem Erzbischof von Canterbury.

Dies nur als kleine Auswahl.

Mein einziger direkter Vorgesetzter von nun an hieß Reg, ein Mann, der offensichtlich Gefallen an mir fand und der die erste Begegnung meines Lebens mit einem britischen Exzentriker wurde.

Er hatte eine rote Beethovenfrisur, einen sarkastischen Witz und trug in der linken Hemdmanschette immer ein großes lila Taschentuch, das er gewöhnlich während des Gesprächs in Form zupfte.

Er war der Verbindungsmann zwischen meinem neuen Arbeitsplatz und dem Landsitz der Familie Foyle, Beeleigh Abbey, einer Abtei aus dem 12. Jahrhundert in der Grafschaft Essex, das eines der bedeutenden Antiquariate Englands beherbergte und wahrscheinlich noch immer beherbergt.

Die Übergänge zur Privatbibliothek waren (damals jedenfalls) fließend. Im Rare Book Department in London wurde verkauft, was für BA nicht gut und teuer genug war, aber die Umsätze waren in den vergangenen Jahren drastisch zurückgegangen, weil wohl schon seit Jahren niemand mehr eingestellt worden war, der das Geringste von Büchern verstand, und man sich in Beeleigh Abbey nicht um Peanuts kümmern konnte und wollte.

Die Londoner Book Browser wussten um die desolaten Zustände und zeigten sich nur noch selten.

Ich begann erst einmal damit, den Bestand zu sichten und neu zu sortieren und baute mir dann eine Ecke mit einigermaßen interessanten Ausgaben in gutem Zustand auf.

Anschließend prüfte und ordnete ich die Illustrierten Bücher und richtete ein paar Regale repräsentativer, vollständiger und einigermaßen zuverlässiger Gesamtausgaben ein, um etwas für die an mehr dekorativen Gesichtspunkten interessierten Käufer griffbereit zu haben.

Das ordnete ich jeden Morgen aufs Neue und setzte mich anschließend an den Schreibtisch und las die *Duineser Elegien* in allen englischen Übersetzungen, derer ich habhaft werden konnte, sowie die englischen Romantiker: Keats, Shelley, Blake und so weiter.

Der Verkauf stieg trotz meiner romantischen Lektüre rasch und unübersehbar. Dies veranlasste meinen wunderbaren Vorgesetzten, mich zunehmend mit interessanteren und teureren Ausgaben aus BA zu versorgen.

Nach einer Weile kehrten die Book Browser zurück.

Oft verschlagen oder zumindest heimtückisch wirkende Gestalten, die stets Interesselosigkeit vorgaukelten und mit rastlosem Blick die Regale abgrasten.

Ich erinnere mich an einen kleinen, fast fleischlosen Mann, der ebenso wie ich an George Cruikshank, dem begnadeten Illustrator des *Oliver Twist*, interessiert war, was uns bereits ein paar Mal ins Gespräch gebracht hatte.

Eines Tages kam er, deutete auf eine Lücke im Regal und fragte: Where is the book?

Ich wusste aus dem Kopf nicht mehr, um welches Buch es sich gehandelt haben konnte, und als er auf seiner Frage beharrte, sagte ich schließlich: Well, books sometimes disappear!

Ich ahnte nichts Schlimmes, bis er einige Augenblicke später bebend vor mir stand und hauchte: You better don't say things like that, or I might get a fit!

Der Anfall beschränkte sich glücklicherweise auf ein Aufstampfen und Davonrauschen. Ich brauchte eine ganze Weile, bis ich mir zusammengereimt hatte, dass er sich durch meine Bemerkung in den Kreis der Verdächtigen gerückt fühlte.

Very British.

Innerhalb kürzester Zeit erhöhte sich der Umsatz um ein Vielfaches.

Eines Morgens betrat ein Herr in amerikanischen Golferhosen, bei deren Anblick mir aufgrund der kleinen blauroten Karos fast die Augen übergingen, mein Department.

Er hatte das entschlossene Gesicht eines Konvertiten, das Spuren von Aufgeschwemmtheit zeigte, aber mit Augen, die in ihrer geraden Art auf einen starken Gerechtigkeitssinn schließen ließen.

Er erinnerte mich sofort an Graham Greene, dessen Romane ich damals verschlang.

Er blickte sich eine Weile um, dann kam er zu mir an den Schreibtisch und fragte: What have you got?

Ich musste unweigerlich an eine Stelle in den *Comedians* denken, wo der skurrile Vegetarier Mr. Smith das Angebot einer dieser für Greene so typischen, ständig auf Drinks wie Pink Gin oder Martini fixierten Figuren ablehnt mit den Worten: I never take alkohol!, und die Antwort erhält: Sie sollen ihn ja auch nicht nehmen, sondern trinken.

Etwas Ähnliches fiel mir zu: »what have you got« ein.

Dennoch verkniff ich mir eine Antwort in dieser Art, da ich mir ihrer Wirkung nicht sicher sein konnte.

Wir kamen in ein Gespräch, wie man es eigentlich nur mit Amerikanern erleben kann.

Es breitete sich aus, als hätte jemand einen über und über mit Kram beladenen Tisch mit dem Ellenbogen abgeräumt, um Platz für die eigentliche Sache zu schaffen.

Während des Gesprächs behielt er mich so im Auge, dass ich mich dabei beachtet, aber nicht unwohl fühlte.

Ich zeigte ihm der Reihe nach ein paar Items, die ich selbst gekauft hätte, und bemerkte, wie er geübten Blicks, aber so, als ließe er nur zufällig die Finger durch die Seiten gleiten, die Druckvermerke las, das Impressum prüfte und mit einem flüchtigen Blick den Zustand abschätzte, und wie er sich langsam einen Stapel zurechtlegte.

Nach einer Weile fragte er mich mit einem durchsichtigen und wie für die Nachwelt bestimmten Lächeln: Haben

Sie nicht auch ein bisschen etwas weniger Preisgünstiges?

An diesem Punkt stiegen wir auf den neuesten Beeleigh-Abbey-Katalog um, aus dem ich bisher nur ab und zu einzelne Titel verkauft hatte, die dann am nächsten Tag aus Maldon nach London gebracht wurden und abgeholt werden konnten oder zugestellt wurden.

Am Schluss landeten wir bei einem Betrag in einer Höhe, den entgegenzunehmen meine Kompetenz weit überstieg, und ich rief den Manager an.

Eigentlich hätte ich Lust, hier seinen Namen zu nennen, so sehr habe ich diese äußerst britische Mischung aus Arroganz und einer nicht nur die Figur betreffenden, sinnlosen Aufgeschossenheit verabscheut, die ganz oben in einem lächerlich akkuraten Haarschnitt gipfelte.

Er kam, grußlos und ohne mich auch nur eines Blickes zu würdigen, wandte sich bankbeamtenmäßig an den Amerikaner und bat ihn, den Scheck an sich nehmend, ihm ins Büro von Miss Foyle zu folgen.

Als dieser sich nach mir umdrehte und mir ein Zeichen gab, mich anzuschließen, sagte der Nadelgestreifte: We don't really need this chap!

Aber mein Blick für Gesichter hatte mich nicht getäuscht.

Der Amerikaner, der wirklich die Flagship Figur aus einem der genialen Graham-Greene-Romane hätte sein können, blickte dem Manager in die Augen, als würde er überlegen, was er bereit wäre, für einen nicht unbeachtlichen Goya zu bezahlen und sagte:

But I'm not dealing with you, Sir; I'm dealing with this young man!

Die Höhe des Betrags machte es unmöglich, dem Manager

eine Wahl zu lassen, sodass wir schließlich im Büro von Miss Foyle standen, wo nun ihrerseits ihm bedeutet wurde, dass er jetzt überflüssig sei.

Es war der erste, kleine, gesellschaftliche Triumph, den ich in meinem Leben verbuchen konnte, der mir aber damals, wie alle gesellschaftlichen Dinge, nichts bedeutete.

Ich sage das nicht, um aufzuschneiden, denn dieser Umstand gründete ausschließlich auf etwas, das ich entsprechend der oben getroffenen Aussage über meine Neigungen eher zu meiner unkultivierteren Seite zu zählen habe: einem dem damaligen Narzissmus entspringenden, gemeingefährlich unentwickelten Realitätsprinzip.

Der geschäftliche Zwischenfall aber öffnete mir ein paar weitere Türen. Unter anderem lernte ich den Lebenspartner der Londoner Grande Dame kennen, der ein abgeschiedenes Büro in den Tiefen des Gebäudes besaß, das sich vollkommen der lumpigen Welt des Buchkaufhauses entzog und eine Bastion eines Understatements darstellte.

Er war klug, scheu, interessant, streifte in der Mittagszeit ab und zu mit schwarz gekleideten Männern durch Soho und war in allem das Gegenteil dieser Ausgeburt des besagten Managers.

Nichts schien ihn, jedenfalls nicht in der Öffentlichkeit, mit seiner Frau (Lebensgefährtin) zu verbinden.

Da ich nun aber von beiden sozusagen abgesegnet war und in meinem Rare Book Department ab jetzt zeitweilig sogar Hilfe bekam, erhielt ich meine erste Gelegenheit, nach Beeleigh Abbey mitzufahren.

Zwar war der offizielle Grund, beim Tragen der Bücherkisten zu helfen, aber Reg versuchte, sich durch diese List meine Begleitung zu verschaffen, denn die Begleitung durch junge Männer war ihm ein großes Anliegen, und wir saßen im Fond einer der beiden Limousinen der Familie, einem Rolls Royce Silver Shadow, und sprachen über Poetry, denn Reg war ein glühender Verehrer von Robert Graves, den ich sehr bald ebenfalls bewunderte, aber weniger aufgrund seiner Gedichte, sondern eher wegen seiner umwerfenden Studien zur Mythologie, vor allem der griechischen.

Die Ankunft in diesem Haus werde ich nie vergessen.

Nachdem wir kurz vor der Ankunft ein Gelände mit alten Eichen durchfahren hatten, zwischen denen sich feuchte Matten ausbreiteten, die frisch von Wildschweinen durchpflügt schienen und durchweht von den Versen von Wordsworth:

> I wandered lonely as a cloud
> That floats on high o'er vales and hills,
> When all at once I saw a crowd,
> A host of golden daffodils;
> Beside the lake, beneath the trees,
> Fluttering and dancing in the breeze.

erreichten wir schließlich die von altem Efeu umklammerte Abtei.

Im Garten betätigte sich ein verwachsener Gärtner, die Luft schimmerte wie Zerkall-Bütten, und wir wurden im Haus von der steinalten Mutter von Miss Foyle zum Tee gebeten, die, als sie von der Hausangestellten nach dem Eingießen gefragt wurde: Would you like any sweets?, antwortete:

Do you mean male or female sweets, honey?

Anschließend wurde ich durch das Haus geführt, bis tief hinein in die diversen Schlafräume von Miss Christina Foyle, und ich erinnere mich, dass auf einem der Nachtkästchen die in grünes Oasenziegenleder gebundene und von James Joyce signierte Erstausgabe des *Ulysses* lag, die von Sylvia Beach herausgegebene Ausgabe aus dem Jahr 1922, die ich aufblätterte, während draußen im Efeu die Amsel sang.

Die letzte Station war dann das eigentliche Antiquariat und die Bibliothek im Dachgeschoss, wo meine erste Begegnung mit Prachtausgaben der englischen Literatur und Buchkunst stattfand. Hier standen nicht nur die unendlich teure First Edition von Chaucers *Canterbury Tales* und Shakespeares *First Folio* von 1623, sondern auch die komplette Produktion der Doves und der Kelmscott Press, wohl die Höhepunkte der Pressendrucke schlechthin.

Als ich nach einem Jahr nach Deutschland zurückkehrte, war ich ein anderer Mensch.

Der zweite von all den vielen, die noch folgen sollten.

Ich arbeitete nochmals eine Zeit lang im Buchhandel, unter anderem in der damals bemerkenswerten Buchhandlung Jakob in Nürnberg, wo wir mit Gerhard Hofner und dem Bänkelsänger Maximilian Kerner eine regelrechte literarische Phalanx aufbauten unter dem großartigen Buchhändler Emil Jakob, mit dem mich dann auch eine persönliche Freundschaft verband und der mich im Unterschied zu den vielen Süßholzrasplern aus der Sammlersekte auch als Person und entstehenden Autor wahrnahm.

Anfang der 80er begann ich, mich mehr und mehr vom Buchhandel zu lösen und zu veröffentlichen. Mein erster Gedichtband *so beginnen am körper die tage* erschien, und sein

Erfolg führte dazu, dass ich in Nürnberg zu einer Figur provinziellen Gespötts wurde, was meinen Rückzug natürlich bestärkte.

Nachdem nach meinem ersten längeren Aufenthalt in New York die dritte Ausgabe meiner Person entstanden war, halbierte sich mein Leben zwischen der Brötchenarbeit in Nürnberg, die ich als Teilzeitbeschäftigung in der Bahnhofsbuchhandlung absolvierte, und der Wohnung meiner Frau in der Elisabethstraße in München.

Privat tauchte ich mehr und mehr ab und befasste mich mit Sozialphilosophie, der Frankfurter Schule, den damals ungeheuer aufregenden Importen des französischen Poststrukturalismus, und ich wurde schnell ungeduldig, wenn ich es mit Buchschwärmern ohne Textbezug zu tun hatte.

Die Welt des antibibliophilen Merve Verlags rückte in mein Blickfeld und fügte sich in die Radikalisierung meiner politischen und sozialpolitischen Ansichten ebenso wie in die meiner literarischen Ambitionen.

Ich begann die Arbeit an meinem Buch: *Über den Unwert des Gedichts.*

Eines Tages blieb ich in München vor einem Schaufenster in der Adalbertstraße stehen.

Ich blieb das erste Mal lange und anschließend oft vor diesem Schaufenster stehen, bevor ich den Laden dann endlich betrat.

In diesem Schaufenster lag alles das, was sich im Laufe der vergangenen Jahre an Eckpunkten meiner geistigen Orientierung herauskristallisiert hatte.

Als hätte man mein Gehirn geschlachtet.

Es war die Basis Buchhandlung in der Adalbertstraße!

Das Verblüffendste für mich war, hier ging es um die Ausgaben *und* es ging um den Inhalt.

Es gab nicht mehr dieses komische Entweder-oder.

Bis dahin hatte ich die Bücher in schwer misshandelten Taschenbuchausgaben gelesen und andere, aber auch die gleichen Inhalts, in geradezu unaufgeschlagenen nobleren Ausgaben ins Regal gestellt.

Hier aber spielte der antiquarische oder bibliophile Wert eine Rolle, aber ausschließlich, wenn der Inhalt das unterstützte.

Hier standen sie im Fenster, in den Regalen, oder sie lagen auf Tischen, die geschriebenen Highlights des 20. Jahrhunderts, die neueste Literatur war ihnen ebenbürtig an die Seite gestellt, und es gab ein Publikum, das sich damit tatsächlich beschäftigte.

Das Unfasslichste aber war, dass hier die Lyrik, in die ich mich inzwischen hineinmanövriert und wie in ein Schicksal ergeben hatte, geradezu die Hauptrolle spielte.

Sie thronte über der Philosophie, dem Roman, dem Essay – die kühnste unter den Künsten.

Und zwar präzise evaluiert, ohne Schraubenzucker und nicht als Feuilleton- und Zeitgeistgerücht, in internationaler Breite und nicht als Stiefmütterchen im Gewächshaus der Literaturproduktion, anknüpfend an die hohen Rezeptionsniveaus der Adornos, Heideggers, Luhmanns und wie sie alle heißen.

Damit waren binnen Kurzem die Nachwehen der Londoner Antiquariate beseitigt.

Die Basis Buchhandlung wurde über Jahre meine Lieblingsbuchhandlung. Detlev Gang sei Dank.

Evelyn Grill
Sobieski, Mariandl und Chopin

Die kürzlich pensionierte Studienrätin schrammte mit ihrem Fahrrad über die Gehsteigkante auf mich zu und kam knapp vor mir zum Stehen. Unser Stadtviertel bekommt eine Buchhandlung!, rief sie aufgeregt. Seit ich hier wohne, gab es hier noch nie eine Buchhandlung.

Eine Buchhandlung hat für einen Schriftsteller eine wesentlichere Bedeutung als für einen Nur-Leser. Als Nur-Leser betritt man einen Buchladen gewöhnlich in der Absicht, nach einem Buch zu suchen, das man lesen möchte; als Schriftsteller betritt man einen Buchladen, um *sein* Buch zu suchen, es in die Hand zu nehmen, es aufzuschlagen und es dann neben die Nummer eins der *Spiegel*-Bestsellerliste zu platzieren.

Die Studienrätin empfand sich, seit sie drei Büchlein mit Reiseimpressionen in einem Selbstzahlerverlag herausgebracht hatte, als Schriftstellerin. Allerdings war es ihr bisher nicht vergönnt gewesen, eines ihrer Bücher in einer Buchhandlung der Stadt unterzubringen.

Die Buchhandlung, so teilte mir die Studienrätin mit, solle lediglich fünf Minuten entfernt von uns, allerdings etwas abgelegen, wie sie einräumte, in einem seit Längerem leer stehenden Laden eingerichtet werden.

Du meine Güte, rief ich aus, das ist ja diese Ecke, in die kaum jemand einen Blick wirft. Da gab es doch schon einmal eine Sparkasse, nicht einmal die ist geblieben. Dann kam ein Immobilienbüro, dann ein Billigschmuckgeschäft, und zuletzt versuchte ein Esoterikladen dort zu überleben. Alle hielten sich bestenfalls zwei Jahre, und ebenso lange stand dann der Laden leer.

Das stimmt, sagte die Studienrätin, aber bei der Buchhandlung wird es anders laufen. Der Mann, von Beruf Fotograf, startet hier eine Ich-AG.

Das ist für mich kein Argument, antwortete ich, wieso soll sich ein Ich-AG-Fotograf in dieser abgeschiedenen Ecke als Buchhändler halten?

Weil er von der Deutschen Gesellschaft der Integrationsfreunde e.V. gefördert wird, die bekanntlich nicht nur in unserer Stadt einen beträchtlichen Einfluss hat.

Dann handelt es sich also bei der Buchhändler-Ich-AG um einen Fotografen mit Migrationshintergrund.

Sehr richtig, bestätigte die Studienrätin.

Woher kommt er denn? Er spricht hoffentlich deutsch, fragte ich misstrauisch.

Das nehme ich an, er will jedenfalls deutschsprachige Literatur verkaufen. Das ist ja die Bedingung. Ich glaube, er kommt aus dem slawischen Raum. Den Namen konnte ich mir nicht merken.

Kowalski, versuchte ich zu helfen, Prohaska, Watzlawik, Kapuczynski, Novak …

Ein O war drin und ein I. Lassen Sie mich nachdenken. Sie senkte den Kopf und schaute auf die Lenkstange. Plötzlich blickte sie auf, stotterte, SaaSoo … rief dann glücklich: Sobieski!

Sobieski?, fragte ich ungläubig. Das klingt polnisch.

Genau, bestätigte sie eifrig, jetzt ist es mir wieder präsent, der Mann kommt direkt aus Warschau, er soll eine wirklich abenteuerliche Biografie haben. Die

Integrationsfreunde sind ganz begeistert von seinem Auftreten.

Wann soll denn dieser Wunderknabe seinen Laden eröffnen?

Demnächst. Das ist doch *die* Chance für uns, verstehen Sie, für uns Autoren aus dem Quartier. Er wird unsere Bücher ins Schaufenster legen, Lesungen für uns veranstalten …

Wie kommen Sie darauf?, fragte ich verdutzt.

Das liegt ja auf der Hand, er will doch Bücher verkaufen, und wir, wir (sie bezog offenbar mich mit ein), wir können ihm dabei helfen, auch bei der Integration. Und uns auch. Sprach sie und radelte davon.

Wenige Wochen nach diesem Gespräch kam ich bei einem Spaziergang in die abgelegene Ecke, in die der polnische Buchhändler einziehen sollte. Und in der Tat, man war am Einrichten. Das heißt, es waren vor allem ein Dutzend Frauen, die Kartons schleppten; ein Klavier stand noch auf dem Gehsteig, eine grüne Standuhr und ein Biedermeiersofa mit verschlissenem Bezug sollten anscheinend die Buchhandlung auch einladend gestalten. Das gefiel mir nicht schlecht; weniger gefiel mir der mächtige schwarze Hund unbestimmter Rasse, der, obwohl ich mich im Hintergrund hielt, mit gesträubten Nackenhaaren bellend auf mich zuschoss und mir sein furchterregendes Wolfsgebiss entgegenfletschte. Chopin, rief eine der kistenschleppenden Damen, gleichzeitig ertönte aus dem Inneren ein scharfer Pfiff, und das Biest trollte sich tatsächlich. »Chopin« nannte man dieses zottelige, gruselige Tier. Wahrscheinlich wegen des Klaviers, dachte ich und nahm mir vor, den Fortschritt bei der Einrichtung des Buchladens aus gebotenem Sicherheitsabstand zu verfolgen.

Die Erwartungen der Studienrätin fand ich jetzt nicht mehr so abwegig. Allerdings nahm ich an, dass ein Buchhändler, der sich in unserem Quartier niederließ, sich vorher über die hier sesshaften Schriftsteller kundig gemacht haben würde, und ich erwartete eine Einladung, mit dem Wunsch, mich persönlich kennenzulernen.

Die Einladung kam, allerdings nicht von Herrn Sobieski, sondern von den Integrationsfreunden. Aus ihr ging hervor, dass der Bundespräsident die Schirmherrschaft über die erste Migrationsbuchhandlung im Land übernommen habe. Es wurde mit den Schlagworten »Originalität«, »Spiritualität«, mit »Brücken bauen zwischen den Kulturen mittels Literatur, Gesang, Musik und Folklore« geworben. Die Buchhandlung würde auch mit ihrem Namen die integrationsfördernde Absicht deutlich machen und sich daher: »Sobieski, Mariandl und Chopin« nennen.

Diese Informationen machten mich neugierig, aber nicht klüger. Deshalb spazierte ich nach einer Woche wieder an meinem Objekt vorbei. Im Eingang lag Chopin gleich einem Türhüter. Da ich eine medizinisch beglaubigte und therapieresistente Hundephobie habe, machte ich einen weiten Bogen um das Tier und schlich mich an das seitliche Schaufenster heran, das bereits mit Büchern ausgelegt schien. Jedenfalls war schon von Weitem das aktuelle *Spiegel*-Bestsellerranking in einem stark vergrößerten Format zu sehen. Beim Näherkommen glaubte ich, die auf der Liste aufgereihten Bücher ausliegen zu sehen, von ganz nahe sah ich allerdings, dass es nur die fotografierten Covers waren, die in Farbe und ebenfalls vergrößert um Käufer warben. Ach ja, der Buchhändler war auch Fotograf und wollte anscheinend hier sein Können unter Beweis stellen. Ein reales Buch konnte ich nicht entdecken. Nun glaubte ich mich auch zu erinnern, dass auf der Einladung von einer »virtuellen Buchhandlung« gesprochen wurde, mit dem Nachsatz: Lassen Sie sich überraschen. Doch halt, am Grund des Fensters lagen doch noch drei handfeste Büchlein, es waren die Bändchen der Studienrätin, wie folgt betitelt: *Die Ausreißerin durchwandert den Schwarzwald, Die Ausreißerin entdeckt den Bayerischen Wald* und *Die Ausreißerin unterwegs im Wiener Wald,* von Gerlinde Stocker.

Mein erster Impuls war, den Buchladen zu stürmen, den Polen zu stellen und mich als Schriftstellerin, die in einem renommierten Verlag ihre mehrfach ausgezeichneten Bücher herausbringe, zu erkennen zu geben. Doch der Hund lag immer noch breit in der Eingangstür und ließ ein drohendes Knurren hören, als ich mich ihm auf drei Schritte genähert hatte. Ich zog mich also wieder ans Schaufenster zurück und versuchte in den Innenraum des Buchladens zu spähen. Durch einen Spalt zwischen den Plakaten sah ich undeutlich eine junge Frau mit einer blonden Zopfkrone an Regalen hantieren, ansonsten war kein Mensch zu entdecken. Ich klopfte an die Fensterscheibe. Schließlich bemerkte mich die Person und winkte mir freundlich zu, bevor sie sich wieder ihrer Tätigkeit und mir den Rücken zuwandte. Da inzwischen auch der Hund wieder zu knurren begonnen hatte, machte ich mich verwirrt auf den Heimweg. Um die Ecke flitzte mir die Studienrätin auf ihrem Rad entgegen und hielt vor mir. Sie schwenkte ein Papier.

Gut, dass ich Sie treffe. Ich darf Sie gleich zu meiner Lesung in zwei Wochen in der Buchhandlung Sobieski einladen. Wie finden Sie das Plakat? Mit Musikumrahmung, Folklore und Gesang. Eintritt: 15 Euro, las ich.

Meine Lesung wird von Sobieski und seinem Team performancemäßig umrahmt, erklärte sie. So was macht Stimmung.

Für diesen Eintrittspreis muss schon was geboten werden, bemerkte ich maliziös, vielleicht schlagen da Ihre Honorarforderungen zu Buche.

I wo, Honorar. Was glauben Sie! Man muss doch die Sache unterstützen. Ich lese unentgeltlich, bringe meine Bücher mit, die nach der Lesung käuflich erworben werden können. Das habe ich mit der Gesellschaft der Integrationsfreunde vereinbart.

So was würde ich nie machen, sagte ich stolz, ohne Honorar zu lesen.

Nun, das können Sie halten wie Sie wollen, sagte die Studienrätin mit einem milden Lächeln, ich jedenfalls sehe hinter meiner Lesung auch den gesellschaftlichen Ansatz, den ich mit meiner Wortspende unterstützen will.

Ich habe diesen Polen noch nie gesehen, fragte ich, um ein anderes Thema anzuschneiden, wo versteckt er sich denn?

Was glauben Sie, wie viel er zu tun hat; er stellt gerade das Programm zusammen, alles virtuell, Sie verstehen.

Ich verstand nichts, sagte aber: Man kommt ja an dem Hund nicht vorbei.

Ach, an Chopin, sagte sie, das ist ein ganz Lieber, den brauchen Sie nicht zu scheuen, der macht sofort Platz.

Mich knurrt er schon an, wenn ich mich ihm nähere.

Sie müssen ein paar freundliche Worte zu ihm sagen, riet sie.

Ich spreche nicht mit Hunden, antwortete ich würdevoll, schon gar nicht polnisch.

Das ist kein gewöhnlicher Hund, sagte die Studienrätin; nicht umsonst trägt er den Namen Chopin. Warten Sie nur ab! Sie bekommen noch eine Extra-Einladung zu meiner Lesung, ich klebe nun die Plakate in der engeren und weiteren Umgebung.

Und weg war sie.

Die Studienrätin hatte mich ausgetrickst, ich war verärgert und beschloss, den Polen mit seinem Hund Chopin zu vergessen. Ich war doch auf so einen virtuellen Winkelbuchladen nicht angewiesen. Meine Bücher standen schließlich sogar bei Thalia im Regal, zumindest eines von ihnen.

Einige Tage vor dem Lesetermin brachte mir die Studienrätin eine persönliche Einladung. Ich versprach zu kommen und hoffte, dass das strömende Publikum den Hund von mir ablenken würde.

Der Weg zur Buchhandlung war mit Plakaten der Studienrätin gesäumt, als ginge es zu einem Wahllokal. Ich war tatsächlich nicht die Einzige, denn ich sah schon von Ferne, dass sich immer mehr Interessierte zu dem Ereignis auf den Weg gemacht hatten. Je näher ich kam, umso dichter wurde der Zustrom. Hatte ich zuerst nur Freunde der Studienrätin zu erkennen geglaubt, war es nun ein bunt gemischtes Publikum, das sich zur Lesung aufgemacht hatte, Menschen, die ich noch nie in unserem Quartier gesehen hatte und die wohl auch nicht hier wohnten. In dieser Multikulti-Prozession bewegte ich mich nun vorwärts und musste fürchten, in der Buchhandlung keinen Platz mehr zu finden. In der Tat musste ich mich mit einem Sitzplatz vor der Buchhandlung zufriedengeben. Man versicherte, dass die Lesung über Lautsprecher und Video nach außen übertragen werde. Bei diesem regen Publikumszuspruch wunderte es mich nun nicht mehr, dass sogar der Übertragungswagen des regionalen Fernsehens zur Stelle war. Die blonde, zopfgekrönte junge Frau im Dirndlkleid, die ich schon durch das Schaufenster im Laden hantieren gesehen hatte, kassierte bei den außerhalb der Buchhandlung Sitzenden den Eintrittspreis, drinnen versah dies wohl der Pole, den ich noch immer nicht zu Gesicht bekommen hatte und auf den ich nicht wenig neugierig war. Zu meiner Erleichterung war Chopin nicht zu sehen. Auch die Studienrätin war wohl schon im Inneren der Buchhandlung. Ich hoffte auf die Videoübertragung. Von meinem Sitzplatz hatte ich eine gute Sicht auf den Monitor. Inzwischen saß ich eingezwängt zwischen Frauen und Männern aller Altersstufen, verschiedener Hautfarbe und ungleicher Migrationshintergründe.

Schließlich ertönte ein Gong, und der Monitor zeigte das Geschehen im Inneren der Buchhandlung. Auch dort saß man dicht gedrängt. Eine Dame der Integrationsgesellschaft im rosaroten Sommerkostüm überbrachte die Grußworte des Bundespräsidenten. Es wurde applaudiert. Dann stellte sich die attraktive Blonde als Mariandl aus dem Wachauerlandl vor, womit meine Multikulti-Umgebung nichts anfangen konnte. Erst als sie das Lied: *Mariandl, andl, andl, du hast mein Herz am Bandl, Bandl, du hältst es fest und lässt es nie mehr wieder los* intonierte, siegte die Heiterkeit über das Verständnis und es wurde gelacht. Mariandl forderte das Publikum auf, die einfache Melodie mitzusingen, und bald erscholl das Mariandl-Lied aus vielen Kehlen und hob die Stimmung. Von dieser Stimmung wurde dann die anschließende zehnminütige Lesung der Studienrätin getragen. Sie gab ein Kapitel aus ihren *Wanderungen im Wiener Wald* als eine Hommage an die anwesende Österreicherin zum Besten. Lebhafter Applaus am Ende der Lesung ließ die strahlende Studienrätin hinter dem Tisch hervortreten und sich vor dem Publikum mehrmals verbeugen. Der Monitor zeigte nun den Tisch und die sich darauf türmenden Wanderbücher, die auf ihre Käufer warteten. Welch ein Affentheater, dachte ich, wie kann man sich nur dazu hergeben.

Mariandl trat nun wieder in Erscheinung, und ich fürchtete, eine weitere Strophe des Mariandl-Liedes vorgesungen zu bekommen, aber sie beschränkte sich darauf, den Höhepunkt des Events, nämlich Karol Sobieski mit einer Klavierdarbietung, begleitet von Chopin, anzukündigen. Gleichzeitig gingen Lichter an der Decke an. Der ganz in Schwarz gekleidete Pole trat ins Scheinwerferlicht. Er war ein mittelgroßer, sehr schlanker, sehr bleicher Mensch mit schwarzen Locken und stechenden Augen. Ich fand ihn furchterregend. Mit starkem polnischen Akzent und ernstem, fast finsterem Gesichtsausdruck begrüßte er die Anwesenden, besonders die Freunde der Integration und die Besucher mit Migrationshintergrund und kündigte die Paraphrase einer Chopin'schen Nocturne an. Welcher, sagte er nicht. Zum Schluss verzog sich Sobieskis Mund, als wollte er lächeln; da es so unvermittelt kam, wirkte es, als durchzucke ihn ein Schmerz. Nun erst sah ich, dass neben ihm Chopin hechelte, und dankte Gott, dass ich mich außerhalb der Buchhandlung befand. Der Pole setzte sich ans Klavier und begann, leidenschaftlich darauf herumzuwerken. Nach einigen Akkorden hielt er inne, nickte Chopin zu, der daraufhin jeweils ein Winseln, ein kurzes Bellen, Jaulen, Knurren, Kläffen oder Brummen hören ließ. Da die Lautäußerungen des Hundes in einem vagen Zusammenhang mit den dem Klavier entlockten Tönen zu stehen schienen, fand die Darbietung großen Anklang. Schließlich gelangte auch diese Aufführung zu einem Ende, Sobieski verbeugte sich und ließ sich von Chopin, der sich auf seinen Hinterbeinen aufgerichtet hatte, umarmen. Inzwischen war ich sicher, mich in einem Tollhaus zu befinden oder zu träumen. Doch nun trat abermals eine Dame der Integrationsgesellschaft ans Rednerpult. Sie forderte die Anwesenden zum Kauf der Reiseimpressionen auf. Sie seien zur Lektüre besonders den Menschen mit Migrationshintergrund empfohlen, weil ihnen darin ihre neue Heimat nähergebracht werde und dadurch die Integration erleichtert würde. Sie selbst und alle Mitglieder der Gesellschaft für Integration hatten sich bereits Exemplare reservieren lassen.

Ich hatte von dem Zirkus nun wirklich genug und wollte nichts wie weg, sah aber doch noch, dass der Büchertisch vom Publikum geradezu gestürmt wurde.

Am nächsten Tag brachte die lokale Presse und sogar eine überregionale Tageszeitung einen geradezu hymnischen Bericht über die Veranstaltung und nannte sie beispielhaft. Sogar die Reiseimpressionen der Studienrätin wurden hervorgehoben und lebhaft zum Kauf empfohlen. Kaum hatte ich den Artikel zu Ende gelesen, rief mich die Studienrätin an und verkündete mir atemlos, dass die 500 Exemplare ihrer Reiseimpressionen so gut wie verkauft seien und der Verlag an der zweiten Auflage arbeite. Sie habe Anfragen für weitere Lesungen und müsse sich nun einen Terminplaner anschaffen. So habe sie sich ihren Ruhestand nicht vorgestellt, lachte sie und legte auf.

Zwei Tage und ebenso viele schlaflose Nächte brauchte ich, um zu erkennen, dass ich meine Meinung von dem Spektakel revidieren musste. Warum, um Gottes willen, sollte nicht auch ich? Auch ich hatte Bücher geschrieben, die für Menschen mit Migrationshintergrund interessant waren. Freilich wurden in ihnen keine Landschaften geschildert, sondern gesellschaftliche Phänomene, soziologische Besonderheiten, Sitten und Gebräuche, deren Kenntnis für die Zielgruppe wichtiger war, als das Wandern in deutschen oder österreichischen Wäldern. Nachdem ich mich zu dem Entschluss durchgerungen hatte, es war am dritten Tag nach dem aufsehenerregenden Event, machte ich mich mit meinen Büchern auf den Weg zu Sobieski und war entschlossen, mir von Chopin mutig den Eintritt zu ertrotzen. Das war aber gar nicht nötig, denn der Hund versperrte nicht mehr die Tür, sondern lag unter dem Schaufenster und war mit einem Fleischknochen beschäftigt. Ich betrat also frohgemut den Laden, in dem außer den Reiseimpressionen kein einziges anderes Buch zu sehen war. So etwas nannte man also eine virtuelle Buchhandlung, dachte ich. Auch Sobieski war nicht zu sehen, aber das Mariandl kam auf mich zu und zeigte mir mit einem freundlichen Lächeln ihr makelloses Gebiss. Sie hörte mir aufmerksam zu, nahm sogar das eine oder andere meiner Bücher in die Hand, um mir dann doch ihr Bedauern auszudrücken, dass sie, leider, leider, für mich keine Lesung arrangieren könne, denn inzwischen sei man für die nächsten zwei Jahre ausgebucht. Außerdem hätten sich, ich möge das nicht persönlich nehmen, die bedeutendsten Autoren der Republik zu einer Lesung bereit erklärt. Ich käme genau zwei Tage zu spät, denn vorgestern hätte sie mich vielleicht noch auf die Warteliste setzen können.

Als ich meine Bücher wieder in die Tasche packte, murmelte ich (ein Autor sollte für solche Fälle immer ein Zitat zum Trost bereit haben): *Wer zu spät kommt, den bestraft das Leben*; was Mariandl mit einem verständnisinnigen Lächeln quittierte.

Ulla Hahn
Drei Buchhändler in einem strengen Winter

Sie kamen etwa zwei, drei Wochen nach dem Großen Wasserschaden. Nachts, wenn die Trockenmaschinen uns um den Schlaf brachten, oder, wenn wir vor Erschöpfung schließlich doch einschliefen, uns in wirre Träume bliesen. Sie, die da kamen, waren aber kein Traum, denn sonst hätte ich diese Zeilen nie geschrieben. Buchhändler kamen, Klager und Mahner, wollten, koste es, was es wolle, in diesem Buch dabei sein. Alle. Wie sollte ich das schaffen? Hatte ich doch tagsüber nur ein notdürftig geflicktes Dach über dem Kopf und kaum Boden unter den Füßen – Decken raus, Dielen raus –, hauste auf einer Matratze und mit Campingtisch und Faltklappstuhl im Keller und hatte dazu tagaus, tagein diese menschliche Sonderspezies im Haus, die sich Handwerker nennt. Vielleicht, weil Letztere mir klarmachen wollten, dass sie selbst ein Kapitel (auch mehrere) für sich seien, setzten sie alles daran, die Buchhändler an ihrer Menschwerdung in meinem Laptop zu verdrängen. Doch die schwebten unablässig weiter Nacht für Nacht über meiner Matratze unter der niedrigen Kellerdecke, eine endlose Reihe wehklagender Buchhändlerinnen und Buchhändler aller Altersstufen, Gewichtsklassen und Herkunftsorte – von Kiel über Hannover, Münster, Köln, Düsseldorf, Bonn, Boppard, Berlin und Erfurt bis Regensburg, Stuttgart, Augsburg, Nürnberg und München.

Dann aber, der ungewöhnlich strenge Winter schloss die Hamburger mit Eisregen und beißender Kälte immer unbarmherziger ein, blieben sie, wohl von Mitleid überwältigt, endlich weg. Ich atmete auf, widmete mich mit ausgeschlafener Kraft Klempnern, Elektrikern, Schreinern, Malern, Stuckateuren, Parkettlegern und anderen Vertretern deutschen Handwerks. Wochenlang, monatelang hatte ich Ruhe. Schließlich auch wieder eine Decke über dem Kopf, frisches Kirschholz unter den Füßen, endlich wieder in eigenen Betten an Ort und Stelle schlafen. Die Fenster auf, die Sonne scheint! Da kamen sie wieder.

Sie hatten offenbar ihre Taktik geändert, waren nur noch zu dritt. Drei Männer, in mittlerem Alter oder leicht darüber hinaus, gutbürgerlich gekleidet, die beiden älteren ein wenig altmodisch im Stil der 50er, mit Goldrandbrille und Fliege der eine. Höchst bekannt kamen sie mir vor, standen mir, was nicht übertrieben ist, nahe wie Blutsverwandte. Zunächst in ein intensives Gespräch vertieft, nickten sie mir, im Unterschied zu ihren klagenden und mahnenden Vorgängern, freundlich zu, und noch ehe sie ein Wort gesagt hatten, fiel mir ein Stein vom Herzen. Meine Geschichte vom Buchhändler war ja längst geschrieben! Und nicht nur eine. Mindestens drei.

Danke, stammelte ich, danke Herr Maier, danke Herr Buche! Natürlich habe ich nicht vergessen, wie ich zum ersten Mal in Ihre Buchhandlung kam, Herr Maier. Welches Schicksal mich bei Ihren Bücherkisten ereilte, Herr Buche! Ich will es gern noch einmal erzählen.

Kaum hatte ich dieses Versprechen gegeben, als sich die drei Herren, sichtlich zufrieden, zurückzogen.

Ich war gerade ein Teenager, als ich Herrn Maier kennenlernte. Seit ich lesen konnte, war ich den Büchern verfallen. Anders als in Büchereien, wo ich mich geborgen, unter Freunden fühlte, bereiteten mir Buchhandlungen Unbehagen. Zwischen mir und meiner Begierde nach neuen Freundschaften stand das Geld. Je prachtvoller das Buch, desto höher die Hürde. Ich flüchtete in die Verachtung. Spargel schmeckt nicht, hieß es bei uns zu Hause, weil man ihn sich nicht leisten konnte. Bisweilen begleitete ich Doris, meine Freundin, und deren Mutter in die Buchhandlung des Herrn Maier. Wenn die Mutter einen der bunten, hochglänzenden Romane nach dem anderen an der Kasse stapelte, stand ich in der Ecke bei den Reclam-Heftchen und knirschte vor Wut mit den Zähnen. Diesem Bohei aus Ärzten, Krankenschwestern, verarmtem Adel und habgierigen Erben, nichtsnutzigen Kindern und hartherzigen Eltern, diesem Tingeltangel um Liebe und Geld, Macht und Ruhm, diesen Hallodris die Ehre anzutun, sie aus den Regalen freizukaufen, schien mir angesichts meiner unscheinbaren Freunde in bescheidenem Pappumschlag, reclambeige, ein Verbrechen. Äußere Unscheinbarkeit und innere Größe war ein Begriffspaar, das ich aus Märchen- und Bibelzeiten kannte. Die Letzten werden die Ersten sein. Manchmal, wenn ich mir ein Heftchen aussuchen durfte, erlöste mich Doris' Mutter aus meinem Trotz. Meist hielt ich mich an die Klassiker. Hin und wieder verführte mich ein Titel. *Mimili* oder *Erdbeeri Mareili*.

Legte ich meinen Lessing, Goethe, Schiller, Mörike, Eichendorff, Brentano auf die Theke, nickte mir der Buchhändler anerkennend zu. Eine Auszeichnung! Buchhändler waren für mich eine Instanz. Bibliothekare verwalteten ihren Schatz. Buchhändler besaßen ihn. Kannten ihre

Bestände wie der Bauer sein Vieh. Brachte ich stotternd den Titel eines Buches hervor, fühlte ich mich durchschaut, als hätte ich ein Geständnis abgelegt. Wie froh war ich, wenn ich einen meiner stillen Freunde der öffentlichen Zurschaustellung entrissen und in meine Obhut gebracht hatte. Jedes Mal ein Fest, im Schuppen oder hinterm Hühnerstall gefeiert, innigste Vereinigung, Kommunion. Ausgeliehenen Büchern war ich dankbar wie Freunden auf Besuch. Ihre schönen Wörter und Sätze bewahrte ich in meinen Heften auf wie Schnappschüsse aus gemeinsamen Tagen. Doch vertraut werden konnte ich nur mit Büchern, die ich nicht nach drei Wochen wieder wegbringen musste, zurückstoßen in das Heer der Wartenden, der Nichtgewählten.

Besonders ein Nachmittag ist mir unvergesslich geblieben. Ein Lexikon suche ich, ließ ich Herrn Maier wissen, der durch seine randlose Brille allwissend auf mich herabblickte. Gleich würde er mir, ohne hinzuschauen, sagen, wie viele weiße Flecken, Abbild fürchterlicher Sünden, ich gerade auf meinen Fingernägeln hatte.

Ein Lexikon, wozu?, fragte der Buchhändler.

Zum Nachgucken, antwortete ich verwirrt. Zum Lernen, zum Wissen. Ja natürlich, junges Fräulein, lächelte der Buchhändler breit, einen Goldzahn entblößend wie vor Jahren die Wahrsagerin im Zigeunerlager, allerdings weiter hinten im Backenzahnbereich. Zum Wissen, natürlich, aber was wollen wir denn wissen? Musik, Architektur, Botanik, Zoologie, Astrologie, Literatur?

Ein Lexikon, wiederholte ich stur. Eines, in dem alles steht. »Odermennig« und »Minerva«, »Goethe« und »Schiller«, »Plinius« und »Algebra«. Letzteres, damit nicht der Verdacht aufkam, es gehe mir nur um meine Vorlieben. Und wer weiß, vielleicht half mir ein Lexikon wirklich zu verstehen, was es in der Algebra mit den Buchstaben auf sich hatte.

Alles willst du wissen, was? Dann komm mal mit. Er stieg von der Trittleiter. Seine Brillengläser blitzten nun nicht mehr ganz so von oben herab. Er seufzte und lächelte wieder. Alles wissen. Wer möchte das nicht, junges Fräulein. Hier. Er ging ein paar Schritte nach rechts, neben die Ecke meiner beigen Freunde. Hier. Mit einer weit ausholenden, liebkosenden Armbewegung schwang Herr Maier seine dünne Hand die Regale entlang. Hier, junges Fräulein, hast du alles. *Brockhaus*, entzifferte ich. *Meyers großes Konversationslexikon*. Für jeden Buchstaben ein ganzes Buch, mitunter zwei. 27 Bücher in Uniform, dunkelblaues Leinen, rote und goldene Buchstaben, strammgestanden in Reih und Glied. Genau diesen *Brockhaus* hatte ich im Lehrerzimmer gesehen, als ich Fräulein Abendgold ihr Notizbuch nachgetragen hatte. Verschlossen hinter Glas. Das also war das Geheimnis der Lehrergelehrsamkeit.

»Minerva« soll es sein, richtig, sagte Herr Maier und schob die vier Finger seiner rechten Hand flach in den schmalen Spalt zwischen die obere Kante des *Brockhaus*-Bandes 13, *Mi-Mo*, und die Unterkante des Regalbretts, presste das Buch aus der Gemeinschaft, bis er es mit dem Handteller der Linken auffangen konnte. In diesem zärtlichen Zugriff spürte ich die gleiche Fürsorge, dasselbe Gefühl, eine Wohltat zu tun, wie es mich überkam, wenn ich ein Reclam-Heft aus dem Regal zog. Befreiung. Das Buch war nur wenig kleiner als unser Heiligenbuch. Da, nimm, sagte der Buchhändler und legte das Buch in meine nach oben gekehrten Handteller, als übergebe der Pastor seinem Messdiener das geöffnete Messbuch. Ich hätte es gern, wie der Pfarrer das Messbuch, geküsst.

Das Lexikon war geschlossen. Es hatte auch keine bunten Bänder, wie sie aus dem Messbuch herausflossen und nach Regeln, unerforschlich wie die Pfade der Messdiener, zwischen den Seiten bewegt wurden. Ich stand da und rührte mich nicht. Es war herrlich, das Gewicht dieses Buches zu fühlen. Als könnte ich es mir buchstäblich einverleiben, Blatt für Blatt, mit Leinen und Pappe, Druckerschwärze und goldener Prägung, drückte ich meinen Bauch gegen seine Kante. Ich presste das Buch nicht an mich, ich warf mich ihm entgegen. Das Buch wollte nichts von mir, ich alles von ihm.

Oh du wunderbare Zeit vor dem ersten Aufschlagen eines Buches. Wie vor Jahren, als ich mit dem ersten eigenen Buch auf die Speichertreppe geflohen war, kostete ich hier in der Maier'schen Buchhandlung wieder einmal die Wonnen der Verzögerung, des Unentschiedenen aus, die Spanne zwischen Verharren und Handeln, zwischen Noch und Schon, in der Bald und Jetzt zusammenfallen, Dauer voller Verheißung und Augenblick. Bis mich jemand an der Schulter rüttelte, sanft, wie man einen glückseligen Träumer weckt. Herr Maier war vor mir in die Knie gegangen. Ich konnte direkt in seine Augen sehen.

Maier durchschaute mich. Wir wussten uns eins. Hier über dem Lexikon, Band 13, *Mi-Mo*, erkannte der Buchhändler in dem halbwüchsigen Mädchen eine aus dem geheimen Orden der Leser. Für die Lesen mehr ist als ein Vergnügen, mehr als ein Laster, einfach das Leben. Ich hatte nun auch gar keine Angst mehr vor Herrn Maier, fühlte mich bei ihm in meinem Element. Ganz selbstverständlich handhabte ich *Mi-Mo*, legte das Buch auf ein eigens für schwere Bücher vorgesehenes Pult, dem Messbuchständer nicht unähnlich. Und zögerte noch einmal.

Sah mich nach Herrn Maier um. Der nickte. Lächelnd. Wie hatte mich dieses Lächeln jemals einschüchtern können! So viel Verständnis las ich in diesem Blick. Und Wehmut. Der Buchhändler wusste um den Augenblick der Vorfreude als höchstem Genuss und dass wir nicht in ihm verharren können. Er nickte noch einmal, hob die Schultern und öffnete die leicht angewinkelten Arme nach außen, die Handflächen nach oben gekehrt, bedauerlich, sagten die Hände, nichts zu machen.

Ich legte Mittel- und Ringfinger der rechten Hand auf die Längsseite des Buches, den Daumen auf seine Unterkante und zog einen Teil der Seiten irgendwo nach oben. Es schlug sich bei »Mo« auf. »Monat« war das erste Wort, auf das mein Auge fiel. Was hatte ein »Monat« in einem Lexikon zu suchen? Was ein Monat war, wusste doch jeder. Ein Monat waren 30 Tage oder 31, der Februar hatte 28 und alle vier Jahre einen Tag mehr. Und zwölf Monate waren ein Jahr. Also, was war ein Monat?

> »Im allgemeinen«, las ich, »die Umlaufzeit des Mondes, (s.d.) um die Erde. Man unterscheidet mehrere Arten der Monate. Betrachtet man nämlich die Zeit, binnen welcher der Mond wieder vor demselben Fixstern erscheint, so ist dies sein siderischer Umlauf, und die Periode desselben wird der siderische M. genannt. Die Umlaufzeit des Mondes aber, vom Frühlingspunkt an gerechnet bis wieder zu dem nämlichen Punkt, bildet den tropischen oder periodischen M., der wegen des Vorrückens der Nachtgleichen kürzer als der siderische ist. Die Zeit, binnen welcher der Mondwechsel erfolgt, von einem Neumonde bis zum anderen, heißt der sinodische M., der wegen des Vorrückens der Erde in ihrer

Bahn der längste sein muß. Der Umlauf von dem aufsteigenden Knoten (s.d.) bis wieder zu demselben der Drachen- oder Knotenm. und endlich der Umlauf von der Erdnähe bis wieder dahin der anomalistische M. Keine dieser verschiedenen M. bleibt sich gleich, sondern jeder datiert wegen gewisser Störungen bald länger, bald kürzer. Die Länge eines jeden läßt sich daher nur von einer mittleren Zeitdauer oder im Durchschnitt aus allen wirklich vorkommenden Längen angeben. Da 12 Mondenwechsel fast ein Sonnenjahr ausmachen, so nennt man wohl auch den 12. Teil eines solchen (30 Tage, 10 Stunden, 29 Minuten, 4 Sekunden) einen Sonnenm. Über die Namen der M. s. Kalender und die betreffenden Sonderartikel.«

Verstört sah ich mich um. Herr Maier bediente eine ältere Dame, die, in jeder Hand ein Buch, diese unschlüssig gegeneinander abwog, als könne ihr das Gewicht etwas über den Inhalt sagen. Ich war erschüttert. Da nahm ein jeder das Wort »Monat« mir nichts, dir nichts in den Mund, setzte es arglos aufs Papier und wusste kaum, wovon er sprach. Wusste nichts von Drachen, »Knoten«, sinodischen Monaten, nichts über ihre Dauer, ihren Anfang, ihr Ende, wusste selbst im Besitz des Bandes 13, *Mi-Mo,* nichts über Knoten, konnte auch nichts darüber in Erfahrung bringen, außer dass dieser Knoten kaum etwas gemein hatte mit dem guten, alten Knoten, den das Wort Knoten doch wohl meint. Aber was ist ein Knoten? Ein Knoten ist das Ergebnis eines Vorgangs, bei dem das eine Ende eines Seils, Fadens, Stricks zu einer Öse gekrümmt wird, durch die das andere Ende des Seils, Fadens, Stricks hindurchgeführt und dann angezogen wird. Aber was ist ein Seil, ein Faden, ein Strick? Was ist eine Öse? Was ist ein Ende? Wo etwas aufhört? Was ist aufhören? Was ist was ist? Ich musste mich setzen. Wörter und Dinge hatten plötzlich auf teuflische Art nichts mehr miteinander zu tun. Die Wörter fielen von den Dingen wie Parasiten aus den Fellen von Hunden und Katzen. Hier stand etwas, das »Tisch« hieß, ich saß auf etwas, das »Stuhl« hieß, und ich war etwas, das »Ich« hieß. Doch was war dieser Tisch, dieser Stuhl, dieses Ich? Der Tisch, des Tisches, dem Tisch, den Tisch. Das Ich, des Ichs, dem Ich, das Ich. Ich klammerte mich an die Grammatik. Herr Maier war noch immer mit Käufern beschäftigt. Ein Mann gestikulierte wild und entschlossen mit einer Zeitung und schlug immer wieder seinen Handrücken auf einen bestimmten Artikel. Ich rollte die Trittleiter von *M* zu *I* und schob nun selbst die flache, linke Hand oben zwischen Buch und Regal, suchte Mittel- und Ringfinger der Rechten zwischen Regal und Unterkante zu klemmen, um, gleichzeitig ziehend und schiebend, das Buch aus der gemeinschaftlichen Zucht zu befreien. »Ich« stand zwischen »Icecream« und »Ichdin«.

> »Ich«, stand da, »ist der Inbegriff aller Eigenschaften, Verhaltensweisen und psychologischen Akte, die ein Individuum sich zurechnet. Etwa bei Beginn des dritten Jahres bezeichnet sich das Kind mit dem Wort Ich, gleichzeitig mit der Herausbildung des Wollens und Handelns aus der vorhergehenden spontan unreflektierten Aktivität. Im engeren Sinne bezeichnet Ich diejenige Instanz, die auf Umweltereignisse und auf die eigene Spontaneität reagiert. Diese Instanz wird als etwas Rückbezügliches und in sich Abgeschlossenes erlebt, ist im eigentlichen Sinne eigenschaftsarm, außer

in dem Erlebnis der Initiative (des Impulsbewußtseins der Freiheit). Dieses eigentliche Ich ist die nur zum Teil bewußte Integrationsstelle zwischen den Ansprüchen der Außenwelt, der Gesellschaft (des Du) und der eigenen Impulsivität und Triebhaftigkeit.«

Es folgten kleingedruckt eine Reihe von Buchtiteln, bevor es weiterging, und ich erfuhr, dass es ein transzendentales Ich gebe, ein fiktives und ein selbstgesetztes. Ich gab auf. Wegen »Minerva« und »Odermennig« war ich hergekommen. Zurück zu Band 13, *Mi-Mo*.

Herr Maier schaute mir über die Schulter. Na, kommst du zurecht? Da hast du ja schon deine »Minerva«. Interessant, was? Ich nickte pflichtschuldigst, wenigstens hatte diese »Minerva« Hand und Fuß. Für Wörter, unter denen man sich nichts vorstellen konnte, war ein Lexikon nützlich. Waren einem die Wörter aus alltäglichem Gebrauch vertraut, stiftete es Verwirrung wie im Märchen, trennte die Wörter von den Dingen und Vorgängen, warf die Schöpfung in ihren Anfang und vor allen Anfang zurück, vor ihren Anfang im Wort. Chaos. Gebrabbel.

Was kostet denn so ein Buch?, fragte ich.

Einzeln werden die Bände nicht verkauft, erwiderte Herr Maier. Das Lexikon kostet bei Barzahlung 840, bei Ratenzahlung 70 Mark im Monat, 960 Mark zusammen.

840 Mark! Mehr als 1000 Reclam-Hefte. Mehr als vier Monate Arbeit bei Maternus!

Aber hier, Herr Maier bewegte sich von den uniformierten Bänden weg in Richtung der zusammengewürfelten, bunten und machte zwei knappe Striche mit der Hand durch die Luft, an zwei Regalbrettern entlang. Hier stehen die Einbändigen. Das hier gibt es schon für 50 Mark. Das Buch war etwa so groß und dick wie ein Lexikonband. »Ich sag dir was«, verkündete es anbiedernd und großmäulig. Mir nicht, dachte ich, und schüttelte den Kopf, als Herr Maier mir das Buch in die Hände legen wollte. Ich mochte es nicht einmal anfassen. Auch die anderen Einbändigen – *Die ganze Welt von A bis Z*, *Unser Wissen*, *Das Wissen der Menschheit* – ließen mich kalt. Ich war dem wahren, großen Wissen begegnet und verschmähte kümmerlichen Ersatz. Herrn Maier zuliebe, der sich alle Mühe gab, den überwältigenden Eindruck der mächtigen Truppen zu verwischen, tat ich, als zöge ich den *Brockhaus für alle* in Betracht. Weder »Minerva« noch »Odermennig« fand ich darin, ein guter Vorwand, Abstand zu nehmen. Sicher hatte der Buchhändler mich durchschaut, als er mir vorschlug, wann immer ich Lust hätte, ihn zu besuchen und, was ich wissen wolle, aus dem *Großen Brockhaus* abzuschreiben. Worauf ich gleich im Laden nebenan ein dickes Rechenheft kaufte: »WISSEN« daraufmalte und mit »Minerva«, »Ich« und »Odermennig« begann.

Jahrelang verbrachte ich so manchen Nachmittag in Maiers Buchhandlung im Verborgenen und im Wort. Bis der Aufbruch kam, von der verhassten Büroarbeit zum Aufbaugymnasium. Hier entdeckte ich eine zweite Leidenschaft, oder genauer, eine, die die erste abwandelte und steigerte: die Kisten. Und ich behaupte, auch wenn eine liebe Freundin und tüchtige Buchhändlerin in Berlin-Zehlendorf sich ihnen (noch!) hartnäckig versagt, dass einer Buchhandlung ohne diese Kisten etwas fehlt.

Herr Buche hielt diese Kisten für mich parat.

Schon in meinem letzten Realschuljahr hatte mich diese Leidenschaft gepackt, doch Buches Kisten waren ungleich besser als die Maier'schen gefüllt. Schon die kleine, prickelnde Mühe, ihnen nahezukommen, war pure Vorfreude, eine Bushaltestelle vor der meinen standen sie, schon von Weitem sah ich ihnen mit dem Sehnsuchtsauge der Begierde entgegen. Beinah jeden Tag nahm ich den Umweg in Kauf; denn nie konnte ich des Innenlebens der Kisten sicher sein, auch wenn sich oft tagelang an den Beständen nichts änderte.

»Buch Bücher Buche«, verkündete das Schild im Schaufenster. Julius Buche: Sein Name mehr als ein Plural, sozusagen das Nonplusultra des Buchwesens. Ich hatte mit Buche, ganz so wie mit dem Buchhändler Maier, bald Freundschaft geschlossen und ließ oft zwei, drei Busse fahren, wenn mich eine Neuerscheinung fesselte. Im Winkel hinterm Laden, nicht viel größer als mein Holzschuppen, durfte ich sitzen, meist mit einer Tasse Malzkaffee oder Kakao.

Vor dem Schaufenster mit den Neuen standen sie, die Verstoßenen aus den vier Wänden, die aus den Regalen Vertriebenen, Flüchtlinge, Waisen, Obdachlose, aus dem Kasten heraus flehten sie: Begehre mich, nimm mich mit, schlag mich auf, mach mich wieder lebendig, mach mich jung und schön und lesenswert. Am liebsten hätte ich sie jedes Mal alle erweckt, verwandelt, befreit vom Makel der heimatlosen Minderwertigkeit. Ich kam aus dem Holzstall und strebte nach einem Platz in den Regalen, in den Regalen von Kunst und Wissenschaft, einen Platz in der Nähe von Lehrern und Pastoren. Die hier draußen waren auf den umgekehrten Weg gezwungen, aus der Erhöhung der Regale in die Erniedrigung des Kastens abgestürzt. Und der Kasten machte alle gleich.

Hier lagen Goethe und Schiller, Lessing, Kleist, Hebbel, Mörike, Büchner, die Droste, Keller, Fontane, Storm neben Vicky Baum: *Es begann an Bord. Roman einer Tropennacht*,

Annemarie Selinko: *Désirée* und Hedda Zinner: *Nur eine Frau* – Letztere meist in der modischen Einkleidung des Aktuellen; so jung, so neu und schon ausgestoßen, keine Zeit zu reifen in den Regalen, erst beim Buchhändler, dann in der Schrankwand des Käufers, womöglich sogar in einer Bibliothek, und nun im Kasten vor der Tür. Die bunten Einbände zwitscherten lockend, Zuckerwatte und türkischer Honig, aber ich ließ mich nicht irreführen: Fast immer verbarg das knallige Außen einen matten Inhalt.

Je zurückhaltender die Bücher daherkamen, desto vorbehaltloser durfte man sich ihnen anvertrauen. Die Kiste, die üblen äußeren Umstände, machten doch nicht alle gleich. Ob man als Reclam-Band Nummer 124, als *Faust*, *Nathan* oder *Kaufmann von Venedig* in der Kiste lag, war doch etwas anderes, denn als *Frauenarzt Dr. Holm*, *Komtess Beate* oder *Die Erbin vom weißen Schloß* hier zu enden. Trotzdem: Auf den ersten Blick verstieß ich keinen. Einmal in die Hand nahm ich sie, eines Blickes würdigte ich sie alle. Auch die bunten. Sie taten mir leid. Auch mit ihnen hatte sich jemand monate- vielleicht jahrelang Mühe gegeben, hatte Zeit und Geist, Kraft und Hoffnung aufgeboten, nur damit sich der Daumen des Buchhändlers alsbald nach unten senkte. Raus! Kasten! So, als hätte jemand trotz allen Übens, trotz aller Mühen die Stange gerissen. Einen Verlag hatten die Blätter noch gefunden, ins Buch hatten sie es noch geschafft, gedruckt, gebunden zwischen zwei festen Deckeln, oft sogar in farbigem Leinen unter dem bunten Einband. Aber dann hatte es wie bei der Olympiade – ist Teilnehmen wirklich alles? – doch nicht für Medaillenruhm gereicht.

Ohnehin wurde ich vor der Tür nur selten fündig, wusste ich doch, was mich dahinter erwartete. Dort hielt der

Buchhändler für besondere Kunden eine zweite, kleinere Kiste bereit, und für mich noch einmal eine Schachtel, Schuhschachtel mit Reclam-Heftchen, die er noch nicht in die Kälte der Kiste ausgesiedelt hatte. Wen ich hier nicht erwählte und erwarb – zu einem Betrag, der für meine Finanzen spürbar, objektiv aber eher symbolisch war – der musste raus, sodass ich die Schuld an der Endstation Kasten nicht auf den Buchhändler allein schieben konnte, mich vielmehr ein schlechtes Gewissen beim Anblick der Geistesgrößen, die draußen im Kasten kümmerten, durchaus zu Recht plagte.

Buchhändler Buche und ich, wir beide wissen, dass so einiges bei den Kisten seinen Anfang nahm – und sein Ende fand. Kann man ja alles nachlesen.

Herr Maier und Herr Buche jedenfalls schienen zufrieden, als sie mich in einer der nächsten Nächte mit süßen Träumen von meinem nächsten Buch auf den Bestsellerlisten umgaukelten. Wobei, aber da kann ich mich täuschen, vielleicht doch ein klein wenig Enttäuschung um die belesenen Lippen Maiers und Buches spielte – anmerken allerdings ließen sie sich nichts. Sie hatten ja recht, dass ich ihrer Person weit weniger Aufmerksamkeit gewidmet hatte als meiner bücherhungrigen Leserin. Doch sie mögen sich gesagt haben: Dazu sind wir ja schließlich da, wir Buchhändler, für die Leser. (Und erst dann für den Umsatz, und nicht umgekehrt!)

Doch nun muss ich mich um den dritten Mann kümmern. Ihn habe ich erst viele Jahrzehnte später getroffen, als ich Buchhändler nicht nur als Leserin besuchte, sondern auch als Vorleserin. Als ich Bücher nicht nur leidenschaftlich las, sondern auch schrieb. Ein Leben in Büchern nicht nur fand, vielmehr erfand, und die Buchhändler gleich mit.

Rebew war sein Name, und gäbe es ihn nicht wirklich, man müsste auch ihn und seine Truppe, die Buchhändler Meier-Lahm, Frau Unschult und Frau Weiskraut, erfinden. Was mir überaus gefiel, war, wie geradezu rührend er sich um seine Kollegen Maier und Buche bemühte. Einen ganz hervorragenden Platz versprach er ihnen, direkt im Schaufenster oder an (er sagte auf) dem Tisch für Ehrengäste. Was diesen Rebew aber von Maier und Buche und von anderen Buchhändlern insbesondere unterschied, war, dass er meine Bücher nicht nur verkaufen wollte. Obwohl, seien wir ehrlich, dies ja doch nach dem Schreiben das Schönste ist: gekauft und gelesen zu werden; und da sind die Buchhändler unsere ersten Verbündeten. Rebew wollte mehr. Er wollte meine Bücher nicht nur verkaufen. Er wollte, dass ich ihm eines schreibe! Zum Verkaufen, natürlich, Gott sei Dank!

Nicht locker ließ er, bis ich ihn eines Abends mit aufs Boot nahm, auf die *Alsterlust,* wenn Sie's genau wissen wollen, und dort, im schönen Hamburg, versenkte ich ihn dann auf Seite 56 in alle Ewigkeit.

Nur noch einmal habe ich Maier, Buche, Rebew und mit ihnen alle anderen Buchhändler gesehen: Sie schwammen auf der *ars vivendi* durch unseren Hausflur und prosteten mir zu.[1]

[1] Die Buchhändler Maier und Buche finden Sie in den Romanen *Das verborgene Wort* und *Aufbruch.*
Den Buchhändler Wilfried Weber alias Rebew finden Sie, ebenso wie seine Mitarbeiter, leibhaftig in der Hamburger Buchhandlung Felix Jud. Verewigt habe ich Wilfried Weber in der Novelle *Alsterlust,* die er angeregt und herausgegeben hat. Gemeinsam mit den Buchhandlungen Zum Wetzstein in Freiburg, Bittner in Köln, Lehmkuhl in München und der Autorenbuchhandlung in Berlin hat sich die Buchhandlung Felix Jud zu *5 plus* zusammengetan, einer Vereinigung von Buchhändlern, die Qualität und Lesefreude garantieren. Denn die Buchhändler handeln wirklich »mit der schönsten Ware der Welt« (Klaus Bittner).

Eckhard Henscheid

Ehre den Buchhändlern? Mit Einschränkungen. Ein Besinnungsaufsatz

Hosianna! Hoch! Hurra! Hochgepriesen und nachgerade heiligmäßig verehrt sei er und sein gesamter Stand! Gelobt sowohl als gepriesen (denn das hört er gern) sei er, der Distributor und Multiplikator des Geistes, der Bewahrer der schönen Künste und der heiligen Poesie, hochgepriesen sei er (denn das kann er gar nicht oft genug hören), der Buchhändler mit sämtlichen Lehrlingen und all seinen willigen Volontären, die da unter diesem Vater der Muse, vergleichbar nur dem Vater Rhein, wenn schon nicht dem Vatergott, als Verwalter und Konservator dienen des nach Hölderlin gut zu betreuenden und bestens zu deutenden Buchstabens, behuldigt für all ihre Kunstverständigkeit und ihre Kunst, Bücher an den Mann zu bringen, für ihren unverbrüchlichen Willen, dies sogar unter allen Umständen zu tun und dafür notfalls sogar unter Einsatz ihres Lebens (gar nicht wahr) alle Anstrengungen und Beschwernisse auf sich zu nehmen – Heil! Heil ihnen, den Buchhändlern und Buchhändlerinnen, Hurra und Heil den Protektoren der abendländischen Zivilisation (ach was), der belletristischen Suprematie über die Infantil- und Regressivwelt der Games und Playstations, der Chatroom- und Facebook-Foren – ein Hoch den Herren und Herrinnen der heiligsten Kulturgüter, notfalls inklusive der Laptopspiele und Military

Games, im Prinzip aber doch noch immer der ewigkeitlichen Bücher und notfalls E-Books, abermals Hoch, Heil und Hurra –

Aber genug. Buchhändler, wie schon angedeutet, sind Menschen, die zweitens gern gut verdienen, erstens aber noch gerner gelobt und gepriesen werden. Als unverzichtbare Kulturträger, wenn nicht Kulturschienen, gerade auch unterm Diktat, ja Terrorregime des konkurrierenden Internet. Gern geschätzt und gelobhudelt wird der Buchhändler dabei auch als der bessere Leser und, ohne falsche Bescheidenheit, als der kompetentere Buchkritiker, so gebildet und unterscheidungsfähig wie drei *FAZ*-Matadore zusammen – gebildeter, begabter, literaturfähiger als letztlich der von ihm gnädig betreute Dichter selber.

Und genau deswegen lassen die guten Buchhändler auch ihr Publikum nicht länger unversorgt und unberaten, sondern veröffentlichen und plakatieren ja nur allzu leidenschaftlich gern die allzeit goldrichtig liegenden Bestseller- und Bestenlisten der TV-Quasselrunden und sonstigen betriebsnudeligen Mainstream-Meinungsverbreiter – nein, alle Mann zurück: Sie veröffentlichen sogar zuweilen ihre eigenen Kanonordnungen und Buchempfehlungslisten, mutig zeigen sie dabei einem nur allzu bekannten und lärmigen TV-Schreihals und seinem späteren weiblichen Populär-Pendant die Fersen sowohl als das Antlitz wahrer Buchkultur und literarischer Aufklärung – auch wenn sie sich von den vor sich hin plätschernden Meinungsströmen der beiden Genannten im Grunde so wenig unterscheiden wie die Ziegel des diese so oder so legenden Dachdeckers.

Meisterleistungen vollbringen die Buchhändler aber auch noch häufig auf einem anderen Feld und über das schiere

Schielen aufs Fernsehen hinaus. Ähnlich wie neuere Berufsvertreter in jüngerer Zeit, was man so hört, damit ziemlich ausgelastet gewesen sein sollen, die manchmal etwas analphabetischen Wünsche ihres Kundenstamms mühevoll zu enträtseln (»Ich möchte diesen Roman da, den der glatzköpfige alte Mann im Quartett so brüllend empfohlen hat, obwohl die Tante links von ihm so blöd dagegen war«) – ähnlich detektivisch mussten sie (und vielleicht angeschlossene Oberstudienräte) bei der Encodierung von Publikumsersuchen im Sinne des ökonomischen Überlebenwollens auch schon vordem vorgehen.

Eine diesbetreffliche Dokumentensammlung veröffentlichte vor einem Vierteljahrhundert ein deutscher Verlag, die schönsten Exemplare des wohl alltäglichen Wahnsinns festhaltend. Es gab da simple Fälle wie »Die Brüder Raskolnikow« (statt *Raskolnikow* und *Die Brüder Karamasow*) – es gab manche plausible wie »Lolita in Weimar« von offenbar Vladimir Mann – und es gab erhabene wie »Wo warst du, Bahndamm?«: eine vermutlich besonders stringente Engführung von *Wo warst du, Adam?* und *Der Zug war pünktlich*, beides immerhin von Böll.

Der Buchhändler als Enträtsler, Wahrscheinlichkeitslogiker und Inspektor Columbo: Möchte er nicht schnellstens verhungern, muss er sich heute wie damals ranhalten. Gut so, das hält ihn im Training auch ohne Jogging.

Auch so etwas wie »Der lustige Untergang Roms in Pompej« anstatt Sieburgs *Lust am Untergang* war damals mit von der verwirrten Partie. Und das trifft's ja auch wirklich viel besser, universaler und unterhaltsamer.

Der Buchhändler: In manchen, in vielleicht vielen Fällen liegt ja der Akzent wirklich mehr auf dem Buch als auf dem

Händler. Wenn es dazu noch eines – jenseits der geläufigen Mythen und des wohl allzu spitzweghaften Urbilds dieses Berufs – neueren und etwas abseitigen Belegs bedürfte, so gründete der in der Mühe, der sich viele heutige Buchhändler unterziehen, wenn sie via Internet antiquarische, vergriffene und überhaupt seltene Bücher ausfindig zu machen sich unterstehen; Bücher auch zu entlegensten Themenbereichen und zu keineswegs üppigen Gebühren oder auch ohne sichere Kundenkaufabsicht.

Ja, vielleicht sind die Buchhändler gar nicht so sehr im Sinne des zu rettenden Abendlands Kulturethiker, sondern mehr so kindliche Detektive, ja Global Player.

Belassen wir sie dabei.

Einigermaßen verhohlen und versteckt inmitten der überwölbend ostentativen Lob-Absicht dieses Artikels sei hier aber auch halblaut nicht so ganz verschwiegen, dass wohl so manche Buchhändler für ihren Beruf nicht so ganz geeignet, womöglich von seiner stressigen Seite überfordert, vulgo und kurzum: etwas behämmert sind. Es war vor einigen Jahren in einer Frankfurter Großbuchhandlung: An der Verkaufs- beziehungsweise Kassenshoptheke lagerten seit einer Woche etwa sieben ausgewählte Special-Tipp-Bücher, darunter auch ein Titel von mir, als besonders eindringlich leuchtend gelbes Reclam-Bändchen ebenso prächtig unübersehbar wie mit dem nicht so ganz langweiligen Titel *Dummdeutsch* versehen – und zudem auch noch mit meinem fast gleich groß gedruckten Namen.

Nach einer Woche war ich zufällig veranlasst, ein anderes Buch von mir zu bestellen, auf meinen Namen – der junge Mann, der seit sieben Tagen mein Buch vor Augen gehabt und ja womöglich auch 7 bis 777 Mal verkauft hatte, ließ sich gleichwohl von mir recht mühvoll und reichlich absent meinen ihm offenbar noch immer gänzlich unvertrauten Autorennamen buchstabieren – und: Er wunderte sich (ich schwör's) auch gar nicht, dass ich gleich drauf als Bestellernamen wieder den nämlichen Namen angab. Sondern ließ sich ihn Buchstabe für Buchstabe ins Blatt vorkauen.

Aber es kommt leider noch dicker. Nicht gelogen: Bei der Regionalchefin eines führenden deutschen Buchclubs gab ich vor Jahren mal den Wunsch nach dem Buch eines gewissen Goethe in Auftrag – bei der Ausfüllung des Bestellzettels sah mich die Frau nach einem Stocken in der Folge des Buchstabens »G« etwas verlegen, auch verständnisheischend an und bat um Nachsicht, dass sie momentan irgendwie der korrekten Schreibung verlustig gegangen sei. Obwohl sie den Namen garantiert schon irgendwann mal gehört und gelesen –

Richtig. So wichtig ist dieser Goethe auch wieder nicht. Wenn sie nur die Namen Hera Lind, Herta Müller und sogar Helene Hegemann parat hat. Und sogar jenen – den wiederum ich partout nicht drauf habe: Houlebeck. Hhoeulepeckhs? Heuleheulebäck? –

Genug. Und unser Verständnis haben sie fast allemal verdient, die Damen und Herren. So eine 18-jährige Nachwuchskraft soll für ein Spottsalär und ohnehin bis zur Selbstvernebelung verwirrt von der Spätpubertät und der Spätest-Fun-Gesellschaft mit ihren unendlich vielen Offerten auch noch 4000 reale und vielleicht noch weitere 1500 von Kunden eher eingebildete Bücher beziehungsweise Autorennamen kennen, empfehlend oder abratend, meist nach Lottoprinzip.

Sie kann es doch genau genommen bei einer Jahresleseleistung von drei Büchern bis zum Jugendabschluss auf höchstens 30 Stück gebracht haben.

Die Sache erschwert und verdüstert sich, wenn wir bedenken, dass Buchhändler heute, um zu überleben, außer bedrucktem Papier auch noch so edle Dinge wie Kaffee, grünen Tee und arabische Gewürze ausschenken beziehungsweise verkaufen müssen.

Wenn dabei so schwierige Wörter wie »Darjeeling« oder gar »Columbianico espressissimo« zu meistern sind, ist natürlich kaum noch zu erwarten und zu verlangen, dass sie sich dann auch noch »Goethe« draufschaffen. Zu schweigen von, sagen wir, »Houllephäckxx« – nein, es geht einfach nicht.

Umgekehrt wird aber manchmal auch kein Schuh draus; die Kunden sind einfach zu inkompatibel, ja inkommensurabel.

Ein vermutlich halbfiktives Exempel: Bei Gerhard Polt gibt es ein Kurzhörspiel, ein, so steht wiederum zu vermuten, erlebtes und hervorragend entwickeltes Psychogramm des modernen Buchhändlers – und auch seines Kunden. Dieser, auf den's leider ankommt, hat keine Ahnung von Literatur und Büchern, will sich aber trotzdem so was antun. Beziehungsweise braucht was zum Verschenken, was auch immer. Der/die Buchhändler/in hat im Sog der seit circa 270 Jahren beklagten Druckwerkeüberflutung und bei einem optimalen Kenntnisstand von 1:1000 (von 1000 neuen Büchern kennt er/sie genau genommen eines) gleichfalls nicht gar zu viel Ahnung, simuliert aber hohe Wissens- und Beratungskompetenz. Schwindelt zum Teil, was das Zeug hält, und bleibt über alle Kundenignoranz, ja -bedeppertheit hinweg vorbildlich dynamisch und elastisch. Kunde Polt will gar kein spezielles Buch, sondern »dem Alisi« für sein neues Heim etwas dergleichen vermachen, damit's besser ausschaut und was hermacht. Also empfiehlt die Verkäuferin – mit gut nachvollziehbar hochnäsiger Stimme – instinktiv Wilhelm Busch. Neinnein, der Alisi sei ja kein Kind mehr – mehr halt was Repräsentatives. Die Verkäuferin rät ungerührt zu Kants Vernunftkritik. Nein, nicht so was Schweres, so viel Zeit habe der Alisi ja nicht. Eher schon, also vielleicht – ein Tierbuch! Unerschüttert, ja, unerschütterlich, empfiehlt die Verkäuferin eins über das verschollene, jetzt aber wieder ins Zentrum des Interesses gerückte Mastodon, eine Art Treibauf der jüngeren Tertiärzeit. Und so weiter. Irgendwann ist der Kunde überzeugt. Und die Sortimenterin weiß zwar eigentlich auch nichts über das Mastodon (wer schon?), weiß aber immerhin, wo der schick bebilderte Brummer im Regal steht.

Buchhändler, wie schon bedeutet, fühlen sich oft als kompetente Buchkritiker, Literaturkritiker, ja als die besseren.

Schön, wenn's immer so wäre. Nach meinen statistischen und amtlich vorerst noch nicht abgesegneten empirischen Forschungen und Erfahrungen ist es aber vielmehr so, dass 5,5 Prozent der zumeist älteren Buchhändler sehr kundige Literaturbeurteiler (und -begeisterte) sind; weitere 30 Prozent gute; die restlichen zwei Drittel sind leider eher Neutren, Mitläufer und fromme Nachbeter des jeweiligen marktokkupierenden Mainstreams; notfalls, sofern nur brav die Kasse klingelt, des Oberquatsches, wie er seit 110 Jahren aus den Dunkelkammern des Stockholmer Nobelkomitees dringt; seit 110 Jahren nämlich mit einem

Bonitätskoeffizienten von knapp fünf Prozent; seit circa dem Jahr 2000 mit einem Zurechnungsfähigkeitskoeffizienten von null Prozent.

Vielleicht weiß oder ahnt der heutige Buchhändler – so wie der Kritiker und Großkritiker und der geschmerzte Literaturprofessor – ja sehr wohl die komplette Indignität, ja Imbezillität der betreffenden nobilitierten Namen; muckt aber kaum auf, noch wundert er sich groß – klar, das Hemd hat ihm näher zu sein als der Rock, pecunia eh non olet, auch wenn es aus den obsoletesten und odiosesten Hirnen vulgo Plebs käme, aus dem Schwachsinn selber herrührte; aus der Stockholmer (mehr oder weniger) Einmann-Jury-Kommandozentrale. So und nicht anders sieht und beseufzt es auch die *FAZ*.

Dass der moderne Buchhändler, ausgerechnet er, der ohnehin allzu Vielbeschäftigte, dem aktuellen und schon älteren kulturellen Erosionsprozess entgegenträte, entgegentreten könnte, das – wäre nun wirklich unbillig viel verlangt. Ein Herkules im Augiasstall muss und kann er nicht sein. Langt ja schon, wenn er einen Schwergewichtler im Ertragen der handelsüblich hauchdünnen Nullitäten vorstellt.

Und derart, so mein fast unaussprechlicher Geheimwunsch an ihn, sich gut durchtrainiert in Schuss hält, die ganz schweren dichterischen Bomber und Granaten umso fähiger zu erkennen, zu fordern und zu fördern.

Buchhändler – ein gedrückter Beruf? Manchmal schon und buchstäblich. In gebücktester Haltung, erinnere ich mich zweier nicht ganz unbekannter Fälle aus Stuttgart und Frankfurt, nämlich fast kriechend, auf dem Boden liegend, holen sie in ihren zu klein und eng gewordenen Handelsräumen Bücher aus den kaum mehr zugänglichen Gassen zwischen ihren bedruckten Wolkenkratzertürmen hervor; Bücher, die mit Händen eigentlich gar nicht mehr greif- und abholbar sind.

Oder waren. Beide Läden gibt es inzwischen leider Gottes nicht mehr. Ob ein derartiges Intimwissen um die eigenen gehorteten Geistestürme heute noch da und dort anzutreffen ist? Es entzieht sich meiner Kenntnis. Und wie das jetzt und dereinst im Falle der E-Books aussehen wird, erst recht. Es interessiert mich wohl auch nicht mehr.

Weil es schon bald keine Tuchhändler mehr gibt, hätten die Buchhändler schon aus wortethischer Verantwortlichkeit heraus die nationale Pflicht, erst recht (Fragment)

Buchhändler, wie auch Bibliothekare, gelten im öffentlichen Bewusstsein von schöngeistiger Literatur noch immer meist als zumindest leicht skurrile, schrullige, ein bisschen anachronistische Volksvertreter, die sich selbst in ihrem ureigenen Metier, den Büchern, ziemlich fremd, ja ein bisschen überfordert, fast unbrauchbar ausnehmen. Ob das zur Folge hat, dass aktuelle Buchwerbung en gros und in toto weniger von Buchhändlern oder wenigstens Literaten als von den bekanntlich überaus musischen Prominenten Beckenbauer, Joschka Fischer, Weizsäcker, N. Ruge und zuweilen auch noch immer von Helmut Kohl bestritten wird? Von einem Aufbegehren der Buchhändler wider diese unverhohlene Beleidigung durch Verlage und Großkulturganovengremien hat man freilich nie gehört. Nein, die Widerspenstigsten, die Klassenkämpferischsten sind sie bestimmt nicht, die modernen Sortimenter. Mein Verweis ereile sie hier und hiermit.

In dem ziemlich berühmten thematischen Textchen *Der deutsche Buchhändler* von Kurt Tucholsky aus dem Jahr 1914 wird ebendiesem wenig zimperlich mitgeteilt, dass er weder ein großes Licht noch im Sinne und zur Verteidigung der modernen Literatur ein heroischer Charakter sei; dass »Tausende und Tausende von Büchern, von wertvollen Büchern, einfach untergehen«, weil sie, die Buchhändler, Tucholskys Bilanz nochmals stark zusammengerafft, von allem allzu wenig Ahnung haben; wenig von den Büchern, noch wie man sie einem tendenziell ja bildungswilligen Publikum gewitzt zu vermitteln versteht. »Die Schläfrigkeit ungeschickter Buchhändler«, denen Tucholsky schon aus Gründen des pro domo grundsätzlich respektvoll und sympathisierend als Partner gegenüber- beziehungsweise zur Seite steht, sie habe gewissermaßen ihren Grund und ihre Folge darin, dass in dieser Branche die Moderne nicht begriffen werde. Die Moderne namens »Das Buch ist eine Ware« und erfordere mithin »Warenkundigkeit«. Ehe die Händler des Buchs nicht aus ihrem diesbezüglichen »Winterschlaf« erwachten, werde auch »kein neuer Bücherfrühling folgen«.

An dem Befund ist heute nach fast 100 Jahren noch so viel wahr, dass das Buchhändlergewerbe seit circa 1980 umso leidenschaftlicher begriffen zu haben scheint und auf Erfolgsrezepte seine Hoffnungen setzt, die etwas entnervend auf Namen wie »Stapeltitel«, »Steadyseller«, »Mix-Kalkulation« oder gar vor einigen Jahren »Weihnachts-Schnellschiene« (Hoffmann und Campe) hören, zumal zur Buchmesse oder eben zu Weihnachten und im Fernsehen. Und die kulturwissenschaftlich, ja anthropologisch nur insoweit interessant sind, als sich mit den gleichen Sprüchen auch Wäschestapel, PC-Unterhaltungsspielchen und eben Weihnachtsgänse optimal verhökern ließen.

Dabei hatte ihnen der große Jahrhundertverleger Siegfried Unseld doch so lange, sein ganzes Verlegerleben lang, unermüdlich vorgekaut, wie Tucholsky und Adorno sozusagen zusammenzuzwingen, dass nämlich »Geist und Ware« partout nicht zu trennen seien. Den noch dialektischeren Rest hatte damals sein PR-Chef Honnefelder dreingerührt, indem er nämlich Buchhändlern und vor allem Lesern ungerührt dies ins Poesiealbum schrieb: »Auch das reine Kaufen, ohne die Absicht zu lesen, ist durchaus ehrenwert.«

Womit die deutsche Mystik zu Händen Meister Eckart endlich auf die negative Theologie des damaligen Hauses Suhrkamp gekommen wäre. Ob das sofortige Ins-Feuer-Werfen von neuen Büchern, dem Kunden schmackhaft gemacht, jene Mystik virtuell noch steigern, vergeistigen würde, blieb damals leider unerörtert.

»Dan ich an nutz vil bücher han, die ich nit les und nit verstan«, bekennt 1494 im *Narrenschiff*-Roman Sebastian Brant stellvertretend für mich. Wahrscheinlich haben wir sie, die Bücher, beidesamt nur erworben, den Buchhändler vor Hartz IV zu bewahren. Und um G. Honnefelder Genüge zu tun – nein, bei mir jedenfalls ist es ja gar nicht wahr. Mindestens 78,5 Prozent meiner nicht unbeträchtlichen Privatbibliothek hab ich tatsächlich weggelesen.

Ein Hoch! Hosianna! Ein Hoch und Hurra dem edlen Buchhändlergewer… ach, ich seh grad, das hatten wir schon.

Die Robert Gernhardt'sche Buchhändler-Vision aus dem Jahr 1975 über gar zu rüde Verkaufsmethoden: »Steck dir ein Buch von Hesse ein / Sonst schlag ich dir die Fresse ein« oder: »Einen auf die Backen oder / Nimm ein Buch von Wackenroder« oder: »Kauf mir den neuen Simmel ab /

Sonst schneid ich dir den …« – mit dieser negativen Utopie ist es trotz allen inzwischen noch fortgeschrittenen Hardsellings bis zum Jahr 2010, was man so hört, noch nicht ganz so weit gediehen. Ist derweil vielleicht umgekehrt Soft- und Schmuseselling der gleichfalls mystisch-negativistischen Richtung das Gebot der Stunde?

»Dünkt dich das Leben einen Dreck / Nützt auch kein Buch von Houellebecq!«

Dieser zum guten Ende hin sogar noch korrekt geschrieben?

Sandra Hoffmann
Kriedel

Da war kein Licht. Aber er war sicher, er hatte eine Bewegung gesehen, hinten im Laden, als schaue jemand schnell um die Ecke. Pe ging einen Schritt zurück, er wischte mit dem Hemdsärmel über den Abdruck seiner Handkanten, die sich auf dem Fensterglas abbildeten, aber es wurde nur schlimmer. Er schnippte noch einmal mit dem Zeigefinger gegen die Scheibe, zweimal hintereinander, und schlug dann den Takt. Etwas rührte sich im Laden. Auf dem Fenster sah man den Abdruck seiner Nase, er versuchte ihn mit der Elle auszuradieren, verwischte ihn aber nur. Pe war sicher, dass Kriedel da war, dass Kriedel in so einer Nacht im Laden schlief. Oder nicht schlief. Alles, was wichtig war, tat Kriedel im Laden, und sie hatten doch immer wieder davon gesprochen. Wer schlief denn heute? Jedenfalls niemand, der wusste, dass nachts um drei der große Kelly Slater und dann auch noch Tom Whitaker und Eneko Acero und so ein paar andere ganz Große beim Pro Mundaka auf der Welle wären. Klar, kein optimales Wetter, sagten sie im Netz. Aber der Kanal übertrug es trotzdem.

Im Laden knarzte der Boden, ein kleines Licht erleuchtete nun indirekt die Philosophie. Das Licht schien vom grünen Zimmer aus in den Laden, Kriedel hatte es sich wohl schon bequem gemacht. Pe schlug den Takt noch einmal. Dann, endlich, hörte er Kriedels Stimme, leise, nur der bekannte ruhige Tenor, er verstand keine Wörter, aber es war klar, was er gesagt hatte: Ich komm schon. Ganz klar. Pe sah ihn zur Tür schreiten, vorbei an der Zeitgeschichte, sehr aufrecht, wie immer, aber etwas schwerfälliger als sonst, die Glieder waren vielleicht noch ein wenig im Schlaf. Der Schlüssel drehte sich im Schloss.

Hey, sagte Pe durch die Gitterstäbe hindurch.

Ich öffne, sagte Kriedel.

Ist doch okay, oder?, fragte Pe.

Natürlich, sagte Kriedel.

Ich dachte, zu zweit ist besser.

Zu zweit ist besser, sagte Kriedel.

Gut. Pe spürte seine Freude.

Aber ist er schon wieder ganz?, fragte Pe.

Völlig intakt, antwortete Kriedel.

Klar, sagte Pe, hätten Sie mir ja gesagt.

Kriedel nickte. Er zog das Stahlgitter zur Seite. Komm rein, sagte er.

Er trug wieder die merkwürdige Hose, die keine Pyjamahose war, aber vielleicht eben doch, und das Billabong-Shirt, das aussah, als habe er es seinem Sohn abgenommen, aber Kriedel hatte keinen Sohn. Pe hatte ihm schon gesagt, das sei so ein Insiderding, das wusste Kriedel aber schon. Natürlich. Kriedel wusste darüber nahezu alles.

Bin ein bisschen früh, sagte Pe.

Ich habe schon geschlafen.

Tut mir leid, sagte Pe.

Ist schon gut. Vorgeschlafen, sagte Kriedel.

Pe lachte.

Hinter ihm zog Kriedel das Gitter wieder ins Schloss und machte auch die Ladentüre wieder richtig zu. Kannst ja nachher hinten raus, sagte Kriedel, geh ruhig.

Ich lass Sie vorbei, sagte Pe.

Da ist niemand sonst, antwortete Kriedel.

Auf dem Ledersofa lagen eine Wolldecke und das rote Kopfkissen. Pe blieb stehen.

Caught Inside. Daniel Duane?, sagte Pe.

Les ich gerade zum dritten Mal.

Eigentlich hatte Ona an allem Schuld. Nein, Schuld war Quatsch. Es war ja schön. Also eigentlich kannte er Kriedel nur, weil er Ona kennengelernt hatte, weil Ona drei Häuser weiter wohnte, deshalb. Weil Kriedel gesehen hatte, wie Ona ihn küsste, zum ersten Mal küsste, aber das konnte Kriedel ja nicht wissen, aber er, Pe, trug dabei dieses Shirt vom Cup. Und Kriedel stürzte aus der Buchhandlung und sagte: Junge, woher hast du das? Dabei zog er an seinem Ärmel.

Und er war verdattert gewesen, weil er das niemals geglaubt hätte, dass Ona ihn, also ihn Pe, genauer Peer, ungenauer Peery, ihn wollte. Oder warum küsste einen ein so hübsches Mädchen auf der Straße, nicht im Dunkeln, sondern bei absoluter Helligkeit, mitten am Tag, in der Sonne vor dem Schaufenster einer Buchhandlung, in der doch bestimmt Leute standen. Und dann kam da so ein Mann mit fast keinen Haaren heraus, Sakko an, Brille auf, groß, riesig eigentlich, und fragte nach seinem Shirt: Woher hast du das?

Ein bisschen alt war er auch. Keine Ahnung, hatte Pe geantwortet, dann aber: Frankreich, Bretagne, Quiberon. Steht doch drauf.

Warst du dabei, hatte Kriedel gefragt.

Ne, aber zugeschaut.

Machst du's auch selber?

Klar, hatte er gesagt, ja klar.

Kriedels Augen haben geleuchtet, hell, heller ging's nicht mehr.

Komm mal vorbei, bitte, hatte Kriedel gesagt, eher ein wenig gefleht, hatte gewartet, gestrahlt und plötzlich Ona bemerkt, die einen Schritt zurückgegangen war und vielleicht auch staunte. Entschuldigung, sagte Kriedel, ich kann dann nicht anders. Ich hab die Sache einfach zu spät entdeckt. Ist meine Leidenschaft, das Surfen, meine absolute Leidenschaft. Ich habe alles drüber. Literatur. Fügte er hinzu. Alle Literatur.

Ona hatte gelacht, sehr süß und gar nicht blöd gelacht, und okay gesagt, etwas fragend, und dann gesagt: Ist ja cool.

Pe hatte lachen müssen, ist ja cool, hatte er gesagt, weil ihm nichts anderes eingefallen war, und dann, okay. Auch, weil ihm nichts anderes eingefallen war.

Und Kriedel, von dem er noch nicht wusste, dass er Kriedel heißt, hatte sich nicht von der Stelle gerührt. Also, hatte er gesagt.

Und Pe hatte das zuerst nicht richtig kapiert, und Ona hatte nachgeholfen: Ob du mal vorbeikommst, will er wissen.

Ach klar, hatte Pe gesagt, und nicht aus Höflichkeit, sondern weil er es wirklich wissen wollte. Also, was der Alte da stehen hatte, wollte er wissen. Surfer-Literatur?

Auf Wiedersehen, hatte Kriedel gesagt und war rückwärts, strahlend, in Richtung Laden gegangen.

Tschüss, hatte Ona gesagt, und Pe wieder ihr nach: Tschüss. Scheiße, hatte er gedacht, ich kann nicht mehr reden. Er war stehen geblieben und hatte darüber nachgedacht, ob er nun Onas Hand nehmen sollte und aus welcher Richtung sie gekommen waren und in welche sie nun gehen würden. Sie kamen doch von Ona, sie konnten doch nicht wieder zu Ona gehen jetzt. Nein.

Komm, hatte Ona gesagt, ich hab doch Seminar gleich.

Pe hatte sie an der Hand genommen.

Was ist denn das für ein Cup, hatte Ona wissen wollen, der da in Quiberon war?

Zwei Tage danach hatte er zum ersten Mal mit ihr geschlafen. Und am Tag später war er in den Laden gegangen, irgendwie glücklich, weil er die Nase noch voll Onaduft hatte und auch am Körper noch Ona spürte, nur im Mund den Kaffeegeschmack, weil er sich nicht getraut hatte, Ona zu fragen, ob er ihre Zahnbürste benutzen dürfe. Er hatte noch nie die Zahnbürste von jemandem benutzt, bis dahin.

Magst du ein Wasser, fragte Kriedel.

Ne, hab mir ein Bier mitgebracht. Pe machte die Tasche auf.

Kriedel faltete die Decke zusammen, fein säuberlich legte er Kanten und Ecken aufeinander und legte die Wolldecke ans Sofaende. Ich mach mich mal zurecht, sagte Kriedel. Setz dich, sagte er.

Ich kuck mal, sagte Pe.

Nimm das, sagte Kriedel.

Atem. Was ist das?, fragte Pe.

Toll!, sagte Kriedel. Es ist das Buch für dich. Es ist dein Buch. Sagte er.

Wenn Kriedel etwas gefiel, leuchteten seine Augen, als seien es Edelsteine, sie glitzerten ein bisschen, wie Weißwasserwellen in der Morgensonne, so ungefähr, aber vielleicht dachte er das auch nur, weil man die Zähne von Kriedel sehen konnte, wenn er sich freute: sehr weiße Zähne für so einen alten Mann. So alt auch wieder nicht, aber 50, also 50 war Kriedel sicher, das sah man nicht an den wenigen Haaren, die Kriedel hatte, so wenige Haare hatten manche auch schon mit Anfang 30, und die, die er noch hatte, waren schließlich noch blond. Aber Kriedel hatte Falten, tiefe Gräben am Mund entlang, zwei steile Furchen zwischen den Augen und ziemlich viele Sonnenstrahlen rechts und links der Augen. Mehr als sein Vater, mehr als seine Mutter, viel mehr, das hatte Pe schon mehrfach verglichen. Und die waren nun ja auch fast 50. Also war Kriedel vielleicht auch noch ein bisschen älter, aber gefragt hatte er ihn nie.

Ich habe das erst mit Mitte 40 entdeckt, hatte Kriedel einmal erzählt, das war im einzigen Sommer, in dem ich mal meine Buchhandlung für drei Wochen schloss, ausnahmsweise, weil Mathilda unbedingt mit mir ans Meer wollte. Mathilda. Dann sein trauriger Blick, kurz nur, bis sie wieder da war, die Helligkeit der Begeisterung in seinen Augen. Und dass er das noch wisse wie heute, wie das war, als sie am späten Nachmittag bei stechender Sonne auf dem Parkplatz oberhalb von Mimizan Plage standen, die Flut kam, nein, die Flut brach sich ins Land, und da war so ein Swell, sagte Kriedel. Und Pe hatte fast lachen müssen, als Kriedel mit seinem feinen Deutsch das so gesagt hatte; Swell, das passte gar nicht, aber immer wenn es ums Surfen ging, wurde Kriedel eben anders, brannte Kriedel. So war das.

Einen schönen Umschlag hatte das Buch, wie die Bretter da auf dem Sand lagen, die drei bunten Fiberglas-Finnen des einen Boards waren ziemlich schön. Aber so recht konnte man trotzdem nicht sehen, was es für eines war. Vielleicht war es das von diesem Tim Winton, der das Buch geschrieben hat?

Kriedel kam in Unterwäsche aus der Toilette und bog aber sofort in die Kammer nebenan ein.

Ist das das Brett von dem Schriftsteller, da auf dem Buch? Fragte Pe laut.

Kriedel lachte im Nebenraum: Sehr wahrscheinlich nicht. Schriftsteller schreiben, aber sie machen nicht die Umschläge ihrer Bücher.

Aber der muss sich mit Surfen auskennen, oder?

Wer?

Der Schriftsteller. Von *Atem.* Tim Winton.

Ausgezeichnet kennt der sich mit Surfen aus, er hat das erlebt, sicher, er ist damit groß geworden, er ist durch die ganz harte Schule gegangen. Ein vollkommener Autodidakt. Große Literatur, Kriedel schwärmte.

Pe wusste nicht, ob das gut war, wenn man Autodidakt war. Er hatte zwei Kurse gemacht, nun konnte er es, aber er kam ja nur einmal im Jahr dazu, im Sommer eben. *Die Welle bäumte sich auf, wölbte sich vor und verschluckte ihn einfach. Ich hörte ihn schreien vor Freude oder Entsetzen und sah ihn immer nur für Augenblicke, wie er zwischen den wogenden Falten des Wassers navigierte.*

Kann ich das Buch kaufen?, fragte Pe.

Wer gewinnt in diesem Jahr den Billabong? Kriedel war nun wieder der Buchhändler in Sakko und Anzughose, dabei aber cool, so cool; immer, wenn sie zusammen die Wettkämpfe kuckten, trug er dieses knallorangefarbene Mauirippers-Shirt.

Bei diesem Wetter der Slater. Pe war sicher.

Wenn du recht hast, gehört dir der Winton, sagte Kriedel.

Pe würde was dafür geben, dass er recht behalten würde und dass Kriedel das auch wusste. Kriedel kannte sich aus, fantastisch kannte der sich aus, und das wussten alle. Aber eben nicht nur damit.

Wo finde ich, hatte Pe ihn mal gefragt, das war vor einem Semester gewesen, so was über Fotos in der Literatur.

Und Kriedel sagte: Roland Barthes. *Die helle Kammer.*

Und Pe sagte: Haben Sie das, und Kriedel hatte es da.

Warum steht es in der Philosophie?

Weil ich meine eigenen Ansichten habe, hatte Kriedel geantwortet, und inzwischen wusste Pe, dass das stimmte, in vielem, aber dass Kriedel eigentlich ein Professor hätte werden müssen, so einer mit dem Brett unterm Arm, so ein toller.

Kommt noch jemand?, fragte Pe.

Bastian vielleicht. Den kannst du doch leiden. Sagte Kriedel.

Pe konnte Bastian noch am besten leiden von allen, die hier manchmal kuckten. Am liebsten war er aber mit Kriedel alleine. Abgesehen davon mochte er auch Tim und Josef, nur Joel nicht, der gab an, und Kriedel musste das eigentlich doch wissen, merken, alles. Das nahm Pe ihm leicht übel, dass er das nicht merkte, dass er sich mit so einem First-Class-Schnösel abgab, der nichts in der Birne hatte außer irgendwelchen Marken. Louis Vuitton-Tasche fürs Studium. Von der Mama. Ein Oberflächenpolierer war das.

Wegen Kriedel und seinem Roland Barthes hatte Pe dieses wahnsinnige Referat halten können, richtig gut war das. Und Ona hatte mitgelesen und fand es auch toll. Und das war nicht das einzige Mal gewesen, dass Kriedel genau richtig gelegen hatte.

Nur mit Kinder- und Kochbüchern wollte er nichts zu tun haben. Gar nichts. Das führe ich nicht, sagte Kriedel, wenn einer so etwas wollte. Als sei er ein Porzellanhändler.

Können Sie es bestellen, bis morgen?

Der Augustiner hat das bestimmt vorrätig im Laden, gab Kriedel dann zur Antwort.

Manchmal standen die Kunden irritiert darüber und unschlüssig in der Tür, und Kriedel wandte sich wieder ganz ungehemmt anderen Sachen zu: Zeitgeschichte, Philosophie, Psychologie, Literatur, Religion und eben seiner Leidenschaft im grünen Zimmer.

Wenn Bastian käme, dann wäre er schon längst da, Pe war sich sicher, der kommt nicht mehr. Deshalb ließ er sich nun aufs Sofa fallen und machte sich etwas breiter als nötig. Wenn Kriedel sich dazusetzte, stießen ihre Schultern aneinander. Irgendwie mochte er das. Schwul war das nicht.

Ist noch eine halbe Stunde Zeit, sagte Pe.

Soll ich dir noch etwas vorlesen, fragte Kriedel.

Von diesem Duane?

Großartig. Schlauer Kerl, sagte Kriedel.

Pe fand, dass Kriedel manchmal schöne altmodische Wörter sagte.

Sehr gerne, sagte Pe, weil Kriedel fantastisch vorlas, weil dann im grünen Zimmer alles noch grüner wurde von der Dünung, dem Swell, dem Rollen, dem Stampfen der Wellen, den Walzen und ihren Höhlen, den Regenbögen in der Gischt über den Wellenkämmen, überhaupt den ganzen Geräuschen des Wassers und dem dumpfen Klang der manchmal bedrohlichen Tiefe, in die einen die Strudel reißen konnten, und immer befand sich Pe dann auf seinem Board mittendrin, und wie fabelhaft waren die Storys, in denen so etwas wie echte Hingabe zu spüren war, dann las Kriedel mit solch einer Inbrunst, mit so einer Kraft, dass Pe manchmal fühlte, dass es ihn zerreißen könnte vor Freude am Leben. Und Kriedels Stimme wurde wie das Meer, so rauschend, so strömend, so stark, und es war, als erlebte er all das durch die Wörter, die sich ihm auftaten wie eine lebendige Welt, all das, was er noch nie wirklich erlebt hatte, weil er dachte, er sei zu alt, zu unsportlich, zu untrainiert.

Was ja irgendwie schon stimmte. Kriedel war lang und dünn, und die einzigen echt brauchbaren Muskeln hatte er vielleicht noch in den Armen. Oder in den Händen, vom Büchertragen und -halten und so.

Mathilda. Vielleicht hätte Mathilda es schaffen können, dass ich es versuche, hatte Kriedel Pe einmal erzählt, da war er todunglücklich gewesen, weil Mathilda anscheinend gar nichts mehr mit ihm zu schaffen haben wollte.

Versuch's doch einfach mal, trau dich doch einfach mal, hatte Mathilda zu Kriedel gesagt, als er tagelang den Surfern zugeschaut hatte, die mit ihren Neoprenanzügen und Brettern draußen im Wasser immer ein wenig aussahen wie ein dümpelndes Rudel von Haien auf der Lauer, wenn sie auf die richtige Welle warteten. So hatte es Kriedel erzählt. Ebenso, wie er die jungen Kerle und auch die schönen Mädchen anschaute, wie sie lässig ihre Faces und alle möglichen Arten von Boarden unterm Arm am Strand entlangtrugen als seien es Bücher, oder auch Badehandtücher, und Kriedel dachte, er bekäme schon vom Zuschauen Schlagseite und es wäre eine peinliche Attraktion, wenn so ein langer, magerer, schlaffer, blasser Kerl da am Strand entlangzöge, mit so einem wunderbar geformten Flitzebrett unterm Arm, da würde sogar Mathilda lachen müssen. Und Mathilda gab zu, dass sie vielleicht lachen würde dann, aber ihn sicher nicht auslachen, niemals für etwas, was ihn so anzog, so magisch, und was er bitte, bitte doch einfach ausprobieren solle. Aber Kriedel blieb liegen, mit Mathilda unterm Schirm, weil es schön war da, und weil er lange nicht mehr so gerne neben einer Frau gelegen hatte, und weil Mathilda auch still sein konnte, und weil Mathilda sich freute, wenn er ihr vorlas, und sich freute, wenn er ihr die Surfer vom Wasser herunter erzählte, die blonden und die dunkelhaarigen und die mit den Popstarlocken und die Magazinmädchen in kurzen Hosen von Jungs, und Mathilda sagte, diese knappen Dinger hießen Shorts, aber es waren gar nicht so knappe Dinger. Und wenn er so erzählte, wie das Wasser plötzlich durch den sich verändernden Wind und die Strömung die Farben veränderte, von Dunkelblau in Türkis oder in ein saftiges Grün, ein dunkles Grün, ein Blaugrün, wie viele Farben das Meer haben konnte; wenn er darüber schwärmte, dann schmunzelte Mathilda mit geschlossenen Augen. Das konnte er in ihren Mundwinkeln sehen; sie hatte Freude beim Zuhören. Und manchmal las sie ihm vor, aus der Zeitung, komische Dinge und brillant geschriebene Artikel, aber auch Tratsch und Klatsch und Kochkolumnen, und er liebte ihre Auswahl, die war so anders als seine, und eine neue Welt tat sich auf mit Mathilda, und er wünschte, sie bliebe für immer. Und diese Mathilda hatte ihn verlassen, nachdem er drei Jahre und drei Sommer lang nicht versucht hatte, irgendetwas an seinem Leben zu ändern, weil es ihm genügte, so wie es war, aber Mathilda anscheinend nicht, auch wenn er das nicht verstehen konnte.

Pe hatte nichts sagen können beim Zuhören, es war das erste Mal gewesen, dass ihm ein erwachsener Mann von seinen Nöten mit dem Leben erzählt hatte, und Pe hatte zum ersten Mal geahnt, dass es ältere Menschen gab, bei denen nichts so klar war wie bei seinen Eltern, aber dass Kriedels Leben dennoch nicht unglücklicher war, und langweiliger erst recht nicht, bei allem Unglück mit Mathilda. Und er, Pe, der kleine Pe, hatte zu Kriedel gesagt: dass es da draußen bestimmt noch gute Frauen gebe für so einen guten Typen, wie Kriedel einer sei. Zugegeben, das war ein wenig altklug.

Kriedel hatte ihm die Hand auf die Schulter gelegt, mehr nicht, aber das reichte auch schon.

Der Frühling passiert einfach, las Kriedel. Aber nun ist Schluss, sagte er, weil es gleich losgeht. Er legte das Buch auf das kleine Tischchen.

Hast du noch Hunger?

Ne, ich habe gegessen, mit Ona.

Dann bist du ja bereit, sagte Kriedel.

Pe rückte ein wenig zur Seite auf dem Sofa, damit Kriedel sich dazusetzen konnte, falls er es wollte, und für gewöhnlich war das ja sein Platz, so rechts, neben ihm auf dem Sofa, wenn, wie gesagt, die anderen nicht kamen. Kriedel erhob sich aus dem Sessel, und immer, wenn Pe saß und Kriedel so ganz nah vor ihm aufstand, staunte er über die Länge dieses Mannes und wie aufrecht er stand, wie kerzengerade. Aristokratisch. So war das.

Ich komme gleich, sagte Kriedel.

Dass es so viel Literatur über das Surfen gibt, hatte Pe beim ersten Mal gedacht, als er in dieses Zimmer kam, und immer wieder dachte er das, wenn er hier saß. Zugegeben, sehr viele Bücher waren auf Englisch geschrieben, aber das war ja egal, dazu die ganzen Bildbände und Bücher über die Technik des Wellenreitens, aber der Stolz Kriedels war eben die echte Surfer-Literatur.

Slater würde es machen, klar. Pe nahm den Winton wieder vom Tisch und blätterte darin. Initiationsroman, hatte Kriedel gesagt, es geht um alles.

Wie um alles?

Um alles, hatte Kriedel geantwortet: Wie Dinge anfangen, aufhören, Neues passiert, um manches, was schmerzt und was Freude bereitet, was Liebe ist und Begehren, und wie die Kindheit endet.

Es klopfte, oder? Pe hielt den Atem an. Es klopfte noch einmal, derselbe Takt wie der seine, nur zwei Töne mehr. Joel? Pe verharrte still. Nichts mehr. Dann noch einmal der Takt. Pe stand langsam auf und ging hinten um das Bücherregal herum, damit er keinen Schatten verursachte, drückte sich am Regal vorbei hinein in die kleine Nische mit der Teeküche. Man kann auch einfach nichts hören. War das in Ordnung? Er drehte den Wasserhahn auf und ließ langsam kaltes Wasser in den Teekocher laufen. Aber Joel sah doch bestimmt, dass Licht brannte.

Auf der Toilette hörte Kriedel ganz sicher nichts, aber auch wenn Kriedel länger brauchte, um zu pinkeln, als er selbst, würde er nun trotzdem gleich wieder auftauchen. In fünf Minuten ging's los.

Pe lauschte nach vorne in den Laden hinein. Nichts, oder?

Der Wasserkocher nahm an Lautstärke zu. Pe ging zum Fernsehgerät, das zum Glück wieder funktionierte und das eigentlich ein bisschen heilig war und, soweit er das wusste, immer nur von Kriedel angeschaltet wurde. Es gab zwei Fernbedienungen, daran erinnerte er sich. Beide lagen nebeneinander auf dem Apparat. Er drückte beide. Der Fernseher rauschte. Vom Schaufenster war nichts zu hören. Doch.

Jemand rief leise, jemand rief nach Kriedel.

Es war ganz sicher Joel. Pe wagte nicht, in den Flur zu treten. Kriedel hatte die Klospülung gedrückt, er hörte das sanfte Quietschen des Knaufs vom alten Wasserhahn in der

Toilette, der sich immer ein wenig wehrte, wenn man ihn öffnete, dann das Wasserrauschen, dann noch einmal das Quietschen. Das Wasser im Kocher siedete. Der Kocher schaltete sich aus und wurde leise.

Pe traute sich nicht, auf ein anderes Programm zu schalten, womöglich war dann der Ton weg. Kriedel kam aus der Toilette. Pe drückte auf den Lautstärkeregler, nichts geschah, er drückte noch einmal, das Rauschen dröhnte.

Erschrocken bog Kriedel um die Ecke: Geht's nicht?, fragte er.

Nein, sagte Pe, geht nicht.

Gib sie mir.

Pe drückte noch einmal auf den Regler. Der laute Ton blieb laut.

Komm, sagte Kriedel. Er nahm Pe die Fernbedienungen aus den Händen, augenblicklich wurde es still. Und da war der Kanal. Billabong Pro Mundaka 2008. Die finalen Läufe.

Ein guter Lauf noch und Slater ist Weltmeister, sagte Pe.

Da ruft doch jemand, sagte Kriedel.

Pe lauschte. Kriedel horchte zur Türe hin. Es war wieder still.

Aber dann: klick klick tack, klick klick tack tack tack.

Joel, sagte Kriedel, er lächelte, damit habe ich ja gar nicht gerechnet.

Die beiden Zitate stammen aus:

[1] Tim Winton: *Atem.* Roman. Luchterhand, München 2008.

[2] Daniel Duane: *Surf oder Bretter, die die Welt bedeuten.* Marebuchverlag, Hamburg 2003.

Michael Kleeberg
Der Bücherdirigent vom Dom

Seit ich mich in der Welt der Literatur bewege und Verlagsprogramme durchblättere, habe ich beim Lesen der Geleitworte der Verleger immer die Stirn gerunzelt, wenn ich die Anrede sah, mit der sie sich an die Buchhändler wenden: »Liebe Kollegen«.

Was, so fragte ich mich, ist das, wenn sich da Verlagsmanager mit dieser bieder-anbiedernden Anrede an die anonyme Masse der Händler wenden, als seien sie alte Freunde. Zynismus? Jovial verbrämte Herablassung? Gönnerhafte Freundlichkeit?

Erst im letzten Jahr, in dem ich als ›Mainzer Stadtschreiber‹ häufig und lange in der Domstadt verweilen durfte und ebenso häufig und lange in der Buchhandlung, die traditionellerweise sich dieser Stadtschreiber besonders annimmt, der Dombuchhandlung, erst da also und dort habe ich gelernt, was es mit dieser Anrede wirklich auf sich hat oder einmal auf sich hatte.

Erst dort, in der Gegenwart und Beobachtung des Seniorchefs Franz Stoffl, in Gesprächen mit ihm und seinen Mitarbeitern, wurde mir klar, dass der Verlagsbuchhändler, der Bücher macht, und der Sortimentsbuchhändler, der sie verkauft, einmal Partner auf Augenhöhe gewesen sind und auch in Zeiten, in denen der Erste häufig von Betriebswirten und der Letztere häufig von »Medienverkäufern« ersetzt wird, noch heute sein können.

Natürlich trifft man, gerade auf Lesereisen, öfter auf wunderbare Buchhandlungen und engagierte Buchhändler, die mit Leidenschaft und Selbstbewusstsein das, was ich Literatur im emphatischen Sinne nennen möchte, gegen die Zwänge der Zerstreuungsindustrie verteidigen, aber wann hat man schon einmal die Gelegenheit, über längere Zeit das Treiben in solch einem kleinen Tempel des Geistes (ich mag nicht einfach sagen: in so einem Geschäft) zu verfolgen?

Herrn Stoffl aus Mainz würde meine Unterscheidung nicht gefallen. Ihm ist es ebenso wichtig, ein erfolgreiches Geschäft zu führen, wie es ihm angenehm sein mag, mit Büchernarren zu konversieren, aber er hat mir öfter verständnislos von manchem in Mainz residierenden Autor erzählt, der nie in seinen Laden kam. »Dabei ziehen wir doch an einem Strang. Wir wollen doch beide Bücher verkaufen. Oder wollen Sie keine Bücher verkaufen?« Doch, sagte ich, natürlich, so viele wie möglich!

Und so ist auch die Dombuchhandlung, die Herrn Stoffl seit 40 Jahren gehört, keineswegs eine rein literarische. Das wäre an einem Ort, wo Touristen aus aller Herren Länder vorbeikommen (die nach Bildbänden, Reiseführern und Ferienlektüre verlangen), wo der Wochenmarkt stattfindet (bei welcher Gelegenheit bestellte Schulbücher abgeholt oder Krimis gekauft werden können) und wo die katholischen Theologen und Laien vorüberschwirren (weswegen auch die theologische Abteilung eines der Prunkstücke des Hauses ist) purer Snobismus. Und Snobs arbeiten keine in diesem Geschäft (nun sage ich's doch), das der fast 80-jährige Patron mit seinen Kindern und mehreren ebenso belesenen wie zuvorkommenden Angestellten am Laufen hält.

Ich weiß nicht, ob es die Berater von McKinsey sind, die unseren Buchhandelsketten empfehlen, in ihren Filialen möglichst viel leeren Raum zu präsentieren. Aber wäre dem so, wäre das nur ein Beweis dafür, dass diese grauen Herren wie von so manchem anderen auch von Büchern keine Ahnung haben. Das Buch hat nämlich, ähnlich wie der Teufel, einen Horror Vacui. Es fühlt sich nur wohl neben anderen Büchern, möglichst vielen anderen Büchern. Eine Buchhandlung, die nicht zum Stöbern einlädt, in der nicht übereinander, hintereinander die schönsten und überraschendsten Alternativen Seit' an Seit' um die Gunst und Aufmerksamkeit des Besuchers wetteifern, ist keine richtige Buchhandlung. Was das betrifft, kam ich in der Dombuchhandlung auf meine Kosten, indem ich nämlich, mich durch ihre schmalen Gänge windend, vom Hundertsten ins Tausendste geriet, von dem einen Buch, das ich gesucht haben mochte, zu einem ganz anderen, unbekannten, das mich lockte, es zwischen seinen Nachbarn mühsam hervorzuziehen, aufzuschlagen, durchzublättern und schließlich mit auf die Ladentheke zu legen.

Jedes Mal, wenn ich zur Mittagszeit, wenn der Seniorchef im Geschäft war, die Schwelle überschritt, sah ich ihn, wie aus dem Ei gepellt in Anzug und Krawatte, der gepflegte Auftritt eine Respektsbezeugung seinen Kunden gegenüber, wie er aus Argusaugen darauf achtete, dass niemand, der die Buchhandlung betrat, alleine gelassen wurde. Mit feinen, nervösen Dirigentengesten wies er seine Leute an, dem Besucher fragend, helfend, beratend sofort zur Seite zu stehen.

Und was habe ich mit diesen Mitarbeitern, wahren Bornen an Lektürewissen, fachsimpeln können! Fast jedes Buch, das in dem anheimelnd vollgestopften Laden dargeboten wird, schienen sie nicht nur zu kennen, sondern eben auch einschätzen und seiner Bedeutung nach einordnen zu können, ganz gleich, ob ich mich bei den Philosophen, den Werken zur Theologie oder den Kinderbüchern umsah, oder natürlich bei der deutschen und internationalen Belletristik.

Noch faszinierender war nur die Gestalt des alten Buchhändlers selbst und sein Erfahrungsschatz. Ob er erzählte, wie er einst als Lehrling von einem hageren Mann zur Seite geschoben wurde, der zum Regal mit den Neuerscheinungen stürmte und nachzählte, wie viele aus seinem eigenen Verlag darunter waren, und der ihm von seinem Chef dann als Peter Suhrkamp vorgestellt wurde, ob er berichtete, wie er im Kreise der Jungbuchhändler, ich glaube von Karl Korn, auf die neue deutsche Nachkriegsliteratur eingeschworen wurde und auf einer der Versammlungen Heinrich Böll kennenlernte, in dessen Hause er sogar irgendwann ein Oster- oder Weihnachtsfest verbrachte, bei jeder Unterhaltung wurde mir klarer, wie groß in jenen Jahren die Leidenschaft fürs Buch, wie eng die Beziehungen zwischen Buchhändler, Autor und Verleger waren.

Ich traute meinen Ohren nicht, als Stoffl mir erzählte, dass er sich in den 50er-Jahren entschloss, einige Jahre in Mühlheim an der Ruhr zu arbeiten, um zu versuchen, in einer Industriestadt dem Arbeiter das gute Buch nahezubringen. Man kann, und indem ich dies sage, höre ich mich selbst schon an wie ein Veteran, sich diesen Idealismus, diesen unbeirrbaren Glauben an Hebung und Bereicherung der Menschen durch die Lektüre, dieses quasi schiller'sche Pathos, heute nicht mehr vorstellen.

Als er Ende der 60er soeben die Dombuchhandlung gekauft hatte und einer finanziell unsicheren und schwierigen Zukunft entgegensah, verlangte ein für Suhrkamp reisender Vertreter von ihm die Abnahme des gesamten Editions-Programms als Bedingung, um auch in den Genuss der Neuerscheinungen zu kommen. Empört rief Stoffl in Frankfurt an (»Da rief ich sofort Siegfried Unseld an«, sagt er, und in diesem Moment verstehe ich zum ersten Mal die Anrede an die »lieben Kollegen« in den Vorschauen) und erklärte, er könne sich einen solchen Deal schlicht nicht leisten. Keine 48 Stunden später betrat Unseld persönlich die Dombuchhandlung, entschuldigte sich für das Verhalten des Vertreters und klärte die Sache. Es blieb nicht der einzige Kontakt zwischen Stoffl und Unseld, genauso wie er auch andere Verleger persönlich kennt und sich nicht scheut, ihnen seine Meinung über ihr Programm und dessen Qualität und Verkäuflichkeit zu sagen (»Wir ziehen doch beide an einem Strang. Wir wollen doch beide Bücher verkaufen«).

Der Kontakt zu Verlegern auf Augenhöhe ist eines, die Freundschaft zu Schriftstellern ein anderes. Dass ein Mann wie Stoffl sich beim Riesling mit dem alten Carl Zuckmayer gut verstand, ist leicht nachzuvollziehen, aber auch zum heute zu Unrecht fast vergessenen Stefan Andres unterhielt der Buchhändler eine enge Freundschaft, die sich in einem regelmäßigen Briefwechsel niederschlug. In jenen Zeiten, in denen es noch fast ausschließlich die Buchhandlungen waren, die Lesungen veranstalteten, entspannen sich zwischen den schreibenden und den verkaufenden Bücherliebhabern enge und vertrauensvolle Beziehungen, wie auch die zu Heinrich Böll, viel einfacher als heute. So erzählte mir Stoffl die völlig unbekannte Geschichte vom Jesuitenpater Hubert Becher, einem Ernst-Jünger-Biografen, der die gesamten 50er-Jahre hindurch als eine Art privater

Erstlektor Luise Rinsers arbeitete und ihm einmal das von ihm mit sehr viel Rotstift veröffentlichungsfähig gemachte Manuskript ihrer Erzählung *Geh fort, wenn du kannst* zeigte.

Nachdem ich Franz Stoffl kennengelernt und er mir von einigen seiner Stammkunden erzählt hatte, wurde mir auch klar, warum der Buchhändlerberuf vor 100 Jahren für einen Schulabbrecher wie Hermann Hesse der einzige Weg war, den Kontakt mit dem geistigen Milieu auf Augenhöhe fortzuführen, und wie er ihm sogar den Verkehr mit den besten intellektuellen Kreisen Basels ermöglichte.

Aber an diesem Punkt wurde Stoffl auch sorgenvoll. Denn Kunden wie Kurt Flasch oder der Kardinal Lehmann, der eine der größten und schönsten Privatbibliotheken dieses Landes sein Eigen nennt und sich regelmäßig bei Stoffl mit allen interessanten Neuheiten nicht nur der Theologie und Philosophie, sondern eben auch der Belletristik, bis hin zu den deutschen Romanen der jeweiligen Saison, eindeckt, solche Stammkunden, die mehrmals im Jahr mit einer Liste von 30 Büchern sein Haus betreten, die wachsen nicht nach.

Ein wenig ratlos steht er vor dieser absterbenden Bücher- und Leselust der Jungen. Er weiß, die Fragen, wie es weitergehen wird mit dem Buchhandel in Zeiten der Großketten und der E-Books, die werden seine Nachfolger beantworten müssen, denen er gerne mehr Planungssicherheit hinterlassen würde, als er das kann.

Aber ich will diese Reminiszenzen nicht ausklingen lassen wie einen Nachruf auf eine bessere Zeit. Einfallsreichtum, Riecher, Leidenschaft und Chuzpe werden immer zum Erfolg führen.

Wenn ich mir eine besonders schwierige Aufgabe ausdenken sollte, um einen Buchhändler auf diese Eigenschaften zu testen, dann wäre es bestimmt die, einem Schriftsteller das Buch eines anderen Schriftstellers zu verkaufen. Kennt man die Empfindlichkeiten von Autoren, die sich in Goethes Stoßseufzer »Lebt man denn, wenn andere leben?« zusammenfassen lassen, dann weiß man: Nur wer auf der Klaviatur menschlicher Abgründe ebenso furchtlos wie virtuos zu spielen versteht, wird angesichts einer solchen Herausforderung nicht fürchterlichen Schiffbruch erleiden.

Die Buchhändler der Mainzer Dombuchhandlung haben diese Aufgabe gelöst. Ich kann es bezeugen, denn ich habe es am eigenen Leibe erlebt, wie einer von Herrn Stoffls Mitarbeitern mir einen Roman verkaufte, den zu ignorieren ich vorher fest entschlossen gewesen war.

Ich weiß nicht, ob letztlich die profunde Kennerschaft des Romans den Ausschlag gab, die aus der Analyse des Buchhändlers sprach, der ihn mir ans Herz legte, oder die Samthandschuhe, mit denen er zugleich bei allem Lob des anderen meine Seele streichelte, aber so viel Mühe und Geschick konnten nicht unbelohnt bleiben.

Na gut, wenn Sie meinen, sagte ich also schließlich. Im schlimmsten Fall kann ich ihn ja weiterverschenken.

Aber der schlimmste Fall war in Wirklichkeit, dass der Buchhändler mich tatsächlich neugierig gemacht hatte. Und als ich das Buch des anderen Schriftstellers dann zu Hause las und zwischen zusammengebissenen Zähnen wie weiland Thomas Mann bei der Lektüre Brechts herauspresste: »Leider sehr begabt, das Scheusal«, da tat ich das mit der größten Hochachtung für den Buchhändler von der Dombuchhandlung in Mainz, der es mir verkauft hatte.

Wer das schafft, sagte ich mir, hoffe und wünsche ich mir, der schafft alles, der übersteht jede Krise.

Günter Kunert
Am Anfang war Herr Wiese

1

Höhlenartig. Zutreffender könnte man Herrn Wieses Antiquariat in der Neanderstraße, Berlin Kreuzberg, kaum benennen. Wie meine Mutter auf Herrn Wiese gekommen war, weiß ich bis heute nicht. Jedenfalls nahm sie mich eines Tages, im übertragenen Sinne, an die Hand, ich war keine zehn Jahre alt, der Krieg stand noch aus, und fuhr mit mir mit der Straßenbahn (Linie 6) durch die Köpenicker Straße, wo wir wohnten, bis zur besagten Neanderstraße, die zum Moritzplatz führte. Die Länge der Beschreibung entspricht der Länge des Weges, links und rechts begleitet von grauen, sehr berlinischen Häusern. Nach einer Weile blieben wir vor einer düsteren Toreinfahrt stehen: Das Ziel war erreicht.

Innerhalb der Toreinfahrt ein paar eiserne Stufen seitlich zu Herrn Wieses verwunschenem Reich. Allein dieses Entree regte meine Phantasie mächtig an. Nach zwei, drei Schritten schepperte die Türglocke, noch zwei Schritte, und man stand vor einem Tresen, hinter dem der Besitzer verlorener Schätze residierte. Ein älterer Mann, unauffällig, in einem bräunlichen Kittel. Ich träumte noch jahrelang nach Kriegsende von seiner freundlichen Miene, von seiner Zutunlichkeit, ja, sogar noch nach meiner Übersiedlung von Ost nach West. Herr Wiese war der gute Geist meiner

Kindheit. Ich fühlte mich gleich angeheimelt, gar heimisch, fern der ungeliebten Umwelt, von der ich ohnehin nichts Gutes zu erwarten hatte.

Von der Decke baumelte eine matte Glühbirne, die Zauberlaterne. Kurzfristig war ich hier den Fährnissen des Dritten Reiches entronnen. Was meine Mutter mit Herrn Wiese beredete, ahnte ich nicht. Aus verborgenen Fächern und Schubladen tauchten Bücher auf, die meine Mutter umgehend in ihrer Einkaufstasche unterbrachte. Konterbande. Werke verbotener, emigrierter oder umgekommener Autoren, doch nicht nur »gefährliche« Geistesprodukte, sondern auch einfach nicht mehr aufgelegte oder unerwünschte Lesestoffe. Während sich der Handel gemächlich vollzog, tappte ich in die finsteren Hintergründe des Ladens, strich an Regalen entlang, an Buchreihen, zog hier und da, durch einen auffälligen Rücken verlockt, ein Exemplar aus der Menge heraus, roch das Parfüm der Vergänglichkeit – Staubgeruch und leichter Moderduft, eine anregende Droge. Herr Wiese ließ es zu, dass ich kramte und mich doch nicht sattkramen konnte. Vermutlich war er über unser Außenseitertum informiert, daher wahrscheinlich die Leichtfertigkeit seiner Angebote: Er vertraute uns. Das war immerhin unter den gegebenen Umständen mutig.

War die Tasche gefüllt, rief mich meine Mutter zu sich, und wir verließen die »Zeitkapsel«, in der wir uns in eine erträglichere Vergangenheit begeben hatten, und kehrten in eine bedrohliche Gegenwart zurück. Dabei musterte ich, wie ein Jäger seine Beute, die erstandenen »Kostbarkeiten«. Erich Kästner kam ans Licht, begleitet von Walter Trier, dem Zeichner, der als Emigrant alle Titelblätter der englischen Zeitschrift *Liliput* entwarf. Fernerhin *Der Heitere Fridolin*, eine Kinderzeitschrift der 20er-Jahre, die Jahrgänge sorgfältig gebunden. Sie gingen bei einem Luftangriff verloren, doch ich war nicht imstande, für alle Zeit auf solche vergegenständlichten Teile meiner Biografie zu verzichten, sentimental wie ich bin. Wo immer ich viel, viel später in der alten Bundesrepublik in einer Buchhandlung las, gab ich eine »Suchanzeige« nach dem *Heiteren Fridolin* auf und manchmal erfolgreich. (Chefredakteur war übrigens Wolf Durian, der Autor von *Kai aus der Kiste*, der überlebt und in Ostberlin einen Posten im Kinderbuchverlag bekommen hatte.)

Einer meiner Helden aus jener Zeit war Inspektor Elk von Scotland Yard, eine Figur aus der unübersehbaren Vielzahl der Kriminalromane von Edgar Wallace. Es war unmöglich, von ihm nicht gefesselt zu sein, wie der Werbespruch des Goldmann Verlages den Lesern androhte. Ach, wer nennt die Länder, nennt die Namen, die mich bewegten: Jules Verne, heftig illustriert, Zane Grey, der Western-Writer, Jack London, Mark Twain, Narreteien von Wilhelm Bendow, nicht zuletzt ein Fotobildband zu dem Film *Panzerkreuzer Potemkin.* Auf diese Weise verbrachte ich die meisten Stunden des Tages in der so gründlich liquidierten Weimarer Republik, in den Magazinen der »Roaring Twenties« blätternd, im *Querschnitt*, aus dem mich Tucholsky anlächelte, im *Uhu*, in Presseerzeugnissen aus dem Hause Ullstein. Mein Kopf stak im Gestern, meine Füße im Sumpf der Hitlerei, in der ich keine nennenswerte oder besser: vorsichtshalber nicht zu benennende Zukunft hatte.

Nur noch wenige Male umfing mich Herrn Wieses »Schloss«, als wären der Antiquar und sein Domizil von Kafka erfunden worden. Hingegen war meine Mutter eine treue Kundin des Antiquars, machte sich stets und ständig auf die Grand Tour des Erwerbs von zum Vergessen verurteilten Schriften. Zurückgekehrt, entleerte sie die geheimnisreiche Tasche auf meiner Bettdecke: Denn ich war, wie häufig, oft, permanent krank, psychosomatisch wäre die heutige Diagnose. Ah – schon purzelte ein Bildband heraus, Pressefotografien mit einem Vorwort von Ernst Jünger, ah, *Münchhausen*, bebildert von Gustave Doré, und da – *Vater und Sohn* von e. o. plauen, der nicht viel später von den Nazis zum Selbstmord angestiftet werden sollte, dazu *The Little Kind*, von englischer Hand, Hugh Loftings *Doktor Dolittles schwimmende Insel* (der Band fehlte noch in meiner Dolittle-Sammlung), hier Hendrik van Loons *Geschichte der Menschheit*, aus der ich für einen Aufsatz einiges gepflückt und dafür von dem Lehrer gescholten ward.

Die »Druckerzeugnisse« häuften sich. Mein Vater ließ mir ein Regal bauen, das bis unter die Zimmerdecke reichte und an die Wand geschraubt wurde. Darin brachte ich meine gesamte Habe unter. Und ich benötigte keine Leiter, um zu den oberen Borden zu gelangen. Ich kletterte (wie ein Fassadenkletterer, von dem ich eben erst im *Kriminal-Magazin* gelesen hatte), mich an den Brettern festhaltend, hinauf und hinunter, ängstlich von meiner Mutter beäugt. Aber eines Tages war das Spiel vorbei.

Der Krieg hatte begonnen, auch der Luftkrieg. Als wir einmal aus dem Luftschutzkeller zu unserer Wohnung im vierten Stock emporstiegen, empfing uns eine Trümmerwüste. Meine Mutter packte das Notwendigste ein, und ich zerrte aus dem Haufen bedruckten, pulverbestäubten Papiers kopflos ein paar Bücher, ein merkwürdiges Sammelsurium, wie ich danach feststellte. Es handelte sich um einen Band über Astronomie, dazu den mit dem Jünger-Vorwort, den *Münchhausen* und den *Seemann Kuddeldaddeldu* von Ringelnatz. Das Bändchen war eigenhändig von Ringelnatz signiert worden; meine Mutter hatte es ihm bei einem seiner Auftritte abgekauft, wahrscheinlich war das im *Café Dobrin* gewesen, in dem viele Juden verkehrt hatten. Diese Restbestände meines unvermittelt und abrupt unterbrochenen Lebenslaufes ließ ich mir, als alles vorüber war, in Shirting, einer Art Leinenersatz, einbinden, um sie fernerhin wie Augäpfel zu hüten.

Kaum war der letzte Schuss 1945 verhallt, marschierte ich durch die Ruinenlandschaft zur Neanderstraße, von der, wie ich betrübt feststellen musste, kaum etwas geblieben war. Herrn Wieses Residenz war ein Schutthügel, vielleicht sogar sein Grabhügel. Er ist so spurlos aus meinem Dasein verschwunden wie viele andere, mir näherstehende Menschen, auch, die es ebenfalls gut mit mir gemeint hatten. Deshalb musste ich ihm in meinen Träumen begegnen, die letzte Möglichkeit, ihn wiederzusehen.

2

In der Christburger Straße (wo wir wohnten), Ecke Prenzlauer Allee, befand sich eine christliche Buchhandlung. Man schrieb das Jahr 1946, und ich wurde auf Kosten meiner Eltern ein guter Kunde. In jenen Jahren existierten keine Beschränkungen im Bereich der Kultur. In allen Sektoren Berlins gab es Filme, Theateraufführungen, Kunstausstellungen, Bücher der »Siegermächte«. Ich war in der Buchhandlung auf den *HORIZONT* abonniert, eine Jugendzeitschrift, in Tempelhof gedruckt, redigiert von dem Schriftsteller Günther Birkenfeld. Rowohlts Rotations-Romane lagen unbeanstandet aus, und ich las zum ersten Mal Henry Miller (*Der Engel ist mein Wasserzeichen*), Geschichten von Saki und Sartre, Saroyan und Moravia. In diesem ziemlich beschädigten Berlin war plötzlich die ganze Welt zu Gast, und dieser Gast, diese Gäste, wurden dankbar aufgenommen. Man holte sich hin und wieder *Die Neue Zeitung*, in München publiziert, von Hans Habe und Stefan Heym zusammengestellt. Eine geschickt gemachte Sprachunterrichtsseite (stets wurde ein aktueller amerikanischer Schlager präsentiert) vermittelte dem Leser, vor allem dem jungen Leser, Kenntnisse, die ihm wie Erleuchtungen vorgekommen sind. Kurz gesagt: Happy Days, die viel zu kurz andauerten. Mit Brecht gesagt: Das Chaos ist vorbei – es war die beste Zeit.

Im *Life*, das ich abonniert hatte, entdeckte ich eine Reportage über die kleine Stadt Donora in Pennsylvania, über ein Aluminiumwerk dortselbst, dessen Betreiber nachts die Filter aus den Schornsteinen entfernen ließen. Doch eines Nachts verband sich mit den giftigen Abgasen eine Inversionslage, was zur Folge hatte, dass 56 Bewohner des Ortes morgens nicht mehr erwachten. Kann man, darf man das ein Erweckungserlebnis nennen? Ich hatte eben erst zu schreiben begonnen, und diese Katastrophe konnte nicht einfach weggeblättert werden: Das war ein Thema für mich, und Themen dieser Art haben sich mir mein Leben lang aufgedrängt und mir den Ruf eines Schwarzsehers eingetragen.

Am Senefelderplatz, am sogenannten Pfefferberg, wurde eine »Volksbuchhandlung« (wie die staatlichen Läden firmierten) für eine lesebegierige Einwohnerschaft eröffnet. Hier konnte das Volk die ersten Nachkriegsausgaben verbannter und verbrannter Dichter (mit Glück) erstehen. Ich bekam *Das Siebte Kreuz* von Anna Seghers in die Hände, las es in einer Nacht und war etwas enttäuscht. Sieben Häftlinge, aus einem KZ geflohen, wurden, bis auf einen, eingefangen und gekreuzigt. Jener eine entkam dank vieler hilfreicher Menschen. Leider hatten allzu viele kaum solche edlen Helfer angetroffen, bevor sie kurzerhand deportiert und ermordet wurden. Ich wusste es doch selber besser als die Autorin im fernen Mexiko. Eine weitere Nachtlektüre war Theodor Plieviers *Stalingrad*; ich fraß mich durch die Seiten und erlebte einen strahlenden Morgen, der mir irreal vorkam. Denn ich war mit Gnotke, der bereits im ersten Satz auftauchte, in der Hölle gewesen. Ach, überhaupt die ersten Nachkriegsbücher auf schlechtem Papier, in Pappe gebunden, ein jedes dennoch ein Wunder! Ich las manisch, von den Worten und Wörtern bewegt. Wen störten da die Wanzen im Bett, der unbeheizte Ofen bei Kälte, das karge Brot? Mich jedenfalls nichts davon.

Die erwähnte Volksbuchhandlung kaufte nebenbei auch Bücher an, und das sicherte meinen Lesebedarf über den Tag hinaus. Selber habe ich übrigens diese Buchhandlung, eine halbe Stunde Fußweg von meinem Zimmer entfernt, nie betreten. Doch die Leiterin dieser sprudelnden Literaturquelle reichte manche ihrer Ankäufe an mich weiter. Diese Leiterin, man ahnt es, war meine Mutter. Wie ehedem, so schleppte sie nun im unerklärten Frieden stapelweise geistige Nahrung für ihren Sohn herbei: Tucholskys *Deutschland, Deutschland über alles*, Thomas Mann und Stefan Zweig, Morgenstern und Wedekind, Alfred Neumann und Robert Neumann, Ludwig Renn und Remarque und sämtliche Romane von Upton Sinclair, die mir die Tränen in die Augen trieben ob der brutalen Verfolgung der Mitglieder des IWW (Industrial Workers of the World): So was gehörte zu meiner revolutionären Phase. Rasch füllte sich das Regal in meinem Zimmer, eher eine Kammer, mit zu Inkunabeln gewordenen Kostbarkeiten. Woher nur nahmen die Verkäufer, ehedem mehr oder weniger willige Helfer Hitlers, diese solitären Exemplare? Ein Rätsel.

Die Zeit stand still, während die Augen über die Zeilen glitten. Ich litt mit dem Sergeanten Grischa und verfluchte den Kapitalismus nach der Lektüre von *Geld schreibt*. Erholungshalber wanderte ich mit Jack London den Yukon entlang, raste mit John Dos Passos durch New York. Seine Montage *Der zweiundvierzigste Breitengrad* tauschte ich gegen Baudelaires *Kleine Gedichte in Prosa* aus dem Besitz des Zeichners Paul Rosié. Die knappen Prosastücke ein Anstoß, mich in kurzen Texten zu versuchen. Die Gesamtausgabe der B. Traven-Bände (Büchergilde Gutenberg) erreichte mich, und wie eigentümlich war mir zumute, als nach meiner 40 Jahre späteren Lesung im Goethe-Institut von Mexiko City eine nicht mehr junge, noch immer schöne Frau auf mich zukam und mich umarmte: »I´m the widow auf B. Traven …« Da sage einer, Literatur hätte nichts mit dem wahren Leben zu tun. Ich war immer im wahren Leben, obwohl nicht immer »very amused«. Unmöglich, all die Perlen aufzuzählen, die sich in meinem Kabuff aneinanderreihten. Bis zu dem Moment, da ich 1000 Reichsmark brauchte, um eine Kleinbildkamera zu kaufen, weil ich mich ja für den kommenden Cartier-Bresson oder Edward Steichen hielt. Ich fotografierte drauflos, aber ich hatte ignoriert, dass eine hochgestellte Persönlichkeit mir zugerufen hatte: Du sollst dir kein Bild machen! Dergestalt wurde ich um eine wesentliche Erfahrung reicher, wenn auch ärmer an Bücher.

3

Der einzige und letzte Bouquinist Ostberlins stand, außer auf verlorenem Posten, hinter der Humboldt-Universität, auf seinem Karren ein Sammelsurium wahrscheinlich auf ihre Ungefährlichkeit hin überprüfter Bücher. Selten blieb ein Passant bei dem Alten stehen. Ich kramte zwischen den Resten ehemaliger Bibliotheken, ohne auf etwas zu stoßen, was den Preis legitimiert hätte. Irgendwann war diese Gestalt aus einer fernen Zeit verschwunden und mit ihm die Erinnerung an eine freiere Epoche des Buchhandels.

Den langsamen, für die Allgemeinheit kaum merklichen Schwund des nichtstaatlichen Angebotes an Lesestoffen erlebten allein Büchernarren. Ich, selber einer, bekam von einem anderen, nämlich Heiner Müller, einen wichtigen Tipp. In einer Seitenstraße der Stralauer Allee befinde sich eine Leihbibliothek, deren Inhaber einiges an Büchern im Keller gelagert habe und davon an vertrauenswürdige Personen nach Wunsch verkaufe. Ich war eine vertrauenswürdige Person, denn mir wurde der Zugang zum Hades des gedruckten Wortes gestattet. Muffige Verließe, es roch, als wäre der Graf von Monte Christo eben erst ausgezogen. Wühlen, kramen, blättern, stapeln, umstapeln: Die Finger, erst grau, färbten sich tiefschwarz. Immerhin kam Kaufenswertes unter den Papierbergen vor: *Die Berliner Illustrierte*, gebunden, aus dem Ersten Weltkrieg, *Die rote Fahne*, eine Sondernummer über die Ermordung von Rosa Luxemburg und Karl Liebknecht. Angegilbte Reiseführer: *Berlin und Umgebung*, *Das Elbsandsteingebirge*, *Gymnastik für jedermann*, *Körperkultur und Schönheit* (ah, lauter Nackedeis weiblichen Geschlechts! Was für komische Leiber die Weiber in den 20er-Jahren gehabt hatten!), *Handbuch der Astrologie*,

Kalender, medizinische Ratgeber, *Aus fernen Welten* von Kurd Laßwitz, dem Pionier der Science-Fiction-Storys, *Der kleine Techniker – für Kinder ab zwölf Jahren*, was mich, der ich das empfohlene Alter überschritten hatte, wenig reizte. Etwa 14-tägig machte ich mich zu diesem Orkus auf, dessen Atmosphäre aufregender und anrührender war als das, was er barg. Bis das Haus darüber abgerissen wurde und der Herr Verleiher einige Straßen weiter den Laden neu eröffnen wollte. Dort könne ich ihn aufsuchen, hatte er zu mir gesagt. Was ich auch tat.

Aber ich rüttelte vergeblich an der Ladentürklinke: Es war geschlossen. Und zwar für alle Zeit. Die Leihbibliotheken in Ostberlin (und wahrscheinlich auch alle anderen im Leseland DDR) hatte man aufgelöst, jedenfalls die privaten. Jetzt bestimmte der Staat, was der Bürger lesen durfte und was ihm »Schaden« zufügen könnte. Und was »Schaden« hervorrufe, entschieden die Hüter der Ideologie, die Besitzer der einzigen wahren Wahrheit.

Zurückhaltend ausgedrückt: Ich war betrübt, meine Ausflüge ins Jenseits von Vorgestern nicht fortsetzen zu können. Etwas fehlte mir. Es entstand unleugbar ein Phantomschmerz. Man hatte mich spezieller Eindrücke und Genüsse beraubt. Mir fehlte das ungewisse Suchen, das Überraschtwerden durch eine Trouvaille, die gespannte Neugier, fast Gier nach den schriftlichen und bildlichen Bekundungen vergangenen Seins.

Auf andere Art, aber nicht weniger nachhaltig, hat die schöne, nicht ganz neue Welt unserer aktuellen Gesellschaft geistige und emotionale Residuen fast zum Verschwinden gebracht. Büchersupermärkte prunken mit leichter Kost, Fast-Food-Lektüre allerorten, zum raschen Verzehr gedacht, aufgenommen, ausgeschieden, runtergespült, ab ins Nirgendwana. Der kundige, beratende, dem Kunden fast freundschaftlich gesonnene Buchhändler ist bereits für die Rote Liste aussterbender Arten vorgesehen. Mit ihm verliert der sogenannte Mensch eine der sowieso ständig geringer werdenden Möglichkeiten seiner dem Humanen verpflichteten Existenz.

Apropos – habe ich das nicht gerade erst neulich in einem Band von Günther Anders unter dem Titel *Die Antiquiertheit des Menschen* gelesen?

Robert Menasse
Die blauen Bände

Der Mann, Typus Hofrat Mitte der fünfzig, stand vor dem Regal und sagte: »Wow!«

Er betrachtete die lange Reihe der blauen Buchrücken, strich mit dem Zeigefinger daran entlang, sagte: »Die habe ich schon lange nicht mehr gesehen. Sie haben sie vollständig!«

»Fast!«

Er nahm einen Band heraus, aber er schlug ihn nicht auf, wog ihn in der Hand, geradezu zärtlich, dann schob er ihn zurück, glitt mit dem Finger in plötzlicher Entschlossenheit weiter bis zu Band 40, dem sogenannten Ergänzungsband 1.

Er schlug das Buch auf, blätterte. Suchte er eine Stelle?

Ich schaute ihm über die Schulter, sagte: »Gesetzt, wir hätten als Menschen produziert …«

»Ja«, sagte er. »Ist hier unterstrichen.«

»Ja.«

»Was kostet der Band?«

»Nichts!«

»Was heißt nichts?«

»Nichts. Ist unverkäuflich!«

»Dieser Band?«

»Jeder Band. Die ganze Ausgabe.«

»Ich dachte, Sie sind eine Buchhandlung.«

»Ich handle mit Büchern. Aber ich verkaufe nicht alle.«

Er schlug das Buch zu, öffnete es wieder und betrachtete das Titelblatt. Es gibt Menschen, die schreiben da vorne in die Bücher ihren Namen hinein, manche sogar das Datum, wann sie das Buch gekauft oder gelesen haben. Auch hier hatte offenbar einmal ein Name gestanden, aber er war so heftig ausradiert worden, dass das Papier fast durchgerieben wurde.

»Die Ausgabe hat starke Gebrauchsspuren, Risse, Schmutzflecken, Anzeichnungen. Aber das ist nicht der Grund, warum ich sie nicht verkaufe.«

Pause.

»Ist es nicht seltsam«, sagte er dann, »wie alles wiederkommt?«

»Ja«, sagte ich, und nach einer Weile: »Es kommt jetzt eine neue Auflage im Dietz-Verlag!«

Er hatte vorher das ATTAC-Buch, die »Vorschläge für eine gerechtere Welt«, vom Tisch der Neuerscheinungen genommen und an die Kasse gelegt. Jetzt bezahlte er es. Ich sah, dass er ein Alkoholproblem hatte. Das teigige Gesicht, die kleinen geplatzten Äderchen. Ich spürte, dass er das wusste. Es wirkte zu angestrengt, wie er um Korrektheit und Gepflegtheit bemüht war. Ich wünschte ihm, dass er den Alkohol unter Kontrolle bekam.

Er zog eine Karte aus seiner Brieftasche:

»Falls Sie es sich doch anders überlegen sollten!«

»Kommen Sie wieder!«

Er ging. Ich warf einen Blick auf seine Karte, »Dr. Daniel Urbanek«, sah auf die Uhr – da kam ein neuer Kunde herein.

»Geschlossen!«, rief ich. »Tut mir leid, ich habe geschlossen!«

»Jetzt?«

»Ja. Jetzt! Ich muss weg! Kommen Sie später wieder! Geschlossen!«

Er hob die Hände, als hätte ich ihn mit einer Waffe bedroht, machte einen Schritt rückwärts, drehte sich um und ging.

»Dr. Daniel Urbanek. Leiter der Sektion II. Arbeitsmarkt. Bundesministerium für Wirtschaft und Arbeit.«

Ich legte die Karte auf den Schreibtisch und nahm das »Komme um«-Schild. Das hatte mich schon als Kind auf klamme Weise belustigt, es war mein erster Kontakt mit der Morbidität Wiens, das Schild, das bei so vielen kleinen Läden an der Tür hing: die Ankündigung »Komme um«, und darunter eine Uhr, mit deren drehbaren Zeigern man die Stunde angeben konnte.

Wenn meine Mutter mich als Kind zu Herrn Gamsriegler schickte, dem Lebensmittelhändler auf der anderen Straßenseite, weil ihr das Salz oder die Milch ausgegangen war, dann konnte es vorkommen, dass ich mit leeren Händen zurückkam und verkündete: »Herr Gamsriegler kommt um!«

»Wann?«

»Um vier!«

Als ich meinen eigenen Laden eröffnete, war klar, dass ich, für die Fälle kurzer Abwesenheit, unbedingt auch so ein Schild haben musste. Ich bekam es zusammen mit dem Gewerbeschein im »Startpaket für neue Selbständige« von der Wirtschaftskammer. Das war Österreich.

Ich drehte an den Zeigern. Unschlüssig. Wie lange würde ich brauchen? Eine Stunde? Zwei Stunden? Drei? Ich merkte, wie ich wieder wütend wurde. Den ganzen Tag? Zehn Jahre? Lebenslänglich?

Ich war vor Gericht geladen. Zum ersten Mal in meinem Leben. Als Zeuge.

Seit ich die Vorladung erhalten hatte, hat mich diese Angelegenheit immer wieder aufs Neue irritiert und blockiert: Statt mich etwa mit meiner Buchhaltung zu beschäftigen, was dringend notwendig war, saß ich da und grübelte genervt, wie ich mich diesem Gerichtstermin entziehen könnte. Sollte ich mich krankmelden? Oder einfach nicht hingehen? Würde ich dann von der Polizei vorgeführt werden? Vielleicht konnte ich meine Aussage per E-Mail machen? Was für eine Aussage? Außerdem stand auf der Vorladung keine Mail-Adresse des Richters. Sollte ich einen Brief an das Gericht schreiben und um Entlastung bitten, da doch der Täter unzweifelhaft feststünde? Oder konnte ich mir als Zeuge einen Anwalt nehmen, der mich vertrat? Würde das Gericht diese Kosten übernehmen? Gab es so etwas: einen Pflichtverteidiger für einen Zeugen? In der Vorladung stand, dass mir die Kosten eines allfälligen Verdienstentgangs ersetzt würden. Verdienstentgang! Wie sollte ich den bemessen? Ich war Buchhändler. Selbstständig, keine Angestellten.

Ich hatte keine Ahnung von meinen Rechten und dachte keine Sekunde an meine Pflichten.

Meine kleine Buchhandlung hieß »Das Fenster« (nach dem Satz von Jorge Luis Borges: »Eine Bibliothek braucht kein Fenster. Eine Bibliothek ist ein Fenster.«) und befand sich im 4. Bezirk. Hier gab es kaum Laufkundschaft. Wer zu mir kam, kam nicht zufällig vorbei, sondern wollte zu mir und meinen Büchern. Wollte eine Buchhandlung ohne den Schrott esoterischer Ratgeber und künstlich gepushter Bestseller. Wer zu mir kam, wollte – keinen Zeugen?

Es war zwanzig vor elf. Für elf Uhr war ich bestellt. Ich stellte das »Komme um«-Schild auf vierzehn Uhr und hängte es an die Tür. Das sah nach Mittagspause aus.

Ich fuhr zum Gericht. Ich musste in einem Korridor vor dem Verhandlungszimmer warten, bis ich aufgerufen wurde. Ich fragte, wie lange das dauern werde. »Sie werden aufgerufen«, sagte die Frau noch einmal. Ich muss mit gesenktem Kopf vor ihr gestanden haben, weil ich mich schon wenige Minuten später nur noch daran erinnern konnte, dass sie Birkenstock-Sandalen trug. Pralle, vorne zipfelförmig spitze Füße, wie abgepasste Würste in der Haut einer braunen Strumpfhose, hineingeschoben in Birkenstock-Sandalen. Wie mich das alles wahnsinnig machte! Ich wollte rauchen. An der Wand, zwischen den Türen zu den Verhandlungszimmern, waren Aschenbecher montiert, kleine aufklappbare Kästchen aus dickem Metall, wie sie früher auch in der Eisenbahn zu finden waren – aber über diesen hier waren Schilder angebracht, auf denen stand: »Rauchen verboten«. Ich fragte mich, wer solche Entscheidungen traf: nicht die Aschenbecher abzumontieren, sondern über die Aschenbecher Rauchverbot-Schilder aus Blech an die Wand zu schrauben. Mit Bohrmaschine und Dübeln! Marx hatte geschrieben, dass die Justiz ein System der Selbstaufhebungen sei: was sie als allgemeine Voraussetzung verspreche, werde in der näheren Bestimmung außer Kraft gesetzt.

Ich stand da und wartete. Auf einer Holzbank, die, verwitternd in einem Garten, recht hübsch gewesen wäre, saß ein händeringender Mann, auf den eine Frau beruhigend einredete. Ich kannte das nur als Floskel, als Bild, »händeringend«, aber zum ersten Mal sah ich einen Menschen, der dies wirklich tat. Dann fiel mir ein: »Häufchen Elend«. Das war der Mann buchstäblich. Das war zu viel Buchstäblichkeit. Ich wandte mich ab. Nach und nach verschwand meine Wut, meine Irritation wich einer Beklommenheit, die diesem trüben Ort geschuldet war, wo Schicksale entschieden wurden. Schuld.

Plötzlich wunderte ich mich darüber, dass es so lange gedauert hatte, bis ich dieses Gebäude zum ersten Mal betreten musste. Und dann auch nur als Zeuge. Ein Häftling in Handschellen wurde von zwei Polizisten vorbeigeführt … Ich wich aus. Wie knapp. Wie wenig gefehlt hatte, dass ich selbst einmal als Angeklagter, als Täter … Ich schüttelte den Kopf. Buchstäblich.

Ich ging auf und ab. Im Grunde macht man sein ganzes Leben nichts anderes. Auf und ab gehen. Man glaubt, man geht immer weiter. Man wird älter und glaubt, so weit ist man also gekommen. Aber man ist nur auf und ab gegangen. Wie in einer Zelle.

Ich verabscheute Gewalt. Aber ich ertappte mich immer wieder dabei, mir vorzustellen, meine Wut mit mörderischer Gewalt abzureagieren. Welche Wut? Es hatte eine Zeit gegeben, eine entscheidende Zeit in meinem Leben, da hätte man mich aufrufen können, wie den Nächsten in einem Wartesaal, und ich wäre aufgestanden und hätte, vielleicht –

Da wurde ich aufgerufen.

Ich stand vor Gericht.

Nach Feststellung der Formalitäten (Name, Adresse, Beruf) wurde ich zum Tathergang befragt. Der Fall war einfach, für das Opfer natürlich traumatisch, aber bei aller Dramatik eben doch einfach. Ich war auf der Mariahilferstraße unterwegs gewesen, um eine Besorgung zu machen. Da ging ein Mann rasch an mir vorbei, rempelte unmittelbar vor mir eine alte Frau an, riss ihr die Handtasche vom Arm und lief davon. Die Frau stürzte. Ich beugte mich über sie, um ihr aufzuhelfen. Ein anderer Passant nahm die Verfolgung des Räubers auf. Andere blieben stehen und schauten. Die Frau ließ sich nicht aufhelfen. Sie saß da und murmelte mit schiefem Mund, es war, als würde Strom durch ihren Kopf gejagt, unausgesetzt zuckte er hin und her. Ich dachte, dass sie aus Schock einen Schlaganfall hatte. Speichel im Damenbart. Das sagte ich nicht. Ich sagte nur: Ich versuchte ihr aufzuhelfen und rief den Umstehenden zu, man möge die Rettung rufen. Ich erfuhr dann, dass der Passant, der dem Räuber nachgelaufen war, diesen zunächst im Getümmel der Mariahilferstraße aus den Augen verloren, ihn dann aber doch wieder entdeckt hatte, ihn zu Boden riss, festhielt und nach der Polizei rief. Die Polizei war sehr schnell da. Das Problem war, dass der Mann, der festgenommen wurde, die Handtasche nicht hatte. Vielleicht hatte er sie einem Komplizen weitergegeben, der in eine andere Richtung davongelaufen war.

Der Tatverdächtige leugnete beharrlich, mit der Angelegenheit etwas zu tun zu haben, er sei vielmehr selbst Opfer gewesen: Friedlich schlendernd sei er plötzlich zu Boden gerissen worden.

Der Richter fragte mich, ob ich mit Sicherheit sagen könne, dass es sich »bei diesem Mann«, er zeigte auf den Angeklagten, »um den Betreffenden« handle.

Der »Betreffende«? Ich sah den Mann an. Er stand da, als ginge ihn das alles nichts an. Seitlich war ein langer Tisch, hinter dem die alte Frau saß. Neben ihr eine jüngere. Ihre Tochter, wie ich dann erfuhr. Die alte Frau war sehr zart. Die jüngere dick. Um nicht zu sagen fett. Sie schauten mich an, aber auf ganz unterschiedliche Weise. Die Alte hatte etwas Ergebenes, ich hatte Mitleid mit ihr, aber die Jüngere – sie strahlte eine echauffierte Selbstgerechtigkeit aus, die nicht nur mit dieser Gerichtssituation zu tun hatte, damit, dass sie hier »im Recht« war. Sie war immer im Recht. Sie war der Typus »Alle tun mir unrecht, aber ich bin im Recht«. Vielleicht tat ich ihr unrecht.

Ich betrachtete den Mann genauer. Er hatte einen Anzug an. Es war deutlich, dass er nie oder selten Anzüge trug. Der Anzug war neu. Der Mann wirkte verkleidet. Seine Krawatte, ein riesiger blauer Kropf. So übertrieben, das Symbol der Angepasstheit.

Ob ich die Frage verstanden hätte, fragte der Richter.

Ja, Euer Ehren, sagte ich und grinste. Aus Verlegenheit. Ich wusste nicht, ob man zu einem österreichischen Richter »Euer Ehren« sagte oder ob dies nur in amerikanischen Justiz-Thrillern üblich ist.

Das Problem war, dass ich wirklich nicht mit Sicherheit wusste, ob dieser Mann der alten Frau die Handtasche geraubt hatte. Der Mann auf der Mariahilferstraße ist ein fremder Mann gewesen, und das hier war ein fremder Mann. Es ist so schnell gegangen. Jetzt ging alles so langsam. Das war verdächtig. Es sollte schnell gehen. Ja oder nein. Ich sah den Mann an. Jede Sekunde, die ich länger zögerte, beförderte seine Rettung. Der Versuch, mir sicher zu werden, erschien als verdächtige Unsicherheit. Ich spürte das plötzlich. Das machte mich nervös. Als hinge nun von meiner Antwort ab, ob ich selbst freigesprochen oder verurteilt würde. Ich sah den Mann an, wollte etwas sagen, zögerte, schluckte, schwieg. Das Zögern sprach für diesen Mann, nicht für mich.

Ich versuchte, mich an die Situation zu erinnern. Aber ich las nur Sätze in meinem Kopf: »Der Mann rempelte die Frau an, riss ihr die Handtasche weg …« und sah nur, was man sieht, wenn man solche Sätze liest.

Ich versuchte mich an irgendeine Besonderheit zu erinnern, an der Frisur des Mannes, der Statur, dem Gesicht, das ich doch gesehen hatte, als er, weglaufend, noch einmal kurz zurückblickte, irgendetwas, das ich nun wiedererkennen konnte.

Nein. Ich sah den Mann an. Nun sah auch er mich an. Ich glaubte zu sehen, dass er unmerklich lächelte.

Ich hatte den Eindruck, er begriff, dass ich dabei war ihn zu retten. Ich sah zu den beiden Frauen hin.

Und sagte: »Ich glaube: ja! Das ist der Mann.«

»Sie glauben?«

»Ja!«

Der Mann wurde im Zweifel freigesprochen. Ich war mir, als alles vorbei war, sicher, dass er es war. Aber am Ende ging er wegen meiner Unsicherheit frei.

Ich musste etwas unterschreiben und bekam ein Formular ausgehändigt, mit dem ich um Rückerstattung des Verdienstentgangs ansuchen konnte. Erschöpft setzte ich mich auf die Bank vor dem Verhandlungszimmer. Eigentümlicherweise war mein erster Gedanke, alle Autobiographien in meiner Buchhandlung zu entfernen. Ich musste meinen Laden säubern. Alles Lügen! Ich konnte mich nicht einmal an einen dramatischen Vorfall erinnern, der nur kurze Zeit zurücklag, wie sollte es da möglich sein, sich an sein ganzes Leben zu erinnern? Lügen! Vielleicht ist das die Definition von Autobiographie: Dialektische Lebenslüge. Die Lüge, die zur Gewissheit wird. Die Genauigkeit, die am Ende als Unwahrheit erscheint.

Ich stand auf, zündete mir eine Zigarette an und stellte mich vor den Aschenbecher. Da kam es zu Aufregung und Geschrei. Die beiden Frauen standen plötzlich vor mir, die jüngere schrie mich an: Ich sei schuld, dass der Verbrecher, der ihre Mutter fast ins Grab gebracht habe, freigekommen sei. Der Verbrecher laufe nun wieder frei herum – sie sagte immer wieder Verbrecher, und die Alte sagte: »Komm, Liesi, komm!«

Es gehöre untersucht, ob ich mit dem Verbrecher nicht unter einer Decke stecke, und die Alte: »Komm, Liesi, komm!«

Ich sagte zu der Frau, dass ich es gewesen sei, der sich um ihre Mutter gekümmert, ihr geholfen habe und – »Der Verbrecher!« … und dass ich das Urteil bedaure und – »Der Verbrecher kommt jetzt davon, und wir schauen durch die Finger, kein Ersatz für die Tasche, das Bargeld, kein Schmerzensgeld, nichts!«

Die Alte zupfte ihre Tochter am Ärmel. Da kam ein Gerichtsdiener.

Heißt das so? Ist ein Mann, gekleidet in einen Zwitter aus Anzug und Uniform, der sich in einem Gericht machtlos wichtig macht, ein Gerichtsdiener?

»Hier ist Rauchen verboten!«

Ich sah ihn an. Das war der Moment, wo ich, ich muss es gestehen, nicht mehr bei Sinnen war. Was war das für ein Mensch? Was ist ein Gerichtsdiener? War das überhaupt ein Berufswunsch? Gibt es Kinder, die auf die Frage, was sie werden wollen, wenn sie groß sind, »Gerichtsdiener!« antworten? So etwas Verächtliches! Nicht einmal eine gescheiterte Existenz. Eine gescheiterte Existenz hätte mein Mitleid erweckt, ein Mensch, der etwas werden wollte, aber an den Umständen gescheitert ist. Aber dieser Mensch hatte nichts werden wollen. Er wollte etwas sein. Was er war. Diener. Unterwürfig gegenüber Vorschriften, mit denen er sich herrisch aufplusterte.

»Hören Sie nicht? Hier ist Rauchen verboten!«

»Aber hier ist ein Aschenbecher!«

»Aber hier steht: Rauchen verboten!«

»Aber hier steht nicht, ob das Schild den Aschenbecher oder ob der Aschenbecher das Schild aufhebt!«

»Hier steht: Rauchen verboten!«

»Sie sind kein Hegelianer!«

»Ich lasse mich von Ihnen nicht beleidigen!« Er fasste mich an der Hand, in der ich die Zigarette hielt. Ich hatte den Wunsch, ihm eine zu knallen. Zugleich musste ich lachen.

»Komm, Liesi, komm!«

Da bogen zwei Polizisten in den Korridor ein. In meinem Kopf, wie ein fernes Echo, die Sätze: »Wir sagen: Polizisten sind keine Menschen. Wir sagen: Polizisten sind Schweine. So werden wir sie behandeln!«

Ich ließ die Zigarette in den Aschenbecher fallen, sagte: »Ist gut! Ist ja gut!«

Die beiden Polizisten gingen an uns vorüber.

Ich hatte das Gefühl, dass ich fieberte.

Als ich in mein Geschäft zurückkam, nahm ich das »Komme um«-Schild ab und hängte das »Geschlossen«-Schild an die Tür. Da fiel mir das Formular für den »Verdienstentgang« ein. Ich hatte es im Gericht auf der Bank liegengelassen.

Ich nahm eine Flasche Wein aus dem Kühlschrank. Stammgäste bekamen bei mir, wenn sie in den Büchern schmökerten, ein Glas Wein oder einen Kaffee. Ich hatte ein Alkoholproblem. Ich hatte es unter Kontrolle.

Ich trank im Lauf des restlichen Nachmittags eine Flasche. Dann, in die Dämmerung hinein, eine zweite. Ich saß da in meiner Buchhandlung, an meinem Schreibtisch, rauchte, trank und starrte die blauen Bände an.

Komm, Liesi, komm!

Ich war ein feiges Kind. Ein kleiner, kurzsichtiger, unsportlicher Schüler, der nie »mitmachen« durfte. Ich weiß nicht, ob ich überhaupt mitmachen wollte. Aber ich nehme es an. Allerdings schiebt sich die Verachtung, die ich heute für alle empfinde, die mitmachen, vor die Erinnerung. Während die anderen eine Fußball-Mannschaft aufstellten, in die ich von keinem Kapitän freiwillig gewählt wurde, versuchte ich, eine Karl-May-Aufstellung zu machen. Ich hatte, noch vor meinem zehnten Lebensjahr, 35 Bände Karl May gelesen und galt als anerkannter Spezialist, allerdings auf einem Gebiet, das von den meisten belächelt wurde. Eine Karl-May-Aufstellung war im Grunde so etwas wie – heute würde ich sagen: – eine »Familien-Aufstellung«, nur eben mit Karl-May-Figuren. Dieses Spiel hatte ich erfunden. Aber wenn ich Mitspieler fand, dann waren sie größer und stärker als ich, weil alle größer und stärker als ich waren, und sie beanspruchten die Rollen von Old Shatterhand, Winnetou, Old Firehand oder Old Surehand für sich. Ich sollte Nscho-tschi sein, die Schwester Winnetous. Wir waren eine reine Bubenschule. Ich durfte nicht Sam Hawkens sein, der lustige Freund von Old Shatterhand und Winnetou. Mein Spiel war kein Erfolg. Der Versuch, eine Bande guter Helden zu gründen, scheiterte. Ich sah mich bald völlig isoliert. Was blieb, war Gewalt. Die Lust, auf jemanden einzutreten, der auf dem Boden lag.

Ich war der, der auf dem Boden lag.

Blöde Erinnerungen. Wie war es wirklich?

Es war wirklich. So. Auch wenn ich es nicht mehr genau sah. Nur das, was man sieht, wenn man solche Sätze denkt. Ich habe Gewalt kennengelernt. Ich wurde in der Hauptschule oft verprügelt. Ich war kein »Raufer«. Ich wurde einfach geschlagen. Warum habe ich nie zurückgeschlagen? Mit dieser Erfahrung begründete ich den Satz: »Ich hasse Gewalt.« Ich war der, der nickte, wenn Pazifisten redeten. Man könnte auch sagen, ich war feig.

Zum Glück. Ich war ein Leser. Ich begann eine Buchhändlerlehre. Ich las andere dicke Bücher. In der Buchhandlung Bacher im ersten Bezirk war ich, abgesehen vom alten Herrn Opocensky, einem müden und traurigen Sozialisten, der einzige Mitarbeiter, der las. Herr Opocensky gab mir immer wieder Bücher aus seiner privaten Bibliothek, Ignazio Silone oder Panait Istrati, gewaltige Literatur, Weltliteratur, für die es heute keine Welt mehr gibt. Weil die Mitfühlenden ausgestorben sind wie so viele andere Arten.

Das Elend, die Armut, die Erniedrigung der Menschen. Ich musste weinen, als ich diese Bücher las. Ich war jung, wollte Spaß im Leben, und las Bücher, bei denen ich weinen musste.

Das stimmt nicht. Ich hatte auch Spaß. Na ja, Spaß.

Ich habe den Verdacht, dass Mitgefühl einer unappetitlichen Voraussetzung bedarf: des Selbstmitleids.

Ich trank. Da klopfte jemand an die Tür. Ich sah durch das Glas den Kunden, den ich am Vormittag weggeschickt hatte, als ich zum Gericht musste. Ich tat so, als merkte ich nichts. Er hatte mich gesehen. Er musste auch gesehen haben, dass ich ihn gesehen hatte. Er klopfte und gestikulierte aufgeregt. Also sperrte ich auf und sagte: »Geschlossen!«

»Wann haben Sie denn geöffnet?«, fragte er. »Ich habe durch die Auslage die blauen Bände gesehen, da hinten …«, er wollte an mir vorbei, »und …«

Ich verstellte ihm den Weg. »Unverkäuflich!«, sagte ich, und: »Geschlossen!«

Das ist natürlich nicht wahr. Es passt nur in diese Geschichte. Allerdings, wer weiß? Es ist so wahr wie jede Erinnerung. Ich war nun völlig – Wo war ich stehengeblieben? Ich trank.

Liesi. Zufällig hieß so meine erste Freundin. Ich lernte sie im »Atrium« kennen, einer Disco, in die ich damals ab und zu ging, weil ich dachte, man müsse Orte aufsuchen, von denen es hieß, dass man dort Mädchen kennenlernt. Ich wusste damals noch nicht, dass man Mädchen auch an Orten kennenlernt, die einen interessieren.

Ich fragte sie, ob sie tanzen wolle.

Sie sagte, dass ich aussehe wie Schubert.

»Warum?«

»Die Locken, der zusammengesparte Bart ...«

Hatte Schubert einen Bart? Ich sagte: »Da hättest du auch sagen können: wie Che Guevara!«

»Na ja«, sagte sie. »Che Guevara. Miniaturausgabe!«

Sie war auch Buchhändlerin. In der Lehre. Ich war beeindruckt von der listigen Vernunft des Schicksals.

Wir zogen zusammen. Mit unseren Lehrlingsentschädigungen konnten wir uns unmöglich eine eigene Wohnung leisten. Wir fanden ein Zimmer in einer Wohngemeinschaft. Im Zimmer waren wir Liebende. Wenn wir das Zimmer verließen, waren wir Sympathisanten.

Es war eine WG linker Studenten. Das war im Jahr 1976. Ewig diese Diskussionen in der verrauchten Küche. Organisation, ja oder nein? KP oder Trotzkisten? Bewaffneter Kampf, ja oder nein? Liesi und ich waren die einzigen in dieser WG und dem dazugehörigen WG-Netzwerk, die nicht studierten. Wir hatten dadurch eine enorme Bedeutung. Wir waren das Proletariat. Wir waren die Massenbasis und zugleich die Heiligen. Wir waren irgendwie Kult in dieser Szene. Mir stieg das zu Kopf. Ich wurde in meiner Phantasie zum Studentenführer.

Selbst in der reaktionären Buchhandlung im ersten Bezirk, in der ich arbeitete, lag auf dem Tisch der Neuerscheinungen stapelweise revolutionäre Literatur. Aus den feinsten Verlagen. Das war die Zeit. Und nach der Arbeit heim in die WG. Und da ging es erst recht nur um Revolution und bewaffneten Kampf. Das war meine Welt. Ich hatte keine andere. Sie war eine Chimäre, sie erregte mich.

»Sympathisanten« wurden jene genannt, die offen oder insgeheim mit den Anschlägen und Morden der »Roten Armee Fraktion« sympathisierten. Das war das Problem. Ich weiß nicht, ob es damit zu tun hatte, dass ich, als ich geschlagen wurde, nie zurückgeschlagen habe. Dass ich gedacht habe: Nicht-Wehren deeskaliert. Mit anderen Worten: dass ich ein Feigling war. Aber jetzt plötzlich war Sich-Wehren zum Fetisch geworden. Und »Sich-Wehren« hieß alles, auch Mord. Und ich dachte: Nichts. Aber in diesem Nichts ein ganz kleines, feiges Ja.

Liesi verstand nicht, warum mich die Anschläge, Attentate und Morde der RAF so schadenfroh machten. Sie sagte »schadenfroh«. Ich sagte: Ist doch kein Schaden! Wir sangen in der Küche höhnische Lieder über den ermordeten Bankier Jürgen Ponto und den entführten und dann ermordeten Arbeitgeber-Präsidenten Hanns Martin Schleyer, das Nazischwein. Ich war bei einer Demonstration, die gegen die »Isolationshaft« der RAF-Genossen protestierte.

Liesi wollte ausziehen. Sie wollte Idylle. Ich wollte den Kampf.

Ich trank und schaute zu den blauen Bänden. Das Tragische an dieser Zeit war, dass sie zugleich so lächerlich war.

Komm, Liesi, komm!

Sie wollte nicht mitkommen. Es war der 9. November 1977. Wieso kann ich mich an das Datum erinnern? Weil der 9. November ein historisches Datum ist.

Ja, wir waren müde. Ja, wir mussten am nächsten Tag arbeiten. Ja, wir hatten ohnehin kein Geld. Aber ich wollte noch ausgehen. Nur ein Bier! Komm!

Ich ging alleine. So wurde Liesi nicht meine Zeugin.

Ich ging ins *Café Savoy*. Normalerweise ging ich ein Stückchen weiter, zum *Café Dobner*. Warum bin ich nicht wie immer ins *Dobner* gegangen? Ich wollte nur ein Bier und bald wieder nach Hause. Das *Savoy* war das nächste Lokal. Als ich eintrat, stieß ich mit einem jungen Mann zusammen, der das Café gerade verlassen wollte. Das war Rainhard Pitsch.

Er grüßte mich. Ich grüßte ihn. Er sah mich an.

»Bist du alleine?«

»Ja.«

»Ich trinke noch ein Bier mit dir.«

Ich schaute, ob er seine Tasche dabeihatte. Nein.

Rainhard Pitsch war damals in der linken Szene von Wien berühmt. Berüchtigt. Von vielen belächelt. Er war Trotzkist. Man sagte, dass er imstande war, eine trotzkistische Gruppe, einen trotzkistischen Zirkel so oft zu spalten, bis nur noch ein Genosse übrig blieb, und den machte er am Ende noch schizophren. Es gab keine Stadt auf der Welt, in der es so viele, wenn auch winzige, trotzkistische Gruppen und Organisationen gab. Das war das Werk von Rainhard Pitsch. Aber das erzählte man. Was ich erlebt hatte, auch in der WG-Küche, war, dass er in Diskussionen immer wieder seine bauchige, schwarze Kunstledertasche öffnete, in der er ein Dutzend Trotzki-Bücher hatte, ein Buch herauszog, es aufschlug und daraus zitierte. Er fand immer in Sekundenbruchteilen das passende Zitat. Ich bewunderte, wie er mit Büchern jonglierte.

Manche hielten ihn für einen Irren. Aber ich war jung, unsicher, ich wusste nicht, welcher Irre einmal als Heiliger gelten würde.

Ich war aufmüpfig und rebellisch bei den Normalos, aber fasziniert von den Irren.

»Ja, gern!«, sagte ich.

Würde ich eine Autobiographie schreiben, dann würde ich jetzt einfügen, wie das Wetter war. Dramatisch.

Aber ich weiß es nicht mehr. Ich weiß nur noch, dass wir dann beim Bier saßen und wenig Gesprächsstoff hatten. Der Parteiengründer und die Massenbasis. Keine Verbindung.

Er nahm einen großen Schluck von seinem Bier, säuberte mit Daumen und Zeigefinger seinen Schnurrbart und klappte seinen Mund auf, der mich an den gezahnten Schlitz eines Briefkastens erinnerte. »Und? Was machst du gerade?«

Was soll man auf eine solche Frage antworten? Ich sitze da und trinke mit dir ein Bier? Oder: Ich arbeite in einer Buchhandlung? Oder: Ich habe einen Konflikt mit meiner Freundin? Ich sagte: »Ich lese gerade die ›Dämonen‹ von Dostojewski.«

»Ach ja«, sagte er. »Wie weit bist du? Hast du schon Stawrogins Beichte gelesen?«

»Ja!«

»Und?«

»Was und?« Ich stammelte etwas von großer Literatur, beeindruckend ...

»Und? Was ist die Lehre daraus?«

»Die Lehre?«

»Wir reden über Stawrogins Beichte, oder?«

»Ja!«

»Und? Ist doch eindeutig. Die Aufforderung zur Tat!«

Er machte eine große ausholende Handbewegung.

»Das ist die Botschaft. Hat hier keiner gelesen. Das ist das Problem. Aber es ist völlig klar, unwiderlegbar: Es gibt keine Moral. Außer die revolutionäre Moral. Ganz klar: die Aufforderung zur Tat!«

»Aber Stawrogin wird in seiner Haltlosigkeit doch ganz apathisch. Ich sehe da keine Aufforderung zur Tat.«

»Falsch! Ganz falsch!«, sagte er. »Stawrogin erklärt in seiner Beichte, dass er sich von allen weltlichen und religiösen Autoritäten befreit hat. Und was ist also die logische Konsequenz?«

»Was?«

Er lächelte. Und dann sagte er den Satz, der mich fünfundzwanzig Jahre meines Lebens beschäftigen sollte:

»Lies morgen die Zeitungen!«

Er trank aus, sah auf die Uhr und machte wieder eine große, herrische Geste. Er winkte dem Kellner.

Am nächsten Tag titelten die österreichischen Zeitungen: Der österreichische Textilindustrielle Walter Palmers entführt! Dreißig Millionen Lösegeld gefordert!

Ich dachte, als ich das las, keine Sekunde an die Nacht davor. Als die österreichischen Zeitungen hysterisch mutmaßten, dass nun die RAF auch in Österreich tätig werde, in unserem schönen, kleinen, weitabgewandten Österreich, da bekam ich die Wut. Das hättet ihr gerne, dachte ich, die RAF in Österreich! Um auch hier eure Schweine-Gesetze durchsetzen zu können, Notstandsverordnungen, Rasterfahndung und Berufsverbote. In der Küche sagte ich noch ironisch: »Wer soll denn hier die RAF sein? Vielleicht der Herr Pietsch aus dem *Café Savoy*?«

»Ist es nicht furchtbar«, sagte Herr Opocensky. »Stalin hat die Idee des Sozialismus geschändet, und jetzt zerstören die Nazikinder von der RAF auch noch den Neo-Marxismus!« Müde und traurig füllte er Bestellscheine aus.

»Nein«, sagte ich, »nein, Herr Opocensky, ich bin absolut sicher, die Palmers-Entführung hat nichts mit« – Ich glaube, ich sagte: »Hat nichts mit uns zu tun«.

Das war am Abend auch die einhellige Meinung im *Café Dobner*. Da kam ein Zeitungsverkäufer mit den Nachtausgaben herein. In der Zeitung stand, dass der Anruf eines Entführers bei der Familie Palmers auf Tonband aufgenommen worden sei. Die Aufnahme könne unter einer bestimmten Telefonnummer abgehört werden, die Polizei bitte um Hinweise.

Vor der Telefonzelle des *Dobner* bildete sich eine Warteschlange. Ich wollte das Band aus reiner Sensationsgier hören. Ich fand das witzig. Ich erwartete nicht, dass ich die Stimme erkennen würde. Ich wollte einfach die Stimme von einem echten – ja: Verbrecher. Nicht TV-Krimi, sondern Realität. Wie redet so einer wirklich? Was sagt er? Wir machten Witze.

Einer nach dem anderen ging in die Telefonzelle, hörte das von der Polizei eingerichtete Band ab – und kam blass heraus.

Ich war fassungslos.

Jeder erkannte die Stimme. Es war »der gläubige Thomas«. Wie oft ist er hier gewesen. Ironisch bezeichnet als »der neue Parteiapparat von Rainhard Pitsch«. Ein Hitzkopf, der gegen die »Folterung« der RAF-Genossen in Deutschland wetterte, milde belächelt wegen seines sperrigen Vorarlberger Dialekts. Ein armer Eleve, der die Tasche von Rainhard Pitsch trug.

Seine Stimme – unverkennbar.

Es war eine seltsame Stimmung im *Dobner*. Ein Herd, in dem ein Kuchen aufging und plötzlich zusammenfiel.

Bedeutung. Weil man so nah dran war. An einem historischen Ereignis. Und Panik. Weil man so nah dran war.

Ich weiß nicht, wie lange die Polizei brauchte, um zu wissen, was an diesem Abend alle Gäste des *Café Dobner* wussten. Einen Tag? Zwei Tage?

Ich weiß nur, dass bald darauf ein Freund in unserer WG anrief und fragte: »Waren sie schon bei euch?«

»Wer?«

Alle Bekannten und Freunde von Rainhard und Thomas wurden überprüft. Sie kamen in die Wohnungen, sahen sich um, stellten Fragen. Sie zeigten keine Durchsuchungsbefehle. Sie durchsuchten. Sie standen grinsend vor Bücherregalen voll mit marxistischer Literatur, sagten »Aha!« und stellten Fragen. Sie zogen Bücher von Marx aus dem Regal, wogen sie in der Hand, als wollten sie das Gewicht prüfen, sagten: »Du bist doch so belesen!«, sie duzten grundsätzlich. »So ein Gescheiter bist du! Na, dann sag mir, was du weißt!« Sie wischten mit einer Handbewegung ein Dutzend Bücher aus dem Regal, sagten: »So gescheit! Du wirst mir doch nicht sagen wollen, dass du nichts weißt!«

»Waren sie schon bei euch?« Wenn man an diesem Tag die linke Szene in Wien abgehört hatte, dann muss das Telefonprotokoll im Wesentlichen aus diesem Satz bestanden haben.

Ich, als das Proletariat der WG, war der, der den Müll runtertrug. Als ich an diesem Abend die Mülltonne im Hof öffnete, sah ich, dass sie voll von Büchern war. Ich war fassungslos. Was bedeutete das? Ich durchsuchte die Tonne, wie ein Penner, der nach Lebensmittelresten wühlt. Aber das waren doch Lebensmittel. Bücher! Meine WG-Mitbewohner hatten offenbar ihre sozialistische Literatur entsorgt, alles, was verdächtig sein würde, wenn »sie kommen«. Die blauen Marx-Engels-Werke, die potthässlichen, braun plastifizierten Lenin-Ausgaben, die roten Schulungsbroschüren der KP, rororo-aktuell-Bändchen wie »Was ist Stadtguerilla?«, Dutschke, sogar Ernst Bloch – warum um Herrgottswillen sogar den Bloch? Weil das Buch »Spuren« hieß?

Hier wurden Spuren beseitigt, das war klar. Was tun?

Zunächst wollte ich alle diese Bücher retten. Dann dachte ich: Nein.

Ich wollte diese braune Lenin-Ausgabe nicht. Und die verschmutzten Taschenbücher auch nicht. Ich nahm nur die Bände der Marx-Engels-Werke. Das war die Entscheidung, die ich traf: nur die blauen Bände.

Es waren sechs Bände, die ich mit hinaufnahm, abwischte und in mein Regal stellte.

Liesi sagte: »Du spinnst!«

Ich sagte: »Wer spinnt?«

»Warum willst du dich aussetzen, wenn sie kommen?«

»Wer spinnt? Ich? Oder die Idioten, die diese Bücher wegwerfen?«

Die Idioten. Der Plural löste einen Verdacht aus. Ich sah vor mir, wie –

»Ich liebe dich!«, sagte ich, küsste Liesi, nahm meine Reisetasche aus dem Schrank, küsste Liesi noch einmal. »Ich bin bald zurück!«

Ich fuhr in die Mollardgasse, dann zur Schottenfeldgasse. Dann zur Fuhrmanngasse. Ich fuhr alle Adressen von WGs ab, die ich kannte. Alle Adressen von Freunden und Bekannten aus der linken Szene. Alle Adressen, soweit sie mir bekannt waren, der *Dobner*-Stammkunden, der Mitglieder des »Arbeitskreises Politische Gefangene«, des »Kapital-Arbeitskreises« und der Schulung »Einführung in den Trotzkismus«. Ich fuhr kreuz und quer durch Wien, mit meinem kleinen Adressen-Büchlein und meiner Reisetasche. Ich ging in die Häuser, direkt zu den Mülltonnen. Ich nahm nur die blauen Bände. Die Reisetasche füllte sich. Ich wurde wählerisch. Bei Dubletten verglich ich, nahm das schönere Exemplar mit, ließ das weniger schöne zurück. Es war seltsam, wie lange ich brauchte, um den Band 42 zu finden, die »Grundrisse«. Ich kannte ein Dutzend Studenten, die ihn immer wieder erwähnt hatten – Angeber! Ich fand ihn erst ganz am Ende, in der ich weiß nicht wievielten Tonne. Es machte mich rasend, dass bestimmte Bände fehlten. Ich rief aus einer Telefonzelle Bekannte an, fragte sie nach Adressen.

Im Morgengrauen kam ich nach Hause. Liesi wachte auf, sah mich an, drehte sich um und schlief weiter. Es war klar, dass sie mich verlassen würde.

Eine Stunde später hatte ich alle blauen Bände einigermaßen gereinigt, geordnet und ins Regal gestellt. Liesi setzte sich im Bett auf. Ich sagte: »Jetzt können sie kommen!«

Fünfundzwanzig Jahre lang habe ich mich immer wieder gefragt – das klingt übertrieben. Es war nur so, dass es ab und zu Anlässe gab, an denen mir diese Geschichte einfiel, und da fragte ich mich: Wieso hat Rainhard Pitsch mir die Tat angekündigt? Das war doch völlig irre. Ich hätte, wenn ich ein wenig heller gewesen wäre, am nächsten Tag der Polizei sagen können, wer Walter Palmers entführt hatte. Warum hatte er es gesagt? Warum mir?

Da traf ich ihn im *Café Sperl*. Ich saß dort mit Freunden zusammen, als sich plötzlich einer vorbeugte und konspirativ flüsterte: »Schaut mal, da drüben! Da sitzt der Hofrat der Revolution!«

Rainhard Pitsch.

Er war frei?

»Schon lange!«

Gekleidet in einen zerschlissenen Zweireiher-Nadelstreif-Anzug, den er mit verdrießlicher Indifferenz trug, ging er seiner revolutionären Tätigkeit nach: Er las die Presse. Ich stand auf und ging zu ihm hin. Er erkannte mich. Er lächelte viereckig mit seinem Briefkastenschlitz-Mund. Ein paar Zähne fehlten. Nach einigen Floskeln stellte ich die Frage.

»Ich wollte gerade gehen«, sagte er, »weil niemand im Savoy war, den ich kannte. Da kamst du herein! Ja, ich erinnere mich!«

»Und?«

»Ich brauchte einen Zeugen. Ich wollte schon zum *Dobner* weitergehen. Weil ich einen Zeugen brauchte.«

»Einen Zeugen?«

»Ja. Klar. Einen, der bestätigen konnte, dass ich zu dieser Zeit unschuldig in einem Café saß. Du warst mein Alibi, verstehst du? Wir redeten exakt in dem Moment, als Palmers entführt wurde. Ich war ja nicht an der Entführung direkt beteiligt. Nur logistisch. Für den Tatmoment brauchte ich ein Alibi.«

»Aber warum hast du gesagt: Lies morgen die Zeitungen?«

Er lachte. »Das habe ich doch immer gesagt. Du kannst jeden Tag die Zeitungen lesen, und an jedem Tag ist das eine Aufforderung zur Tat!«

Es klopfte an der Tür. Ich sah zu meiner Überraschung den wirklichen Hofrat von heute Morgen vor meinem Laden stehen. Ich öffnete.

»Ich kam gerade vorbei und sah, dass noch Licht ist! Dass Sie noch da sind.«

»Kommen Sie rein!«

Ich fragte ihn, ob er ein Glas Wein wolle. »Ja, gern!« sagte er und lockerte seine Krawatte.

Die Flasche war leer. Ich öffnete eine neue. Dabei musterte ich ihn und fragte: »Wo haben Sie eigentlich 1977 gewohnt?«

»1977? Da habe ich studiert.«

Ich schenkte ihm ein Glas ein.

»Ja. Und wo haben Sie gewohnt?«

»In einer WG. In der Schottenfeldgasse.«

Ich lachte. Ich lachte so sehr, dass ich Tränen in den Augen hatte.

Christiane Neudecker

Ein Laden für das Nichts

Kaum zu glauben ist das. So lange schon hat Zedak auf so einen Augenblick gehofft. Und jetzt das. Mitten im Februar, ausgerechnet hier: Gran Canaria, Las Palmas, Parque San Telmo. Da sitzt nun tatsächlich eine Frau in diesem Terrassencafé vor dem quietschbunt lackierten Jugendstilkiosk und hält es in der Hand, einfach so.

Die Haare hat sie sich nach hinten gebunden, im Glas auf dem Tisch vor ihr setzt sich der Bierschaum. Ein leichter Wind fegt über die Plaza und bläst ihr die Asche in Flocken vom Zigarillo. Sie merkt nicht, dass Zedak sie anstarrt. Stattdessen liest sie. Sie liest und liest und blättert um, in verlangsamten, fast komatösen Bewegungen.

Ohne den Blick von ihr abzuwenden, tastet er mit der Hand nach dem Glas mit dem Cortado leche y leche und hebt es an seine Lippen. Der Espresso ist stark, die Kondensmilch überzuckert. Zedak spürt ein Brennen im Magen. Einen Moment lang überlegt er, aufzustehen und zu ihr zu gehen. Sich vor sie hinzustellen und sie anzusprechen. Aber was genau könnte er da sagen. *Entschuldigen Sie: Ich habe das geschrieben.* Oder: *Verzeihung, Sie lesen gerade mein Buch.*

Auf Gran Canaria ist Zedak seit einer Woche. Die Schneefälle in Berlin haben ihn in das Flugzeug getrieben. Die Dunkelheit im Innenhof, die furchtbare Kälte in seiner

Wohnung. Ständig tränten seine Augen vom Gebläse des Radiators, seine Finger waren, wenn er sich über seine Tastatur beugte, jeden Morgen ganz klamm. Auf den Fensterscheiben verkrusteten die Frostblumen, das Fußbad unter seinem Schreibtisch kühlte schon nach wenigen Minuten aus. San Augustin hat ihm das Mädchen im Reisebüro empfohlen. Das *Gloria Palace*: ein großer Hotelkasten zwar, aber dafür mit Pool, mit Meerblick, mit angrenzender Thalasso-Anlage. Sie sehen aus, hatte die minderjährige Reisefachfrau tadelnd gesagt, als bräuchten Sie echt dringend mal Erholung. Zedak hatte in ihr überschminktes Gesicht geblickt, auf ihre mit Blümchenmuster beklebten Fingernägel, und sich gefragt, ob sie alt genug wäre, um seine Enkelin zu sein.

Das Glitzerwasser im Swimmingpool war dann fast zu viel für ihn gewesen. Die hüpfenden Lichtreflexe, die flüssige Wärme auf seinem Körper. Die grellen Blüten der Strauchblumen, die von den Balkonen baumelten. Die beharrlichen Rufe der spanischen Animateurin, die von den Lautsprecherboxen der Poolbar herüberwehten: »Bingo, Bingo, Bongo!«

Geschrieben hatte er nicht. Natürlich nicht. Dabei hatte er sich genau das von diesem Ortswechsel erhofft: Dass er endlich den Anfang finden würde, den Einstieg in seinen neuen Roman. Nacht für Nacht saß er auf seinem Balkon und starrte am Monitor seines Rechners vorbei. Auf die orange bestrahlten Palmen, das unterleuchtete Wasser des Pools, die dunkle Fläche des Meers am Horizont. Still saß er da und rauchte und trank. Bis das hohle Klappern des Würfelbechers auf dem Balkon links von ihm verstummte. Bis das Seufzen des holländischen Pärchens rechts neben ihm in dröhnendes Schnarchen überging. Bis irgendwann der

Himmel aufhellte, er seinen Laptop zuklappte und in sein Bett fiel, ohne den entscheidenden ersten Satz geschrieben zu haben.

Ausflüge hatte er bisher keine unternommen. Manchmal ging er mittags am Meer entlang: links über die steinerne Strandpromenade bis hin zu den Ferienwohnungen, die mit ihren bunt angemalten Fensterläden auf den hoch aufragenden, weißen Felsen thronten. Oder rechts, zum Playa del Inglés, vorbei an den blutroten, in den Sand gerammten Sonnenschirmen, den kreischenden, in der Gischt herumkollernden Kindern, den Volleyballspielern mit ihren gestählten, eingeölten Körpern. Nachmittags saß er meistens in der Lobby und blickte schwitzend auf einen der überall herumhängenden Flachbildschirme: Winterolympiade. Um ihn herum spülten Reisebusse ganze Wogen neuer Touristengruppen durch das Hotel. Rollkoffer, Kinderwägen, Schlauchboote wurden an ihm vorbeigezogen, von der Holztreppe, die zur Thalassoanlage führte, stiegen Rentner in weißen Bademänteln herab. Spanische, französische, englische Reiseleiterinnen klapperten auf Stöckelschuhen an ihm vorüber, aber Zedak saß in Sofakissen versunken und sah nicht hoch. Stattdessen blickte er auf windschiefe Skispringer, auf in Pirouetten verschwimmende Eiskunstläuferinnen, auf seitwärts schnalzende Slalomtore, die weiche Flugbahn des Schnees.

Heute endlich hatte er sich in irgendeinen der Busse gesetzt, die vorne knapp vor der Verkehrsinsel mit der Casino-Miniatur im Straßenstaub hielten. Es war ihm völlig egal gewesen, wohin er fuhr. Und doch war er fast enttäuscht gewesen, als ihn der grimmig dreinblickende Busfahrer mitten in Las Palmas aus dem Bus gescheucht hatte, Endstation, Busbahnhof Parque San Telmo, vamos,

vamos. Einen Augenblick lang hatte er überlegt, in einen der anderen Busse einzusteigen, einfach loszufahren, ins Inselinnere vielleicht, oder hinauf zu einem der nördlich gelegenen Bergdörfer, aber dann hatte er doch die Straße überquert, war auf den kleinen Park zugegangen, hatte sich in das Café unter eine der Platanen gesetzt.

Die Leserin war ihm gleich aufgefallen. Dass sie eine Deutsche ist, hat er sofort gesehen. Die flachen Wandersandalen, das verwaschene, rote Sweatshirt mit dem geriffelten Rundkragen, die armeegrüne Dreiviertelhose. Die viel zu dicken Brillengläser. Das glanzlose, zum Pferdeschwanz verzurrte Haar. Ein paar Kilo abnehmen könnte sie auch. Kein Vergleich zu dem schwarz-weißen Leserinnen-Traumbild, das er zu Hause über seinem Schreibtisch hängen hat: Marilyn Monroe, hingegossen auf einen geblümten Sessel, in einem Drehbuch blätternd, die Lippen leicht geöffnet.

Sie liest *Mephistos Nichte*. Im zehnten Kapitel muss sie sein, ungefähr dort, wo Konrad mitten auf der Bühne mit den Aussagen seiner Halbschwester konfrontiert wird. Oder vielleicht kurz davor: bei der Szene vor Adrianas Schminkspiegel.

So oft schon hat er sich gewünscht, dass ihm das einmal passiert. Dass er irgendwo sitzt – in der U-Bahn, auf einer Parkbank, in einem Flugzeug – und dort jemanden dabei ertappt, wie er eines seiner Bücher liest. Fast dreißig Jahre lang hat Zedak darauf gehofft, gleich nach dem Erscheinen von *Der steinerne Zug*. Immer hat er die Augen offengehalten, aber passiert ist es ihm nie.

Ihr Lesetempo ist nicht schlecht. Nicht zu schnell, nicht zu langsam. Sie liest stetig, sehr konzentriert. Gerade läuft der Kellner an ihrem Tisch vorbei, registriert ihr fast leeres

Glas mit dem schal werdenden Bier und wirft ihr einen fragenden Blick zu, aber sie blättert um und bemerkt ihn gar nicht. Zedak lässt sie nicht aus den Augen. Abwesend beginnt er mit einer Streichholzschachtel zu spielen, die vor ihm jemand auf dem Tisch vergessen haben muss. Er dreht die Schachtel zwischen den Fingern, steckt sie sich schließlich in die Hosentasche, lehnt sich zurück und lächelt zu der Leserin hinüber. *Ich weiß, wo du gerade bist*, denkt er. *Ich habe diesen Ort geschaffen.*

Eine merkwürdige Stille liegt über dem Platz. Alles scheint gedämpft, die Sonne steht hoch, es ist Mittagsruhe in Las Palmas. Selbst die Mopeds und Autos, die mit der Straßenführung den Park umkreisen, scheinen lautlos. Vom tief gelegenen Busbahnhof dringt nur leise das Ächzen der ankommenden Busse herauf, vorne an der Kapelle sammeln sich die Teilnehmer einer müde gelaufenen Reisegruppe. Zedak kann sich atmen hören.

Jetzt verlagert die Leserin ihre Haltung, und Zedak gelingt ein kurzer Blick auf die Seite. Drei Absätze: ein Dreizeiler am Seitenbeginn, gefolgt von zwei fast gleich langen Textblöcken. Zedak weiß jetzt genau, wo sie ist, er könnte die Worte mitsprechen.

Adriana sitzt still. Vor ihr ein Bild aus Spiegelscherben. Scharfkantig, zersplittert – ein Mosaik. Und darin: eine Frau, die vergeht. Adriana schließt die Augen. Und da hört sie es. Hinter dem Paravent ist ein Geräusch. Jemand atmet. Adriana reißt die Augen auf. Sie weiß, dass das nur einer sein kann. Es muss –

Aber was ist das? Plötzlich lässt die Konzentration der Leserin nach, ihr Blick irrt über die Zeilen, sie blättert ein paar Seiten vor, ein paar Seiten zurück, sie runzelt die Stirn, sieht dann schließlich hoch und legt das geöffnete Buch auf der Tischplatte ab. Sie streckt sich, greift nach ihrem

Rucksack und beginnt, darin zu wühlen. Und jetzt nimmt sie das Buch in beide Hände – und klappt es zu. Zedak erstarrt. An dieser Stelle kann sie nicht aufhören. Unmöglich ist das.

Aber sie hört auf, sie packt das Buch in das Vorderfach, sie zieht den Reißverschluss zu, sieht sich noch einmal um und steht auf. Mit einem kräftigen Schwung schultert sie ihren Rucksack und trottet los, in Richtung Calle Mayor de Triana.

Einen Moment lang bewegt Zedak sich nicht. Er sitzt einfach nur da und blickt ihr nach. Dann plötzlich steht Zedak auf. Hektisch kramt er mit der einen Hand in seinen Hosentaschen nach Geld, während er mit der anderen nach den Kellnern winkt, die zwischen Kiosk und Terrasse hin und her eilen. Aber niemand sieht ihn, niemand reagiert auf seine immer lauter werdenden Rufe, und schließlich wirft Zedak ein paar Münzen auf den Tisch und läuft los.

Weit kann sie noch nicht sein. In der Fußgängerzone der Einkaufsstraße ist sie nicht zu sehen, aber die Straße macht weiter vorn eine Biegung. Zedak eilt an den zur Mittagszeit geschlossenen Shops vorbei, an all den Banken und Schuhläden, all den rosa ausgestatteten, glitzernden Bekleidungsgeschäften, die sich hier aneinanderreihen. Die Sonne brennt auf den fleckigen Steinboden, es riecht nach Erbrochenem, nach trocknendem und verdunstendem Urin. Neben den Holzbänken quellen die Mülleimer über, Orangenschalen, fettverschmierte Fast-Food-Verpackungen, klebrige Pappbecher mit Plastikstrohhalmen liegen auf dem Weg herum. Irgendwo in einer Nebengasse spielt ein Bettler auf einer Geige, ein paar Touristen bleiben stehen und klatschen Beifall, ein Straßenverkäufer lässt knatterndes Aufziehspielzeug über den Boden wandern, aber Zedak lässt sich nicht ablenken, und als er in die Kurve der Einkaufsstraße einbiegt, sieht er tatsächlich, wie am anderen Ende gerade eine Gestalt mit schaukelndem Rucksack in einer der angrenzenden Gassen verschwindet.

Zedak hastet zu der Abzweigung, hinein in das Gewirr der Gassen, an niedrigen Hauseingängen vorbei, an verrammelten Fenstern, zugezogenen Holzläden, Innenhöfen hinter verglasten Eingangstüren. Der Aufprall seiner harten Gummisohlen hallt zwischen den Steinwänden, oben, am wolkenlosen Himmel, setzt gerade ein Flugzeug zum Sinkflug an. Irgendwo in der Ferne trillert ein aufgeregter Kanarienvogel, und Zedak biegt in eine Kurve und zuckt zurück. Die Mittagssonne fällt hier steil von oben zwischen die Häuser, alles ist hell, die Gasse vor ihm ein plötzlicher Schacht aus Licht.

Die Gestalt nimmt er zunächst kaum wahr. Er sieht zuerst nur die Bewegung inmitten der Helligkeit. Es wirkt, als hätte jemand ein Loch in das Leuchten gerissen. Eine gestanzte Silhouette, die am Ende der Gasse auf eine Tür zuschreitet und sie öffnet, ganz langsam, und dann lautlos verschwindet.

Vorsichtig setzt Zedak sich in Bewegung. Seine Schritte sind jetzt unsicher, seine geblendeten Augen brennen, der Boden unter ihm ist noch immer so glänzend wie Gold. Die schwere, hölzerne Tür muss er mit beiden Händen ertasten. Der Türknauf ist kühl unter seinen Händen. Langsam steigt Zedak eine Steintreppe abwärts, in einen verdunkelten Raum hinein.

Bücher. Das ist das erste, was er sieht, als seine Augen sich an die Finsternis zu gewöhnen beginnen. Bücher, Bücher, Bücher. In Regalen, die sich vom Boden bis an die Decke spannen. In Stapeln auf dem gefliesten Boden.

Aufgeblättert auf einem großen Tisch in der Mitte des Raums, aufeinandergetürmt auf der Sitzfläche eines schweren, alten Ledersessels, der vor einem der Regale steht. Selbst die Fenster sind mit Büchern verbaut. Und an einer knapp unter dem Deckengebälk verlaufenden, quer gespannten Wäscheleine baumeln aufgeschlagene Folianten, wie zum Trocknen aufgehängt.

Die Theke neben dem Eingang bemerkt er erst, als er sich umdreht, um den Regalverlauf zu betrachten. Im Licht einer kleinen Lampe sitzt dort ein Mädchen neben einer alten, verschnörkelten Kasse und sieht ihn an. Sie ist jung, vielleicht elf oder zwölf Jahre alt, mit riesigen, dunklen Augen. Staubflocken tanzen im Dämmerlicht um sie herum, legen sich auf ihre schmalen Schultern. Ihre Haare hat sie mit einem Reif nach hinten geschoben, auf ihren Lippen glänzen die Zuckerreste eines rosafarbenen Lutschers. Ganz ruhig sitzt sie da, knabbert an ihrem abgenagten Lutscherstil und betrachtet Zedak.

»Buonas diaz«, sagt Zedak. Das Mädchen antwortet nicht, sie sieht ihn nur an, mit diesen großen, viel zu großen Augen. »Do you speak english? Oder deutsch?«, sagt Zedak. »Ich suche jemanden, eine Frau, weißt du, una … donna, ich dachte, ich hätte sie hier hereingehen sehen. Una … muliere alleman?«

Das Mädchen zuckt die Schultern. Dann schnalzt sie mit der Zunge und weist mit einer Kopfbewegung auf ein Regal an der Rückwand des Raums. Zedak dreht sich um. English Books, steht da auf einem handgeschriebenen Pappschild, das an der Regalleiste festgepinnt ist. Und daneben: Deutsche Bücher, Livres Français. Tschechische Bücher, Italienische, Norwegische. Zedak lächelt dem Mädchen zu und geht zu dem Regal. Langsam fährt er mit den Fingerspitzen an den Buchrücken entlang. Manche von ihnen fransen aus, andere sind geriffelt, er spürt die Schraffur unter seiner Haut. Zedak beugt sich dicht an die Buchrücken heran und atmet ein. Das ist er, der Geruch, den er so liebt. Vergilbtes Papier, Druckerschwärze, staubige Seiten. *Ich kann Buchstaben riechen.*

»Ich bin selbst Schriftsteller, weißt du«, sagt Zedak über seine Schulter hinweg. »Scrittore. Always looking for words.« Das Mädchen bleibt still. Zedak kniet sich hin, greift sich eines der Bücher aus dem unteren Regal heraus – eine dicke, ledergebundene Originalausgabe mit rotem Aufdruck – und schlägt es auf.

Die Seiten sind leer. Zedak zwinkert kurz. Einen Augenblick glaubt er, dass seine Augen sich noch an die Dunkelheit gewöhnen müssen. Vorsichtig beginnt er zu blättern. Nichts. Keine Buchstaben, keine Worte. Kein einziger Satz. Ein Fehldruck? In der Fußleiste kann er die Seitenzahlen erkennen. Vorne, im Deckblatt, sieht er das Wasserzeichen eines französischen Verlags. Sogar das Erscheinungsjahr ist dort vermerkt, 1939, 1. Auflage. Er dreht sich zu dem Mädchen um, das gerade den Lutscherstil abgelegt hat und einen rosafarbenen Kaugummi auswickelt. »This is weird«, sagt Zedak und hält das aufgeschlagene Buch in die Höhe. Sie sieht ihn ausdruckslos an und beginnt zu kauen.

Zedak verlagert seine Hockstellung, legt sich das Buch auf die Knie und zieht mit den Fingern einen anderen Band heraus. Ein Hardcover mit dem Reprint einer Ölzeichnung auf dem Einband. Diesmal fällt es ihm sofort auf: Schon auf der Deckseite fehlen die Buchstaben. Kein Titel, kein Autor – wie konnte er das vorher nicht bemerken? Auf der ersten Seite ein Verlags-Vermerk: *Abacus, first published in Great Britain by Michael Joseph Ltd 1984, this edition published by Abacus 1997, reprinted 1997, 1998, 2000, 2004. All rights reserved.* Aber sonst: nichts. Zweihundertachtundvierzig blanke Seiten. Hastig schlägt er das Buch zu, greift sich das nächste aus dem Regal heraus, irgendeines. Tatsächlich: Es ist leer. Zedak schnaubt. Er reckt sich und zerrt weitere Bücher heraus, aus den französischen, den englischen, den spanischen Regalen, schneller, immer schneller. Er reißt sie aus den Stapeln, die am Boden stehen, fingert sie sich vom Fenstersims, vom Boden, aus dem Ledersessel heraus. Diese Bücher. Sie alle sind leer.

Am Abend steht Zedak an der Bar des Hotels. Auf der Bühne vor ihm hopsen Animateure in Hasenkostümen über die Bühne und nagen an einer riesigen Stoffkarotte. Kinder in Piratenkostümen rennen um sie herum. Prinzessinnen, Zauberer, Indianer tanzen durch einen Regen aus Konfetti, stolpern über Luftschlangen. Zedak braucht einen Moment, bis er sich erinnert: Es ist Faschingsdienstag. Neben ihm lehnt eine rüstige Blondine mit aufgemalter Träne im alternden Gesicht. Gerade schiebt sie ihren Oberkörper in seine Richtung, drückt ihre mit Glitzerstoff bespannten Brüste an ihn heran. Zedak wendet sich ab, ruft den Barkeeper und bestellt einen Jim Beam auf Eis. Der Monitor hinter der Theke zeigt die Olympia-Zusammenfassung des Tages: Curling. In hautengen Hosen gleiten die Sportlerinnen über die Bahn, so elegant, so schwerelos hinter dem kreiselnden Granitstein her, während um Zedak herum die Faschingsmusik wummert und die Eiswürfel in seinem Whiskeyglas gegen die Glaswand schlagen.

Vom Curling ist Zedak fasziniert, seit er es zum ersten Mal sah. Die schwebenden Bewegungen der Curlerinnen, das leise Kratzgeräusch des Steins. Die Zielgerichtetheit der angespannten Körper. Die Strategie. »Schach auf Eis« hat das mal jemand genannt, und Zedak wird nie müde, diesen Ausspruch zu zitieren. Aber jetzt gerade nimmt er gar nicht wahr, worauf er da blickt. Er sieht noch immer diese Bücher vor sich, in diesem vollgestopften, viel zu niedrigen Raum. Diese leeren Seiten, die sich vor seinem inneren Blick aufblättern und über die Gleitbewegungen der Sportlerinnen legen.

Was war das für ein Laden? Das Mädchen hatte ihn angesehen, als er sie das fragte. Sie hat gekaut, hat ihre Zunge in den Kaugummi hineingeschoben und gepustet, eine riesige, zerplatzende Blase, und nicht geantwortet.

Ein Laden für das Nichts.

Zedak runzelt die Stirn. Er weiß nicht, wo dieser Satz plötzlich herkommt, dieser Gedanke. Vorsichtig sieht er sich um. Die blonde Alte hat sich von ihm abgewendet und betrachtet mit zitternden Lippen ein kleines Mädchen im Katzenkostüm, das auf der Bühne ein schiefes Lied intoniert und sich dabei vor Aufregung mit beiden Händen in seinem Katzenschwanz verknotet. Ein Laden … für das Nichts. Leise flüstert Zedak es vor sich hin, sieht auf einmal den Satz gedruckt vor sich, diesen Halbsatz, den er aufschreiben muss, sofort, weil er ihn einbauen wird, ihn verwenden in seinem neuen Roman, der doch noch immer keinen Titel hat, nur eine Handlung, eine verschwommene Grundidee: die Fortsetzung von Adrianas Geschichte, oder eher – wie es in Filmen heißt – das Prequel.

Mit einem lauten Klirren stellt Zedak sein Glas auf dem Tresen ab und ist schon durch die marmorne Eingangshalle hindurch, an all den Aufstellern und Werbeplakaten der Reisegesellschaften und Mietwagenfirmen vorbei. Er reiht sich nicht bei den mit Perlenschmuck behängten italienischen

Damen ein, die in einer Wolke aus Parfüm und Bratenduft vor dem Speisesaalaufgang auf den Aufzug warten. Er stößt die Schwingtür nach draußen auf und nimmt die gewendelte Außentreppe, immer zwei Stufen auf einmal, hoch zu seinem Zimmer im siebten Stock. Den Laptop hat er schnell aus dem Safe gerissen, ihn noch im Stehen aufgeklappt und hochgefahren.

Ein erster Satz könnte das sein. Zedak spürt das: endlich der erste Satz. Schnell trägt er den Laptop auf den Balkon. Er setzt sich und schlägt an.

Als er wieder hochsieht, ist es dunkel. Erstaunlich dunkel. Er kann die Palmen am Swimmingpool nicht erkennen, die Unterwasserscheinwerfer strahlen nicht mehr, und auch aus den am Abhang gelegenen Bungalows dringt kein Licht. Selbst die Straßenlaternen sind erloschen.

Kopfschüttelnd steht Zedak auf. Er reckt sich und beugt sich vor, weit über die Brüstung hinaus. Die Wucht des Winds packt ihn, fährt ihm durch das Haar, wirft ihn zurück, und jetzt erst hört er es. Das Knattern, mit dem der Wind gegen die Außenmauer schlägt. Das Heulen und Pfeifen in den Gängen des Hotels. Der Südwind muss das sein, seit Tagen schon sprechen die Hotelgäste von nichts anderem: Schnell noch zum Strand, schnell noch ins Wasser, die Wärme genießen, bevor die Südwinde kommen, dann wird es kalt, mindestens eine Woche lang, ein winterliches Tief. Zedak schließt die Augen. Einen Augenblick hat er das Gefühl, dass das Hotelgebäude schwankt.

Auch sein Zimmer ist vom Stromausfall betroffen. Im Licht seines Monitors tastet Zedak sich zum Bett vor. Liest sich, am Kopfende kauernd, durch, was er da gerade geschrieben hat: Adriana als Kind in einem Buchladen, der nur leere Bücher verkauft. Hinter der Kasse sitzt sie dort und kaut Kaugummi. Schon damals ist sie so schön, sie sitzt da wie hingegossen und weiß nicht, worüber die Käufer sich aufregen, denn sie kann ja nicht lesen, aber das ist natürlich Unsinn, ganz grober Unfug ist das, und Zedak löscht, er löscht und löscht, drückt im Stakkato die Löschtaste, Buchstabe für Buchstabe, bis nur noch der erste Satz dort steht, *Ein Laden für das Nichts*, und Zedak seinen Kopf in den Händen vergräbt.

Der Schlaf kommt nicht. Draußen hat der Sturm zugenommen, selbst seine Balkonwabe ist jetzt nicht mehr geschützt, die Windrichtung muss sich geändert haben, die Scheiben der Glastüren zittern im Rahmen, sie schließen nicht richtig, in einer Ritze saugt der Wind am Vorhangstoff.

Er muss mehr über diesen Laden erfahren. Irgendetwas stimmt da nicht. Schon jetzt fühlt es sich an, als habe er sich all das eingebildet. Das Mädchen. Die leeren Seiten. Die aufgeschlagenen Bücher an der Wäscheleine. Und wo war die Leserin? Er hatte sie doch hineingehen sehen, sie hätte doch dort sein müssen, irgendwo in diesem bücherbefüllten Raum.

Zedak tastet nach seinem Mobiltelefon, sucht sich im schwachen Licht des Displays seine Jacke, seine Schuhe, den Geldbeutel. Die hölzerne Zimmertür will er leise hinter sich zuziehen, aber der Wind reißt sie ihm aus der Hand. Im verglasten Gang sind einige Fenster aufgerissen, der Wind fährt an der Linie aus Zimmertüren entlang, rüttelt an der Front der aufgereihten Klinken. Alle Räume sind hier nach vorne ausgerichtet, der Gang an die Hotelrückseite gerückt, ein cleverer architektonischer Schachzug: Meerblick von allen Balkonen. In der Tiefe des leicht gebogenen Gangs sieht Zedak Menschen herumirren, alte Damen in durchscheinenden, bodenlangen Nachthemden, mürrische Männer mit nackten Oberkörpern, weinende Kleinkinder in Windeln. Taschenlampen flackern auf, Kerzen, Displays, aus dem Aufzugschacht dringt entferntes Klopfen und Rufen.

Unten an der Rezeption sieht ihn der viel zu junge Concierge im umherzuckenden Kerzenlicht an, als hätte er den Verstand verloren. Ein Taxi nach Las Palmas, bei diesem Wetter, während dieses Stromausfalls, ausgerechnet, Señor, das ist aber keine gute Idee.

Das denkt wohl auch der Fahrer, der lautstark vor sich hin flucht, als sie über die Küstenstraße brausen. Immer wieder drückt der Sturm das Fahrzeug von der Fahrbahn, sie schlingern zwischen Abgrund und Gegenfahrbahn hin und her, einmal glaubt Zedak schon, das rechte Vorderrad im Leerlauf über dem Abhang drehen zu sehen.

Aber sie schaffen es, sie kommen heil in der Innenstadt an, und Zedak lässt sich mitten im Zentrum absetzen, Parque San Telmo. Auch hier ist es dunkel, der Stromausfall scheint die ganze Südküste zu betreffen. In den den Platz umsäumenden Gebäuden brennen keine Lampen, der verrammelte Jugendstilkiosk duckt sich störrisch in den Wind, die Platanen schwanken bedenklich hin und her. Auf dem Parkplatz sind ein paar Autoscheinwerfer angeworfen worden, stehende Fahrzeuge mit laufendem Motor, aber dort will Zedak ja nicht hin.

Ab über die Calle Mayor de Triana, an den geschlossenen Geschäften vorbei, hinüber in die Agustìn Millares, dann eine Biegung, ein Umweg über die Plaza del Pilar Nuevo, aufwärts, links, rechts, wieder links, Zedak hat sich das eingeprägt, er hat sich das genau gemerkt, er stemmt sich gegen den Wind, längst haben sich seine Augen an die

Dunkelheit gewöhnt, und dann endlich: die Gasse, Hausnummer 13, die vergitterten, holzstammumrahmten Fenster neben der wuchtigen, hölzernen Tür.

Der Türknauf wieder so kühl unter seinen Händen. Kurz wird Zedak der Irrwitz seiner Unternehmung bewusst – warum sollte er jetzt in den Laden hineinkommen, mitten in der Nacht? –, aber er stemmt sich mit seinem ganzen Gewicht gegen den Griff und tatsächlich: Die schwere Holztür schwingt auf.

Stockdunkel ist es vor ihm. Ein tiefschwarzer, schalltoter Raum. Diese Finsternis, das spürt Zedak, hat eine ganz andere Qualität als die Lichtlosigkeit der erloschenen Stadt. Die absolute Nacht. Zedak zögert. Vorsichtig schieben sich seine Füße abwärts, während er mit beiden Händen in seinen Taschen nach dem Mobiltelefon wühlt, nach dem Licht des Displays. Aber er kann es nicht finden und hält an. Mitten in der Dunkelheit steht er. Und hört plötzlich den dumpfen Schlag, mit dem hinter ihm die Tür ins Schloss fällt.

Erschrocken lehnt Zedak sich rückwärts, Zentimeter für Zentimeter, bis er die Maserung der Holztür in seinem Rücken spürt. Langsam dreht er sich um und fährt mit beiden Händen über die Holzfläche. Dass der Türgriff hier irgendwo sein muss, weiß er, aber da ist nichts, kein Griff, kein Knauf, auch keine Vertiefung. Immer hektischer schrubben Zedaks Hände über das Holz, bis er schließlich die Ritze zwischen Tür und Mauer erspürt und sich mit den Fingern in den Spalt krallt und rüttelt, so heftig er kann.

Nichts bewegt sich. Alles bleibt still, zu still. *Hier stimmt etwas nicht.* Und als Zedak sich jetzt räuspert, probeweise, spürt er zwar den Laut in der Kehle, aber da ist nichts zu hören, gar nichts. *Was zum Teufel*, schreit Zedak, er brüllt auf, so laut er kann. Aber der Ausruf bleibt in ihm. Um ihn herum ist alles totenstill.

Langsam, ganz langsam geht Zedak in die Knie und kauert sich auf den Boden. Er zittert jetzt, dabei ist ihm nicht warm, nicht kalt, es scheint hier keine Temperatur zu geben. Auch die Bodenfliesen fühlen sich unter seinen sich aufstützenden Händen nicht kühl an, eher durchlässig, als wäre der Unterboden wattiert.

In Nürnberg hat ihn einmal eine fränkische Freundin mit auf die Burg genommen, zum Tiefen Brunnen. Zedak hat sich über den Brunnenrand gebeugt und auf den zeitverzögerten Steinaufprall gelauscht, während die Führerin den Besuchern von der Wächterkuhle erzählte, die dort tief unten im Brunnenschacht eingelassen war. Das hat ihn fasziniert: Ein Wächter, der unten im Brunnen saß und dort über die Reinheit des Wassers wachte. Was für eine Romanfigur! Sofort hat Zedak sich vorgestellt, wie es wäre, dort unten. Die Tiefe. Das ölfarbene Wasser. Die Einsamkeit. Aber jetzt, das hier, denkt Zedak, das ist viel schlimmer. *Das Nichts*, denkt er, *so fühlt es sich an.*

Zedak weiß nicht, wie lange er so sitzt. Stunden, Minuten – die Zeit verschwimmt ihm, er hat längst keine Ahnung mehr, wie spät es ist. Uhren trägt er nie, er liest die Zeit von seinem Mobiltelefon ab. Und als er jetzt noch einmal nach dem Handy tastet, spürt er etwas in seiner Hosentasche. Ein kleines, eckiges Schächtelchen. Verwirrt streicht er die Form nach, die raue Seitenfläche – und da fällt es ihm ein: Es sind die Streichhölzer, die er beim Beobachten der Leserin im Parque San Telmo in seine Hosentasche gesteckt hat.

Jetzt kommt Bewegung in Zedak. Das erste Streichholz zerbricht ihm zwischen seinen ungeduldigen Fingern. Aber schon beim zweiten Mal sieht er im Aufflammen die

Bücher, die Regale, den Tresen. Fast hat er erwartet, dass dort das Mädchen sitzt und ihn anstarrt, mit ihren ausdruckslosen Augen, aber da ist niemand, Zedak ist allein, allein mit den Büchern.

Im Licht des dritten Streichholzes drückt Zedak an dem Schalter der Lampe auf der Verkaufstheke herum. Aber so sehr er auch auf dem Knopf herumschlägt: Es tut sich nichts, der Stromausfall scheint noch nicht behoben zu sein. Ein aufgeschlagenes Buch liegt neben dem gläsernen Lampensockel. Und kurz bevor das Streichholz erlischt, sieht Zedak die Worte, die dort auf der ersten Seite geschrieben sind. Ein Satz steht da, ein gedruckter Halbsatz, den Zedak nur allzu gut kennt: *Ein Laden für das Nichts.*

Zedak stockt. Sein Herz beginnt zu rasen, er spürt das Trommeln in seinem Brustkorb, sein Hals kratzt, wahrscheinlich keucht er laut auf, aber nichts ist zu hören, und hektisch reißt Zedak das nächste Streichholz an. Nein, er hat sich nicht getäuscht. Dort steht er, der eine Satz, der vorhin auch auf seinem Laptop übrig geblieben ist. Aber das kann ja nicht sein, völlig unmöglich ist das, und Zedak stolpert jetzt durch den Raum, er weiß gar nicht wohin und was er dort will, aber schon ist er bei den Regalen mit den fremdsprachigen Büchern, als würde er etwas ahnen. Ein französisches Buch reißt er sich aus dem Regal, irgendeines, broschiert, mit geriffeltem Einband, und, ja, da steht er, dieser einzige Satz in dem sonst leeren Buch: *Un magasin qui vend du vide.*

Zedak ist jetzt nicht mehr zu halten. Streichholz um Streichholz brennt ab, er verbrennt sich an den abflammenden Hölzern die Fingerkuppen, während er mit der freien Hand die englischen, tschechischen, ungarischen Bücher aus den Regalen zerrt, sie aufblättert, immer auf der ersten Seite. Ja. Überall steht dieser Satz, den Zedak in vielen Sprachen doch gar nicht verstehen kann, und trotzdem weiß er einfach, was die Worte bedeuten: *Obchod s nicím. A Nothingness-Shop.* Schneller und schneller greift Zedak nach den Büchern, er blättert und wirft sie mit den abgebrannten Streichholzstümpfen von sich, *Egy bolt a semmiért*, nach Schwefel riecht es, nach Rauch, während ihm die Gedanken durcheinander fallen, *vielleicht bin ich in meinem eigenen Kopf.* Und erst als er das letzte Streichholz aus der Schachtel fingert, hält er kurz inne, *Licht, ich brauche Licht*, eine Lichtquelle, irgendetwas Brennbares, jawohl, eines dieser verdammten Bücher wird er anzünden, er, der noch nie ein Buch weggeworfen oder beschädigt hat, er wird eine dieser ersten Seiten in Brand stecken, und dann wird er all das hier verbrennen, wird sich am besten gleich mit in Flammen setzen, denn wie soll er weiterleben, wie soll er weiterschreiben nach all dem hier, genau, aufgehen wird er, als Körperfackel emporlodern, in einem Inferno, einem riesigen, gigantischen Feuerball aus brennenden Buchstaben. Zedak holt Luft und reißt an.

Das letzte Streichholz zerknickt zwischen seinen Fingern. Und alles bleibt dunkel.

Der Sonnenstrahl ist warm. Er streicht ihm über die Lider. Draußen das Klappern eines Fahrrads, das mit losem Schutzblech über Kopfsteinpflaster fährt. Glasflaschen fallen klirrend in einen weit entfernten Container. Irgendwo wirft ein Kind einen Ball gegen eine Hauswand. Vorsichtig öffnet Zedak die Augen.

Sie sitzt auf einem kleinen Schemel und beobachtet ihn. Das Sonnenlicht fällt in einer breiten Bahn an ihr vorbei, bestrahlt nur ihre Zehen in den ausgetretenen Sandalen.

Um sie herum tänzeln Staubflocken, in ihren Brillengläsern reflektiert sich der Umriss der weit geöffneten Tür. »Wie fühlen Sie sich«, sagt die Leserin.

Zedak räuspert sich. Seine Schultern knacken, als er sich aufrichtet. Verwirrt sieht er sich um. Der Raum ist leer. Nur an den Wänden ziehen sich hölzerne Regale entlang. Aber kein einziges Buch steht in ihnen, sie sind ausgeräumt und verstaubt, ein paar der Zwischenböden sind eingebrochen.

»Sie haben sich wohl vor dem Unwetter hier versteckt?«, sagt sie. Ihre Stimme ist hell, ein wenig gequetscht vielleicht, aber nicht unangenehm. Zedak zögert. Er will etwas sagen, nickt dann aber nur. Sein Mund ist ganz trocken. Langsam steht er auf und tritt an die Regale heran. Seine Hände streichen über die leeren, mit Staub überzogenen Flächen. »War hier nicht«, sagt er leise, »eine Buchhandlung?«

Sie wirft den Kopf in den Nacken und lacht. Das sei aber lustig, sagt sie, dass er das frage. Tatsächlich sei hier Anfang des letzten Jahrhunderts mal ein Buchladen gewesen, ein Familienbetrieb, der gar nicht schlecht lief. Irgendwann aber habe der Vater seine Tochter mit dem Lehrling erwischt und sei durchgedreht. Der Vater habe dem Mädchen die Zunge herausgeschnitten, der Lehrling den Vater dafür ermordet. Kaum jemand spreche darüber, die Einheimischen glaubten an einen Fluch, seit Jahrzehnten stehe der Raum leer. »Ich bereite dem Spuk ein Ende«, sagt sie. »Ich habe jetzt alle Papiere zusammen. Im nächsten Monat eröffne ich hier einen Teeladen.« Zedak starrt sie an. Hinter ihm fällt polternd einer der Zwischenböden aus dem Regal.

»Himmel, Sie sind ja ganz blass«, sagt sie. »Was haben Sie denn? Trinken Sie mal einen Schluck.« Sie greift hinter sich und hält ihm eine von innen beschlagene Plastikflasche hin, aber Zedak schüttelt den Kopf und reibt sich mit seinen staubbeschmutzten Händen über die Augen, über die Schläfen. »Verzeihung«, murmelt er, »diese … Geschichte … dieser Buchladen … das ist … das müsste man mal aufschreiben.«

»Ach«, ruft sie, »Sie sind Schriftsteller? Vielleicht kenne ich ja etwas von Ihnen?« Parque San Telmo. Der Moment, in dem sie sein Buch zuklappt. »Nein«, sagt Zedak. Er sieht hoch und blickt noch einmal in den Raum hinein, auf die leeren Regale. »Von mir haben Sie sicher noch nichts gelesen.«

Er ist schon an der Plaza del Pilar Nuevo, als er ihre hastigen Schritte hinter sich hört. Er läuft langsam, er atmet, spürt die Morgensonne auf seiner Haut. Die Luft ist frisch, es riecht nach Kaffee. Vor ihm sperrt ein Kellner die zusammengeketteten Klapptische eines kleinen Bistros auf. Eine dicke Frau schüttelt Brotkrümel aus einem Fenster, dem Kellner ins Haar. Eine zerrissene Papierschlange trudelt über den Platz. Es ist Aschermittwoch.

»Hallo Sie«, ruft die Leserin. »Warten Sie!« Sie keucht, als sie vor ihm steht. Sie wolle ihm etwas geben, unbedingt. Sie habe es beim Vermessen des Raums gefunden, gestern schon. Ein leeres Buch, das wohl irgendwie hinter diese uralten Regale gerutscht sei. Neu sei es nun gerade nicht mehr, dieses Buch, die Seiten leider schon ziemlich vergilbt. Aber vielleicht könne er es ja trotzdem brauchen. Als Notizheft für seine Erzählung über diesen Buchladen. Die würde sie übrigens sehr gerne lesen, wenn er damit fertig sei. »Bitte«, sagt sie, »nehmen Sie es.«

Zedak betrachtet sie. Wie sie da vor ihm steht, seine Leserin, ganz atemlos. Dann nickt er. Er greift nach dem Buch, das sie ihm hinhält, und blättert es auf. Der lederne Einband bröckelt schon, das Papier ist ganz porös. Sie hat recht: Die Seiten sind alle leer. Nur vorne, ganz vorne, auf der ersten Seite, da steht schon etwas. Ein einziger, erster Satz. Ein Anfang, in leicht verblichenen Buchstaben:

Kaum zu glauben ist das.

Herbert Rosendorfer
Tenor Soccus vulg. Linné

Hätte er uns nicht ein Stück Land schenken können? Statt dem Stück vom See? Er hat ja genug davon. – Sei mit *dem* zufrieden. – Aber ein Stück Land wär' besser gewesen. – Laut hat es der Vater, Großvater, Urgroßvater (je nachdem, von wem aus die Rede ist) nicht zu sagen gewagt. Wegen »Undank« und so. Und wegen der Mutter, Großmutter oder Urgroßmutter (je nachdem, von wem aus die Rede ist), die immer gesagt hat: »Sollen wir froh sein über das Stück See.«

– aber ein Stück Land wär' besser gewesen. Oder Wald. Hat ja genug davon, der Herr Fürst. – *Durchlaucht*, sagt man, sagte die Mutter. Sie wußte es, hat oft im Schloß in der Küche ausgeholfen, und *Durchlaucht*, sehr menschlich-bürgerlich-schlicht ist gar nicht so selten höchstselbst in die große Küche gekommen und hat vom angerührten Kuchenteig geschleckt. »Lassen kosten, Marie«, haben *Durchlaucht* gesagt, huldvoll quasi, »köstlich, köstlich –« War ein sogenannter Süßer, die *Durchlaucht* –

– dann hätt' er auch ein Stück Wald, zum Beispiel oben in Hageck – Sei dankbar und brumm nicht, und wie schön das Haus geworden ist…

Er war Maurer, hat dann das Stück See, so eine kleine Bucht, eine mondförmige Bucht aufgeschüttet, zu Land gemacht, zu Baugrund. Gehörte jetzt ganz ihm. – Sogar im Grundbuch eingetragen, das hat huldvollst der Fürst, dem der ganze See gehört und überhaupt alles weitum, veranlaßt, damit es seine Ordnung hat. – Warum waren *Durchlaucht* so herablassend, großzügig – wie im Märchen? Der Urgroßvater, der Maurer, war nebenbei auch Jagdgehilfe. Eigentlich Hilfs-Jagd-Gehilfe und hat einer anderen *Durchlaucht*, »so einem depperten Erzherzog oder was das war für ein A –« (Bitte, Rudl! Respekt, auch wenn …) – im letzten Augenblick das Gewehr zur Seite gestoßen, nachdem er irrtümlich auf die Durchlaucht, unsere Durchlaucht angelegt hatte, meinend ein Reh – war sehr kurzsichtig, der Erzherzog, das A – (Bitte!!) Is ja gut.

Dafür also das mondförmige Stück See mit einem Streifen am Ufer – und hat dann die Bucht mit Schutt aufgeschüttet, mit Schutt geschüttet, lang geschüttet, und dann das Haus gebaut. Läuft am Feierabend immer was mit. Ein paar Ziegel, ein Sack Zement. Der Bauherr spürt's nicht, der Architekt auch nicht. Der Polier? Ach was. Der Polier, »der Paliehr« hat selber … Ist eben Maurerbrauch, nicht einmal Sünde. Wahrscheinlich. Dem Pfarrer bei der Beichte gar nicht geflüstert. Nicht der Rede wert sündenmäßig. Wahrscheinlich.

Der Fritz ist dann schon dort aufgewachsen, der Enkel, geschwommen wie ein Fisch, läßt sich denken, so nah am See. Und getaucht. Was man alles findet am Seegrund – ist aber dann in die Lehre gekommen, weil er körperlich eher … naja, »Krischperl« (oder schreibt man das »Grischberl«?) nicht Maurer wie der Vater und der Großvater, sondern in die Lehre auf »kaufmännisch«.

Da gab es dort nicht viel Auswahl. Auf Deutsch gesagt: überhaupt keine Auswahl. Das einzige kaufmännische Unternehmen ist der Laden neben der Kirche, aber immerhin zwei Schaufenster – »Auslagen« sagte man damals. In den »Auslagen«: baumwollene Unterhemden,

Gummistiefel, Nägel (verpackt, ein Schock in der Schachtel), Feigenkaffee Marke *Andreas Hofer* – auch ein Rätsel und ein Geheimnis, das der Weltgeist sorgfältig hütet, warum ausgerechnet dem Großen Helden von Tirol, »Zu Mantua in Banden« der Feigenkaffee sozusagen gewidmet ist; *erfunden*, das weiß man, hat er ihn nicht – Dirndl-Schürzen, Brausepulver in kleinen Säckchen, rosa, blaßblau, pipigelb, und eben alles andere auch. Salz, Tabak, Spielkarten, ja: und Zeitungen und ganz im Eck hinten Bücher. Jawolja: Bücher. So ist es nicht. Zwar direkt die Herzogin-Amalia-Goetheausgabe in – wieviel? 24? 48? – Bänden liegt nicht zum Verleih aus, aber immerhin Ganghofer, *Der Herrgottschnitzer von Oberammergau, Der Jäger von Fall* – werden gern ausgeliehen, auch Karl May, vier Kreuzer pro Woche, eine Krone Einsatz. Oder der beliebte Heimatdichter Rosegger *Jakob der Letzte*, oder der auch sehr beliebte Heimatdichter Franz Resl: so »Sachen zum Lachen« sagt die Chefin, die die »Leihbibliothek« betreut. Rudolf Greinz: *Die Äbtissin Verena* oder *Das Haus Michael Senn.* Seit der Dichter Karl Augustin Gürrlich einmal in der Frühstückspension Schluiferer zwei Wochen Urlaub gemacht hat, sind auch seine Werke in der Leihbibliothek vorhanden: *Hirt und Hure* – hat die Chefin zuvor dem Kooperator zum Lesen gegeben, vorsichtshalber (der Pfarrer selber tut sich schwer mit Lesen was über den Schellen-Siebener hinausgeht) – aber für unbedenklich erklärt, trotz des Titels sittlich gefestigt. Die Hure wird am Schluß geläutert.

»Was ist das, ›geläutert‹, Herr Kopratr?«

»Geläutert ist, wie soll ich das sagen, wenn also quasi diejenige… also wie beim Schnaps, wenn er gebrannt wird, und dann kommt das Klare heraus, das man trinken kann.«

»Aha.«

Der Fritz interessierte sich für die Bücher, las die (mit Erlaubnis der Chefin), die nicht grad verliehen waren, wurde dann sogar beauftragt – »weil er sich gar so sehr dafür interessiert« – statt Gurken aus dem Faß zu verkaufen, die Leihbibliothekskunden (fast nur -kundinnen) zu bedienen. Er saß in der Mittagspause, wenn es nicht regnete oder zu kalt war, auf einer Bank draußen oder auch nur auf dem Rand vom Brunnen, der immer einen heiligen Florian getragen hatte (jetzt nur noch die Stiefel und das Haus in Flammen daneben) – und las. Der Fürst kam einmal vorbei, streichelte dem Fritz über das Haar, wie es so Fürsten eben machen. »Brav, brav«, sagten Durchlaucht, hatten nicht vergessen, daß der Großvater von dem Buben da ihm seinerzeit das Leben gerettet hatte. Zumindest fast. (Ist nie mehr zur Jagd eingeladen worden, jener Erzherzog, dieses halbblinde A – »Rudl! Bitte! Immerhin eine Hoheit –«) »Brav, brav, lies nur schön, das bildet. Wie heißt'?«

»Fritz«.

»Schön, schön. Fritz, ja, ja.«

Durchlaucht waren nicht Kunde der Leihbibliothek. Durchlaucht lasen die Zeitschrift *Wild und Hund* und am Sonntag mit halbem Auge im Gebetbuch. Darin erschöpfte sich seine Lektüre.

Längst ist der alte Fürst gestorben, der junge Fürst lebt nicht mehr hier, hat andere Güter, andere Schlösser, längst ist der Urgroßvater gestorben, der Maurer, dem *Durchlaucht* das mondförmige Stück See geschenkt hat, auch der Großvater: Vater vom Fritz, denn der ist jetzt selber Vater. Die Zeiten haben sich geändert. Das allerdings hat der Großvater noch miterlebt. »Nicht geändert«, hatte er gemeint, »umeinandergedreht«. Ein Erzherzog ist gekommen, ein anderer, nicht der halbblinde, hat an die Tür vom Schloß geklopft – bildlich gesprochen. Aber Durchlaucht waren nicht da. Ist zu Fuß vom Bahnhof heruntergegangen, die kaiserliche und königliche Hoheit, bildlich gesprochen. So haben sich die Zeiten geändert.

Auch die Bestände der Leihbibliothek, aber mit der hatte der Fritz längst nichts mehr zu tun. Aber gelesen hat er immer noch gern. Das ist zu wenig gesagt. *Mehr als gern.* Leidenschaftlich. Als ob er alles einsaugen wollte, was an Druckerschwärze vor seine Augen kam. »Soviel Bücher«, seufzte seine Frau.

Man könnte …

Hm.

Man könnte … und die Katze, gegen die die Frau allergisch ist, oder sich's einbildet, könnte alles miteinander, zwei Fliegen mit einem Streich …

Eine Buchhandlung. Man liest ja kaum eins von den Büchern zweimal, die da die Wohnung vollpfropfen. Die paar, die man vielleicht irgendwann ein zweites Mal liest, kann man ja zurückbehalten. Die anderen verkaufen: *Antiquariat.*

Selbstverständlich ist so etwas dort am See nicht möglich, wo das Urgroßvater- oder Großvater- oder Vaterhaus gewissermaßen in das Wasser hineingebaut ist (längst umgebaut, vergrößert, modernisiert), nicht gut möglich, auch wenn die sich gedreht habenden Zeiten an dem Ort nicht spurlos vorübergegangen sind. Solche Spuren: aus der »gemischten Warenhandlung« ein Konsum geworden, eine Sparkassenfiliale daneben – ach so, ja: keine Kronen und Kreuzer sondern Schilling und Groschen, gute Währung, »Alpendollar«, fast wie Schweizerfranken – ein großes neues Schulhaus, Schloßrestaurant unten am See, Tourismus …

Trotzdem für ein *Antiquariat* ungeeignet. Fritz beäugte die Landeshauptstadt, fuhr mehrmals hin, fand in einer Straße, die nicht sehr breit, mäßig belebt, angenehm in der Nähe eines großen Platzes war, einen Laden, an dessen Glastür innen ein Bogen Papier klebte: ZU VERMIETEN.

Die Formalien waren schnell erledigt, der Mietzins mäßig, der Vertrag einfach, ein Blatt, wenig mehr als nur per Handschlag. Nur eine einzige Schwierigkeit: In dem Laden war bisher ein sogenanntes Kurzwarengeschäft. Kurzware: Zwirn auf Rollen, Bänder, Reißverschlüsse, Gürtelschnallen, Knöpfe, Hosenträger und so fort, …

– nicht zu vergessen: Socken-Halter. Wer kennt heute, wo ich diese Geschichte erzähle, noch den Socken-Halter, jenes – Kleidungsstück kann man schwer sagen, wie dann? Jenes Bekleidungs-Hilfs-Gerät aus Gummiband, Metallschnalle und -schließe, das die Männerwade umspannte und die stets rutschende Socke wenigstens auf einer Seite nach oben zerrte. Der Socken-Halter, ausgestorben wie der neuseeländische Urvogel. Tenor Soccus vulg. *Linné,* der gem. Sockenhalter.

Aber auch Lokal-Verwurzeltes war zurückgeblieben: gefällig mit Edelweiß bestickte Taschentücher, kleine trachtlich gekleidete Stoffpuppen, launige Wetterhäuschen, Anton Bruckner auf Holzteller gebrannt (wahlweise en face oder im Profil) …

»Muß übernommen werden«, sagte der Vermieter, »Sie können noch einen Räumungsverkauf veranstalten, oder Sie können den Krempel wegwerfen.«

Fritz hatte für die Bücher ein Rollfuhr-Unternehmen bestellt, er selber nebst Katze fuhr mit Rudi: Der jüngere

Bruder war bereits motorisiert, damals im gesellschaftlichen Umfeld Fritzens eher selten, hatte ein Motorrad mit Beiwagen. (Auch das ausgestorben, obwohl bei Motor-Nostalgikern schon wieder im Schwang. Tragen die vielleicht auch wieder Socken-Halter?) So fuhr Fritz also, die greinende, dem Ganzen ablehnend gegenüberstehende Ehefrau dort am See zurücklassend, die Katze krampfhaft festhaltend gen Landeshauptstadt, knatternd mit Brille und eng sitzender Lederkappe im Beiwagen, Rudi, der Bruder kühnen Blickes auf die Landstraße, die durch die gesegneten, weizenträchtigen Hügelgegenden führte. (Nicht daß das das Ende der Ehe sein sollte. Nur unter der Woche – am Samstag zurück zur Familie. Fritz' Frau führte die kleine Gastwirtschaft mit Frühstückspension weiter, die schon seit dem Krieg die NahrungsUnterhaltsQuelle war.)

Fritz entschloß sich zum Räumungsverkauf. »Schad um die guten Sachen. Warum hat der Vorbesitzer aufgehört? Schlechte Geschäfte? schlechte Lage?«

»Beste Lage.«

»Warum hat er dann das Geschäft verlassen?«

»Das Geschäft hat ihn verlassen.« Der Vermieter deutete pantomimisch an, mit welchem finalen Gesichtsausdruck man den verblichenen (um mit Nestroy zu reden) *kurzen Warenhändler* (den letzten Socken-Halter in Händen?) gefunden hatte. Kohlbein hatte er geheißen.

Die Bücher lagerte er hinten. Vorne verkaufte Fritz Kurzwaren. Das Geschäft lief. Es sei hier in der Gegend, sagte die Nachbarin, eine Distributorin von Molkereiprodukten vulgo Milchweib, noch nie so gut gelaufen. »Weiß auch nicht. Soll mir nur recht sein.« Ein unmerklicher Wandel der Sozial-Gefügungen? Eben jetzt zum Tragen gekommen?

Geheimnisvolle Umschüttungen des kommerziellen Kleinklimas? Warum hier plötzlich –? Und dort in der anderen Straße nicht mehr? »Das alles ist geheim, soviel geheim.«

Jedenfalls lief das Geschäft. Fritz mußte nachbestellen. Nach zwei Monaten. Nach einem halben Jahr dehnte er das Sortiment auf Herrenunterwäsche, Hemden und Damenblusen aus. Auf den Büchern hinten lag die Katze und schlief. Dann auch Damenunterwäsche. Trachtenjacken. Der in gebirgigen Gegenden wild vorkommende Hirschhorn-Knopf.

Nach einem Jahr übernahm Fritz den Nachbarladen (»Nach mit Geduld ertragenem … im 78. Lebensjahr … Philomena Gutgsell… Milchgeschäftsinhaberin und langjährige … Liederkranz *Frohsinn* …«), ließ durchbrechen, gab die Hoffnung nicht auf, eines Tages doch die Bücher – und so fort.

Da kam an einem Regentag, sonst niemand im Laden, Fritz las, die Katze schlief, ein etwa menschengroßes Amphibium aus grauem Gummi, naßtriefend in den Laden und ächzte erbärmlich.

Klepper. Auch das ist heutzutage ausgestorben, weil Goretex und Nylon und Plastik und so Zeug den (oder das?) Klepper verdrängt haben, den Lebensraum abgewürgt. Aus der Schöpfung ellgebogen, so wie der Beton den Schmetterling. Aber damals –

Also es war so, daß das Amphibium sich langsam zum Menschen enthüllte und dem erstaunten Fritz erklärte, daß das, was ihn da umhüllt hatte, ein sogenannter *Klepper-Mantel* ist.

> »Herr Klepper«, sagte der Vertreter in geübter, höchst flüssiger Redeweise, »hat Faltboote entwickelt und eines Tages die Idee gehabt, daß das Material, da naturgemäß extrem wasserabweisend, auch Wind und Wetter trotzt,

welche ja dem Wanderer sowie Berggeher respektive solche Besteigenden, wenn als Unbill herannahend äußerst hinderlich sowie Nässe …« und so weiter – »daher Herr Klepper dieses stark gummibeschichtete Material zu wasser- und nässeabweisenden Mänteln, Jacken, Hosen verarbeite – Bestqualität, praktisch unverwüstlich – auch *Klepper-Mützen* –«

Grau, schwer, unzweifelhaft vor Nässe schützend, »schlicht wie Läuse« (Gustav Meyrink). Weil man darunter, wie nicht anders zu erwarten, da quasi in einer Klein-Sauna, schwitzt wie eine Sau, sind hinten röhrenförmige Falten zur Entlüftung angebracht.

» – Der Fahrradfahrer kann unsere mit zahlreichen Dankschreiben begrüßte *Klepper-Hose* mittels sinnreicher Schlaufen um die Knöchel wasserdicht befestigen, sowie den Mantel zeltartig über die Lenkstange mittels ebensolcher Schlaufen gürten, so daß …«

Besonders die *Klepper-Mütze,* eine Art Schirmmütze ohne Schirm war von verheerender Unkleidsamkeit. Wer den Mut zu ihr fand, war von einem Idioten nur schwer zu unterscheiden.

» – und habe angenommen, daß hier, wo die Berge in der Nähe sind und Kletterpartien vorfallen, Wanderer et cetera, und da, bitte sich zu überzeugen, praktisch zusammenfaltbar, aber zu meinem Erstaunen *keinerlei Interesse*. War in den ersten Warenhäusern. Nichts. Wollen nicht Sie sich entschließen?«

Fritz zog einen *Klepper-Mantel* an, stülpte die angenähte Kapuze über und ging hinaus in den Regen. Nicht Regen: Es schüttete aus Kübeln.

Fritz kam zurück, war überzeugt, bekam die Alleinvertretung für die Stadt, später den Bezirk, später en gros für das ganze Land. Verkaufsschlager. Fritz zog in ein größeres Lokal um, die Bücher wanderten mit, die Katze auch.

Die Katze war 22 (in Worten: zweiundzwanzig) Jahre alt, als Fritz aus Krieg und russischer Gefangenschaft heimkehrte. Er war als vermißt gemeldet, für tot erklärt –. Die Frau hatte wieder geheiratet. Das Haus, in dem der Klepper-Laden gewesen war, von amerikanischen Bomben zu Staub atomisiert einschließlich der Klepper-Ware. Die Katze hatte sich in den Keller gerettet, in den Teil des Kellers, der einzig vom ganzen Haus nicht zerstört war. Und dort waren auch die Bücher.

Fritz erkannte die Katze sofort als die seine wieder, die Bücher auch. Ob die Katze ihn wiedererkannte, war nicht festzustellen. Die Klepperzeit war vorbei. Goretex, Nylon, Plastik, wie gesagt. So eröffnete Fritz zunächst in einer Bretterbude über dem Schutt endlich sein Antiquariat.

Ich kannte ihn noch. Jedesmal, wenn ich in jener Stadt war, besuchte ich ihn. Ich verdanke ihm die Erstausgabe – nein, aber immerhin die zweite Ausgabe – von Ludwig Tiecks *Phantasus.*

Martin Suter
Plagiator auf Lesereise

Markheim lag nicht an einer der großen Bahnlinien. David mußte dreimal umsteigen, verpaßte den Regionalexpreß und durfte fünfundvierzig Minuten auf den nächsten warten.

Am Bahnhof hätte ihn Frau Bügler von der Buchhandlung abholen sollen. »Sie müssen nicht nach mir Ausschau halten, ich kenne Sie vom Foto«, hatte sie versichert. Aber als sich der Bahnsteig geleert hatte, blieb David allein zurück.

Er nahm sein Handy und wählte Maries Nummer, wie er es seit seiner Abfahrt immer wieder getan hatte. Ihr Beantworter meldete sich. »Jetzt bin ich endlich in diesem beschissenen Markheim, und kein Mensch holt mich ab. Ruf mich an, du fehlst mir«, lautete seine Nachricht.

Er schulterte seine Reisetasche und ging die Treppe hinunter zur Halle des kleinen Bahnhofs. Ein Kiosk, eine Imbißbude, zwei Bahnschalter, ein Laden mit leeren Schaufenstern und der Aufschrift »Zu vermieten!«.

Auf einer Bank saß ein Mann in einem schmutzigen Regenmantel mit einem großen Hund. Neben ihm standen ein paar leere Bierflaschen. Auf einer andern Bank saßen zwei übergewichtige Jugendliche. Jeder aß vornübergebeugt eine triefende Pizza.

David ging durch den Ausgang. Vor dem Bahnhof stand ein Taxi. Der Fahrer lehnte an der Wagentür und las

Zeitung. Er blickte kurz auf, als David herauskam, und las weiter. Niemand auf dem Bahnhofsplatz sah aus wie eine Buchhändlerin, die auf einen Autor wartete.

Er setzte sich auf eine Bank und kramte in der Tasche nach dem Reiseplan, den ihm Karin Kohler geschickt hatte. Sie hatte seine Weigerung, diese Lesereise anzutreten, einfach ignoriert. Und er hatte nachgegeben. Vor allem wegen Marie. Er hatte das Gefühl, sie betrachte seine literarische Karriere als ihr Verdienst und seinen Mangel an Enthusiasmus als Undankbarkeit oder Arroganz oder, was er am schlimmsten fände, fehlende Liebe.

Die mäßige Resonanz auf das Erscheinen von *Lila, Lila* hatte ihn ermutigt. Außer dem kleinen Bericht in der Gratiszeitung war im Lokalteil einer der großen Tageszeitungen der Stadt eine kurze Meldung mit einer Besprechung erschienen, die fast wörtlich den Klappentext wiedergab. Einzig den Satz mit dem »vielleicht vielversprechendsten Nachwuchsschriftsteller des Landes« hatte man gnädig weggelassen.

Vielleicht lief alles glimpflich ab. *Lila, Lila* würde in den vielen Neuerscheinungen untergehen und nach ein paar Wochen wieder so vergessen sein wie in den letzten fünfzig Jahren. Nur Marie und er würden noch ab und zu an die Geschichte denken, weil sie ihr ihre Liebe zu verdanken hatten. Und irgendwann, in ferner, gemeinsamer Zukunft, würde er ihr die Wahrheit über *Lila, Lila* gestehen. Und sie würden beide herzlich darüber lachen.

Eine Lesereise unter Ausschluß der Öffentlichkeit schien ihm ein kalkulierbares Risiko. Denn so wenig er Lust hatte, auf Lesereise zu gehen, so sehr würde es ihm gefallen, wenn es im Esquina hieß, David Kern bediene dieser Tage nicht, er sei auf Lesereise.

Auch daß die Tour auf ihrer ersten Etappe bereits mit einer Panne begann, hielt er für ein gutes Omen. Je erfolgloser er war, desto größer die Chance, daß die Sache im Sand verlief.

Er fand die Nummer der Buchhandlung »Bücherwelt«. Eine Frauenstimme meldete sich: »Buchhandlung ›Bücherwelt‹, Kolb?«

»Herr Kern?« fragte eine andere Frauenstimme, nicht über das Telefon. David blickte auf. Vor ihm stand eine vierschrötige Blondine in einem altmodischen Sommerkleid.

David nickte. »Ich glaube, ich habe sie gefunden«, sagte er ins Telefon und legte auf.

»Ich habe Sie mir viel kleiner vorgestellt«, erklärte sie, als sie ihm die Hand schüttelte. »Ich habe Sie auf dem Bahnsteig gesehen, aber weil Sie so groß waren, habe ich nicht auf Ihr Gesicht geachtet. Erst jetzt, als Sie saßen, habe ich Sie erkannt. Ich schlage vor, ich bringe Sie zuerst ins Hotel.«

Sie fuhren in einem Subaru voller weißer Hundehaare zum Hotel Hermann. »Das Lieblingshotel unserer Autoren«, nannte es Frau Bügler.

Davids Zimmer befand sich unter dem Dach. Vom Mansardenfenster aus sah er ein paar Fassaden und Dächer und ein kleines Stück des diesigen Sommerhimmels. Eine ähnliche Aussicht wie bei ihm zu Hause.

Und noch etwas erinnerte ihn an seine Wohnung: Bad und Toilette befanden sich auf dem Gang.

Als er pünktlich um sieben in die kleine mit Kupfergegenständen vollgestopfte Empfangshalle trat, wartete Frau Bügler bereits. »Ist das Zimmer in Ordnung?« war ihre erste Frage.

»Sehr schön«, antwortete er.

Sie gingen zu Fuß zur Buchhandlung. So bekomme er noch etwas von Markheim zu sehen, fand Frau Bügler. Sie führte ihn durch ein verwirrendes System von Nebenfußgängerzonen in eine Hauptfußgängerzone und von dort aus in eine Seitenfußgängerzone zur Buchhandlung »Bücherwelt«. Unterwegs beklagte sie sich über das Wetter. »Wenn es einmal Sommer ist, dann ausgerechnet an einem Abend, an dem ich eine Lesung habe.« Als sie den Laden erreichten, sagte sie: »Ich hoffe, es hat sich in der Zwischenzeit etwas gefüllt.«

David erschrak. Am Schaufenster neben dem Ladeneingang hing ein Plakat. Es zeigte sein Autorenfoto vom Buchumschlag, wohl mit einem Kopierer vergrößert. Darüber stand in handgemalten Buchstaben, jeder in einer andern Farbe: »Heute Lesung!!!!« Darunter: »David Kern liest aus *Lila, Lila*. Beginn 19 Uhr 30. Eintritt frei.«

Als sie die Buchhandlung betraten, war eine Frau, die sich später als »ich bin Frau Kolb, wir haben telefoniert« vorstellte, dabei, eine Reihe Klappstühle wegzuräumen. Ein Mann, den sie bei gleicher Gelegenheit als »und das ist Karl, mein Mann« vorstellte, half ihr dabei. Frau Bügler führte David in ein Nebenzimmer. Im Vorbeigehen sah er ein verstellbares Lesepult mit einem Glas Wasser und einer Leselampe. Die Sitzreihen waren leer bis auf zwei alte Damen in der ersten Reihe.

»Einige der schönsten Lesungen hatten wir im ganz intimen Rahmen«, sagte Frau Bügler, als sie die Tür zum kleinen Raum schloß, der als Büro, Lager, Pausenraum und Personalgarderobe diente. »Deswegen reduzieren wir die Bestuhlung, wenn der Andrang nicht so groß ist.«

»Verstehe«, sagte David.

Nach einem Moment der Stille lächelte er ihr aufmunternd zu. Das war zuviel für sie.

»Die Markheimer sind ein Pack«, brach es aus ihr heraus, »das ganze Jahr beklagen sie sich, hier sei nichts los, und wenn man einmal etwas auf die Beine stellt, grillen sie lieber Würstchen im Garten!«

David konnte die Markheimer verstehen. Wenn »etwas auf die Beine stellen« eine Lesung von ihm bedeutete, würde er auch lieber Würstchen braten. »Mir macht es nichts aus, vor wenig Publikum zu lesen«, tröstete er sie.

Aber ein bißchen mehr Publikum hätte es dann doch sein dürfen. Außer den zwei alten Damen befanden sich gerade noch Frau Kolb und ihr Mann, zwei junge Mädchen, die David im Verdacht hatte, Mitarbeiterinnen zu sein, ein junger Mann, der sich benahm wie der Freund der einen, und ein intellektuell wirkendes reiferes Ehepaar im Raum.

David stellte sich ans Lesepult. Es reichte ihm knapp über den Schritt, Frau Bügler hatte es auf die Größe des kleineren Mannes eingestellt, den sie erwartet hatte. Er schaute sie hilfesuchend an.

Aber von Frau Bügler war keine Hilfe zu erwarten. Ihr passierte gerade das, wovor David sich am meisten fürchtete: Sie hielt ein Blatt in der Hand, auf das sie »ihre kurze Einführung, keine Angst, ich rede nicht lange« notiert hatte, und brachte keinen Ton heraus.

David sah von der Seite, daß auf ihrer Oberlippe winzige Schweißperlen standen. Sie hatte den Mund halb geöffnet und starrte auf das Blatt. Dann wandte sie sich zu ihm und wies mit der freien Hand pathetisch auf ihn, wie ein Conferencier. Aber noch immer kam kein Ton.

Sollte er die Situation retten, indem er einfach zu lesen anfing? Er schlug das Buch an der ersten Stelle auf und merkte, daß auch er keinen Ton herausbringen würde.

»Ich habe ja sonst nicht so nahe am Wasser gebaut, aber die Stelle, wo Lila mit ihrer Freundin einfach an Peter vorbeigeht, ohne ihn eines Blickes zu würdigen – ich hätte losheulen können.« Die intellektuelle Ehefrau schaute ihren Mann an, bis dieser nickte. »Ich habe Gudrun noch selten mit feuchten Augen ein Buch lesen sehen. Ich wollte es erst gar nicht lesen. Ich mag keine traurigen Geschichten.«

Gudrun übernahm: »Aber ich habe ihm gesagt, es ist zwar traurig, aber es ist auch schön. Traurig, aber schön.«

»Traurig, aber schön«, bestätigte auch Frau Kolb. Ihr Mann hatte es noch nicht gelesen, wollte es aber noch am gleichen Abend anfangen.

Sie saßen im *Tiefen Keller*, dem Lieblingslokal von Frau Büglers Autoren, tranken etwas Wein und aßen eine Kleinigkeit. Frau Bügler hatte eine Kellerplatte für sechs bestellt, »mehr schafft man nicht zu zehnt«. Die Kellerplatte stellte sich als gemischter Aufschnitt mit etwas Geräuchertem heraus. Gerade richtig für sechs Personen, fand David, der noch nichts gegessen hatte.

Das Publikum von Davids Lesung war fast vollzählig am langen Tisch im verrauchten Kellergewölbe versammelt. Nur die beiden alten Damen aus der vordersten Reihe fehlten. Zwei ledige Schwestern, die keine Lesung ausließen, hatte Frau Bügler erklärt. Sie hatten zu Beginn des Abends für etwas Heiterkeit gesorgt, als die Schwerhörigere der beiden die andere anbrüllte: »Ich versteh wieder kein Wort!« und ihre Schwester zurückschrie: »Er sagt auch kein Wort!«

Der Dialog hatte Davids Zunge aus ihrer Erstarrung gelöst, und er las, wie er fand, ganz leidlich. Jedenfalls umschiffte er die Klippen Spitzenhäubchen, Tortenmanschette und Rendezvous ohne Zwischenfälle.

Frau Bügler gestand David, daß es ihr öfter passierte, daß sie bei der Einführung kein Wort herausbrachte. Seit bald fünfzehn Jahren veranstalte sie Lesungen, aber das Lampenfieber werde immer schlimmer.

David wünschte sich, sie hätte das für sich behalten. Er wünschte sich auch noch andere Dinge. Zum Beispiel, daß die intellektuelle Ehefrau aufhörte, ihm *Lila, Lila* zu erklären. Oder daß jemand Frau Kolb sagte, daß sie ein Stück Ei am Mundwinkel hatte. Oder daß die pummelige Auszubildende ohne Freund aufhörte, ihn wie ein seltenes Insekt anzustarren. Oder daß der intellektuelle Ehemann – er war Lehrer an der Markheimer Berufsschule – sich nicht auch noch die letzte der sechs Scheiben Geräuchertes schnappte. Oder daß Frau Bügler kein Gästebuch mitgebracht hätte.

Auf der Doppelseite vor jener, die für David reserviert war, klebte ein Zeitungsausschnitt. Ein längerer Artikel unter der Schlagzeile »Volles Haus für Georg Rellmann«. Das Bild war das Porträt eines grauhaarigen Pfeifenrauchers in nachdenklicher Pose. Die Bildlegende lautete: »Mit Erinnerungen aus einem erfüllten Schauspielerleben für Ernstes und Heiteres gesorgt – G. Rellmann.« Der Artikel begann mit dem Satz: »Die genaue Zahl der Besucher, die sich an diesem herrlichen Juliabend in der Markheimer Buchhandlung Bücherwelt drängten, wollte Inhaberin K. Bügler aus feuerpolizeilichen Gründen nicht verraten ...«

Gegenüber dem Zeitungsausschnitt hatte der Autor mit schwungvoller Handschrift geschrieben: »Ach, hätte ich doch als Schauspieler immer ein solches Publikum gehabt wie als Schriftsteller in Markheim! Danke, danke! Georg Rellmann.«

Verzweifelt suchte David unter den Blicken der Runde nach einer Idee. Der intellektuelle Ehemann nahm sich das letzte Stück Geräuchertes mit dem Satz: »Wenn das keine Abnehmer findet ...« Als ihm David einen Blick zuwarf, grinste er: »Nicht mich anschauen, Sie sind der Schriftsteller.«

Frau Bügler versuchte zu helfen: »Es muß ja nichts Literarisches sein, einfach, was Ihnen gerade so einfällt.«

David schrieb: »Zur Erinnerung an eine unvergeßliche Lesung. Herzlich David Kern.«

Die intellektuelle Ehefrau - sie hatte etwas mit Pädagogik zu tun, David hatte nicht verstanden, was - schaute ihm dabei über die Schulter und sagte: »Schöner Gedanke, ›erinnern an etwas Unvergeßliches‹. Sehr subtil.«

Um elf Uhr war David wieder beim Hotel. Man hatte ihm einen Hausschlüssel mitgegeben, für den Fall, daß er nach zweiundzwanzig Uhr zurückkam.

Er betrat die dunkle Vorhalle und machte Licht. Es roch nach dem vollen Aschenbecher, der bei der Rezeption stand. Der Weg zur Treppe führte durch den Frühstücksraum. Die Tische waren gedeckt und das Büffet halb vorbereitet. Zwei Glaskrüge mit Säften standen neben einer Käseplatte, die mit Frischhaltefolie zugedeckt war.

Er ging die vier Treppen hinauf in sein Zimmer und setzte sich auf das schmale, kurze Bett, die einzige Sitzgelegenheit.

Jetzt noch Bornstadt, Staufersburg, Plandorf und Mitthausen, dann konnte er Marie wieder in die Arme schließen.

Hans-Ulrich Treichel
Zufluchtsorte

Ob in der deutschen Provinz, in Berlin oder auch auf Reisen im Ausland: Buchhandlungen sind mir immer ein Zufluchtsort gewesen. Die einen gehen in die Kirche, andere ins Museum, ich gehe in eine Buchhandlung. Wobei der Trost, den man dort durchaus finden kann, natürlich nicht garantiert ist. Vor allem im Ausland, und wenn man die Landessprache nicht versteht. Zum Glück gibt es in manchen Ländern auch deutsche Buchhandlungen, in der Türkei zum Beispiel, in Griechenland oder auch in Frankreich. Und natürlich in Italien. In Rom. Nirgendwo kann man sich verlorener fühlen als in Rom. Zwischen all den Palästen, Kirchen, Brunnen und Skulpturen. Von der Hitze und den schönen Frauen ganz zu schweigen. Umso wichtiger ist für den einsamen Italienreisenden ein Ort, an dem er Zuflucht finden kann. Ein Ort wie die deutsche Buchhandlung beispielsweise.

Und da ich kein Kirchgänger bin und auch Museumsbesuche eher eiligen Schrittes hinter mich bringe, hatte ich mich bei meiner ersten Romreise schon bei der Ankunft an der Stazione Termini darauf gefreut, die deutsche Buchhandlung zu besuchen.

Erst einmal aber stieg ich in der Albergo del Sole in der Nähe des Campo de' Fiori ab, was eine recht günstige Unterkunft war und wo – ich hatte es bei Gregorovius gelesen – schon Martin Luther übernachtet hatte. Es war vielleicht sogar die gleiche Matratze, auf der Luther geschlafen hatte, und vielleicht war auch schon Luther am nächsten Morgen mit Rückenschmerzen aufgewacht, bevor er sich auf den Weg zum Papst machte. Auch ich wollte quer durch die Stadt Richtung Vatikan gehen – und die deutsche Buchhandlung besuchen, die auf dem Weg lag. Sobald ich auf Reisen bin, fehlen mir deutsche Bücher. Neue deutsche Bücher. Neueste deutsche Bücher. Sie dürfen auch in Plastikfolie eingeschweißt sein. Sie sollen sogar in Plastikfolie eingeschweißt sein. Dann bin ich der Erste, der das Buch berührt. Auch in Rom fehlte mir sogleich ein neuestes deutsches und in Plastikfolie eingeschweißtes Buch. Schon während des Frühstücks in einer Bar am Campo de' Fiori habe ich nicht an den Vatikan, die Piazza Navona oder den Trevi-Brunnen gedacht, sondern an ein neues beziehungsweise neuestes deutsches Buch. Das würde mir über den Tag helfen, denn schon kroch die altvertraute Reisetraurigkeit in mir hoch, dabei war ich doch gerade erst angekommen. Allerdings war die deutsche Buchhandlung eine Enttäuschung. Für mich zumindest. Und dies nicht nur, weil der Vorrat an neuesten deutschen Büchern auch nicht annähernd so groß war, wie ich mir erhofft hatte. Hinzu kam, dass es sich um eine Buchhandlung mit theologischem Schwerpunkt handelte. Buchhandlungen mit theologischem Schwerpunkt betrete ich nur im Notfall. Und rein theologische Buchhandlungen überhaupt nicht. Ein einziges Mal habe ich eine rein theologische Buchhandlung betreten. Das war in St. Louis im amerikanischen Bundesstaat Missouri. Dort habe ich in einem Hochhaus mit Blick auf ein lutheranisches Pastorenseminar namens Concordia Seminary gelebt, das, auf einem Hügel gelegen und umgeben von einem Park, immer den idyllischsten Eindruck machte. Das Gelände des Seminars war wie die Wohnhäuser in der Gegend nicht von einer Mauer oder einem Zaun umgeben, sondern nach Art dieser landschaftlichen Durchlässigkeit angelegt, die in Amerika üblich ist und die sich diametral von der nichtdurchlässigen deutschen Bauweise unterscheidet. Insofern war es kein Problem, auf dem Seminargelände spazieren zu gehen. Man konnte sogar einige der Gebäude und auch die aus rötlichgrauem Stein erbaute Kirche betreten, ohne dass irgendjemand einen daran hinderte. Der Buchladen des Seminars war ohnehin öffentlich, allerdings gab es hier kein einziges nichttheologisches Buch, dafür aber alles von und über Martin Luther und darüber hinaus ein paar Regalmeter mit sogenannter kreationistischer Literatur. Viele Bücher gegen Darwin, aber kein einziges von ihm, was mich als Evolutionist und Tierfreund natürlich abschreckte. Im Unterschied zu den Kreationisten finde ich es gut, dass wir von den Tieren abstammen, und ich lese auch sehr gern Bücher darüber. Ich könnte ohne Ende Bücher wie *Die Entdeckung des tierischen Bewußtseins* oder *Der Geist der Tiere* beziehungsweise *Was wir von Krähen lernen können* oder auch *Der Affe in uns* lesen. Schade, dass es keine Tierbuchhandlungen gibt. Tierbücher beruhigen mein Lebensgefühl ebenso wie Bücher über die tierische Abstammung des Menschen. Einen evangelikalen Lutheraner beruhigen möglicherweise Luthers Tischreden oder sein *Kleiner Katechismus*. Mich beruhigt ein Buch wie das des Harvard-Professors Ernst Mayr, in dem ich lesen kann, wie wichtig die Backentaschen der Taschenratten für die Evolutionsforschung sind und dass die Frage, wie das Bewusstsein der Menschen entstanden sei, ganz einfach zu beantworten ist: »Aus dem Bewusstsein der Tiere«, so Mayr.

Die deutsche Buchhandlung in Rom war keine rein theologische Buchhandlung, aber der theologische Schwerpunkt war hier doch so schwergewichtig, dass für alles andere nur ein paar Regalreihen übrigblieben. Traurige Regalreihen mit Reclam-Heftchen und rororo, Fischer- und edition-suhrkamp-Taschenbüchern, die sehr nach Schullektüre aussahen und alte Prüfungsängste in mir wachriefen – Bertolt Brecht: *Leben des Galilei*, Max Frisch: *Andorra*, Stefan Zweig: *Schachnovelle*. Fehlte nur noch Schillers *Wilhelm Tell*. Der theologische Schwerpunkt der Buchhandlung war natürlich nachvollziehbar. Wir waren schließlich in Rom. Aber für mich war der Laden trotzdem nicht geeignet. Ebenso wie die Geschäfte rund um den Vatikan. Boutiquen für Kleriker. Kleidergeschäfte mit theologischem Schwerpunkt. Ich würde mir dort genauso wenig ein Hemd kaufen wollen, wie ich mir in einer Buchhandlung mit theologischem Schwerpunkt ein theologisches Buch kaufen wollte. Ich wollte mir überhaupt kein theologisches Buch kaufen. Theologische Bücher spenden mir keinen Trost, weil sie voller Gewissheiten sind. Selbst wenn es in ihnen um Streitfragen geht, sind sie voller Gewissheiten. Im Unterschied zu richtigen Büchern. Erzählungen und Romanen vor allem. Die sind voller Ungewissheiten. Voller Trostlosigkeiten und Verwirrungen sind die, voller Einsamkeit und voller Unglauben – und deshalb lese ich sie.

Aber ich muss der deutschen Buchhandlung in Rom Gerechtigkeit widerfahren lassen. Ich bin dort schließlich doch noch fündig geworden. Habe einen Roman von Graham Greene entdeckt, *Die Stunde der Komödianten*, der mich an einen anderen Roman des Autors erinnerte, den ich als Jugendlicher gelesen hatte und worin es um einen gefallenen Priester ging. Ich glaubte, mich auch an den Titel zu erinnern: *Ein ausgebrannter Fall.* Aber ich war mir nicht sicher, auch wenn der Titel sehr gut passte. Ich hätte den *Ausgebrannten Fall* gern noch einmal gelesen. Damals, als Schüler, hatte ich noch keinen rechten Sinn für gefallene oder ausgebrannte Priester gehabt. Jetzt schon eher. Besonders in Rom. Ich kaufte *Die Stunde der Komödianten*, verließ den Laden, ging bis zum Petersplatz und setzte mich dort an eine von Berninis Säulen und schaute mir das Treiben auf dem Petersplatz an. Viele Touristen waren hier unterwegs – und viele Priester, die ich nun vor allem unter dem Aspekt des Ausgebranntseins betrachtete. Was irgendwie tröstlich war, so eine Stadt voller ausgebrannter Priester. Ich habe unter diesem Aspekt auch die theologischen Bücher in der deutschen Buchhandlung mit ganz anderen Augen gesehen. Vielleicht handelte es sich bei diesen Büchern, in denen ja fortwährend ein Bibelzitat durch ein anderes erklärt wurde, um Verzweiflungsakte von ausgebrannten Theologen. Warum musste ein gläubiger Mensch sonst solche dicken Bücher schreiben? Und beständig Bibelzitate hin- und herwenden. Vielleicht galt für Theologen ja das Gleiche, was auch für Schriftsteller galt: Dass ihre Bücher die reinsten Verzweiflungsakte sind. Je dicker ein Buch, desto verzweifelter der Autor.

Ansonsten habe ich dort an der Säule vor allem an meine Kindheit gedacht und daran, dass ich ja auch selbst in einer Buchhandlung aufgewachsen bin. Allerdings in einer Leihbücherei. Ich habe bereits als Knabe Dienst in dieser Leihbücherei getan und Bücher an Kunden ausgeliehen. Der Kunde hat sich ein Buch ausgesucht, ich habe die Karte des Kunden aus dem Karteikasten genommen, den Titel und die Katalognummer des Buches auf die Karte eingetragen, ebenso das Ausleihdatum, und dann den Kunden unterschreiben lassen. Meiner Erinnerung nach haben die Leute damals enorm viel gelesen. Vor allem Romane. Nur Romane. Wenn ich mich recht erinnere, haben wir ausschließlich Romane verliehen. Liebesromane, Kriminalromane, Wildwestromane, Heimatromane. Keine Heftchen waren das, sondern dicke, gebundene Bücher, die mit jedem Gebrauch immer dicker wurden, die sich mit dem Schweiß und vielleicht auch den Tränen der Leser vollsaugten wie Schwämme. Ich kann mich allerdings nicht erinnern, jemals selbst einen dieser Romane gelesen zu haben. Die Romane waren einfach zu dick. Und zu schwierig. Hochkultur war das. Die Bücher trugen Titel wie *08/15* oder *Via Mala*. Ohne Mathematik und Fremdsprachen kam man da nicht weit.

Leider musste die Buchhandlung mit der Einführung des Fernsehens aufgegeben werden. Die Menschen hörten auf zu lesen und sahen lieber fern. Auch ich sah lieber fern, obwohl ich ja gar nicht gelesen hatte. Ich habe erst später mit dem Lesen begonnen, nach der Einführung des Fernsehens und weil mir das Fernsehen im Familienkreis peinlich war. Mir war es peinlich, dass nicht geredet und die ganze Zeit schweigend auf den Fernseher geschaut wurde. Ich hatte bei diesem gemeinschaftlichen Schweigen vor dem Fernseher immer das Gefühl, dass die anderen meine Gedanken errieten. Je stiller die Familie war, desto lauter wurden meine Gedanken. Wobei es keine guten Gedanken waren. Ich dachte nur an Sachen, an die ich nicht denken durfte. An Sex dachte ich. Oder an Verbrechen. Oder manchmal dachte ich auch: Soll doch alles in die Luft fliegen! Während im Fernsehen *Die Familie Hesselbach* lief und meine eigene Familie schweigend davorsaß, dachte ich: Soll doch alles in die Luft fliegen! Terroristische Gedanken dachte ich. Und das schon als Kind. Als Jugendlicher sowieso. Bis ich zu lesen begann. Das war aber schon nicht mehr in meinem Heimatort, denn die örtliche Buchhandlung hatte leider Gottes auch nicht die Bücher, nach denen ich hungerte. Che Guevaras *Bolivianisches Tagebuch* beispielsweise. Oder *Die Funktion des Orgasmus* von Wilhelm Reich. Um *Die Funktion des Orgasmus* von Wilhelm Reich in einem Buchladen zu finden, musste man zu meiner Zeit ziemlich weit fahren. Nach Berlin oder Frankfurt. Man hätte das Buch natürlich bestellen können. Aber welcher Kleinstadtbewohner geht schon in seine örtliche Buchhandlung und bestellt *Die Funktion des Orgasmus*. Ich habe viele Jahre später einmal bei der Schaubühne am Lehniner Platz angerufen und gefragt, ob es noch Karten für *Shoppen und Ficken* gebe. Bei dem Telefonat habe ich mich genauso gefühlt, wie ich mich gefühlt hätte, wenn ich in der örtlichen Buchhandlung meiner Heimatstadt *Die Funktion des Orgasmus* bestellt hätte.

In Berliner beziehungsweise Westberliner Buchhandlungen lagen solche Bücher stapelweise auf dem Tresen. Und wurden verkauft wie warme Semmeln. Westberlin war das Buchparadies. Und ist es noch immer. Von einigen Ausfallerscheinungen abgesehen. Das sind die Buchhandlungen, in denen es mehr Stofftiere und Klemmleuchten und Kühlschrankmagnete als Bücher zu kaufen gibt. Die meide ich ebenso, wie ich theologische Buchhandlungen meide. Obwohl ich als Kind eines Ladenbesitzers natürlich Verständnis für das erweiterte Angebot habe. Es ist eben alles eine Frage der Nachfrage. Das gilt auch für Stofftiere, Klemmleuchten und Kühlschrankmagnete. Aber so eine Buchhandlung ist dann eben keine richtige Buchhandlung mehr. Eine richtige Buchhandlung folgt meines Erachtens einer einzigen Maxime: Sola scriptura. Nur die Schrift.

Sonst nichts. Schon gar keine Stofftiere. Stofftiere zählen nicht. Tierbücher schon. Obwohl es in Westberlin Buchhandlungen gab, in denen nicht nur Stofftiere, sondern auch Tierbücher verpönt waren. In der Heinrich-Heine-Buchhandlung am Bahnhof Zoo hat es meines Wissens niemals Tierbücher gegeben. Die Heinrich-Heine-Buchhandlung war vielleicht die strengste aller Berliner Buchhandlungen. Hier herrschte das Gesetz des geistig und intellektuell anspruchsvollen Buches. Hier war vorrätig, was das Abendland ausmachte. Von Platon über Kant und Hegel bis zu Freud und Adorno. Gern auch als Gesamtausgabe. Wer das Niveau unterschritt und nach einem falschen Buch fragte, musste damit rechnen, vom Buchhändler gemaßregelt zu werden. Wer gemaßregelt wurde, konnte sich allenfalls damit freikaufen, das Lieblingsbuch des Buchhändlers zu erwerben: *Die Aran-Inseln* von John Millington Synge. Der Buchhändler schwärmte von Synge. Hier lauerte freilich schon die nächste Gefahr. Wie sprach man den Namen Synge überhaupt aus? Ganz abgesehen davon, dass man auch nicht wusste, wo sich diese Inseln befanden. Der Buchhändler wusste es. Er war selbst dort gewesen. Viele Male schon. Er wollte sich nach Ende seines Arbeitslebens sogar dort niederlassen. Er sehnte sich nach dem Licht der Aran-Inseln, schließlich befand sich seine Buchhandlung unter einer Bahnüberführung und war ewigem Dämmerlicht ausgesetzt. Jeder Zug, der aus Westen in den Bahnhof Zoo einfuhr oder Richtung Westen den Bahnhof Zoo verließ, rollte über diese Bahnüberführung. Und jedes Mal erzitterte nicht nur die Brücke und erzitterten nicht nur die schwarzen, gusseisernen Säulen, die die Brücke trugen, sondern auch die Buchhandlung mitsamt allen Büchern. Platon, Kant, Hegel, Freud und Adorno erzitterten. Auch John Millington Synge erzitterte. Des Öfteren erzitterte auch ich in der Buchhandlung. Nicht wegen der Züge. Und auch nicht aus Furcht vor dem Buchhändler. Ich suchte die Buchhandlung ohnehin nur auf, wenn ich mich dem Buchkauf kulturell gewachsen fühlte. Ich erzitterte vielmehr aus Ehrfurcht vor einem Gast des Buchhändlers, den man hier regelmäßig antreffen konnte. Er saß auf dem einzigen Stuhl, den es in dem viel zu engen und mit Bücherstapeln vollgestellten Ladenraum gab. Sonst setzte sich niemand auf diesen Stuhl. Sonst lagen Bücher darauf. Wenn der Gast kam, räumte der Buchhändler die Bücher vom Stuhl. Das hätte er für niemand anderen getan. Nicht einmal für sich selbst. Der Gast trug einen langen Wintermantel und ging am Stock. Er kam vom Schillertheater herüber, um seinen Freund, den Buchhändler, zu besuchen. Er spielte den König Lear. König Lear im Reich der Bücher. Er hatte Pause. Probenpause. Einmal hatte er auch sich selbst gespielt. In Thomas Bernhards *Minetti*. Er ruhte sich zwischen den Büchern aus. Viele, die in den Laden kamen, kannten ihn. Niemand sprach ihn an. König Lear erzitterte nicht, wenn die Züge über ihn hinwegfuhren. Er saß aufrecht, die rechte Hand auf seinen Stock gestützt, und blickte durch die Scheiben der Buchhandlung auf die dunkle, lärmende Hardenbergstraße hinaus.

Herausgeber und Autoren

Dirk Kruse wurde 1964 in Geesthacht geboren. Nach einer Krankenpflegeausbildung in Hamburg studierte er in Erlangen Politikwissenschaft, Germanistik und Theaterwissenschaft. Seit 1995 ist er hauptberuflich für den *Bayerischen Rundfunk* als Literatur- und Theaterkritiker, Moderator bei *BR Klassik* und Nachrichtenreporter tätig. Dirk Kruse arbeitet außerdem als freier Moderator sowie als Dozent für Sozialkunde, Ethik und Deutsch in Erlangen und Nürnberg. Im ars vivendi verlag erschienen seine erfolgreichen Kriminalromane *Tod im Augustinerhof* (2008), *Requiem* (2009) und *Tod im Botanischen Garten* (2012).
www.dirkkruse.com

Ewald Arenz, geboren 1965 in Nürnberg, studierte Geschichte, amerikanische und englische Philologie. Im ars vivendi verlag erschienen u. a. seine erfolgreichen Romane *Der Teezauberer* (2002), *Die Erfindung des Gustav Lichtenberg* (2004), *Der Duft von Schokolade* (2007), *Ehrlich und Söhne – Bestattungen aller Art* (2009), *Das Diamantenmädchen* (2011), *Ein Lied über der Stadt* (2013) und *Herr Müller, die verrückte Katze und Gott* (2016). Für sein literarisches Werk wurde er u. a. 2004 mit dem Bayerischen Staatsförderpreis und 2007 mit dem Großen Kulturpreis der Stadt Fürth ausgezeichnet. www.ewald-arenz.com

Thommie Bayer, 1953 in Esslingen geboren, studierte Malerei an der Kunstakademie in Stuttgart. Von 1978 bis 1988 trat er als Liedermacher auf und hatte Hits wie *Der letzte Cowboy kommt aus Gütersloh.* Seit 1985 veröffentlicht er Storys und Romane und wurde 1993 mit dem Thaddäus-Troll-Preis ausgezeichnet. Seine Romane *Das Herz ist eine miese Gegend* (1991), *Das Aquarium* (2002) und *Eine kurze Geschichte vom Glück* (2007) sind Bestseller – Letzterer erreichte die Longlist zum Deutschen Buchpreis 2007. 2015 erschien sein Roman *Weißer Zug nach Süden.*
www.thommie-bayer.de

Claire Beyer, 1947 im Bayrischen Oberallgäu geboren, ist bis zum elften Lebensjahr dort aufgewachsen, bevor sie mit den Eltern in die Nähe von Stuttgart gezogen ist. Sie absolvierte eine Ausbildung zur Bankkauffrau, gründete eine Familie und machte nebenbei ein Fernstudium. 1978 trat sie der Gruppe »Literateam« bei und veröffentlichte erste Gedichte. Im Jahr 2000 erschien ihr erster Prosatext – die äußerst erfolgreiche Erzählung *Rauken.* Seit 2004 arbeitet Claire Beyer als freie Autorin und verfasst Prosa, Lyrik, Essays, Theaterstücke und Kolumnen. Sie erhielt u. a. ein Literaturstipendium des Landes Baden-Württemberg, ist Mitglied im internationalen P.E.N. und lebt heute in Markgröningen bei Ludwigsburg. 2013 veröffentlichte sie den Roman *Refugium.*
www.claire-beyer.de

Ulrike Draesner, geboren 1962, studierte in Deutschland und England. Sie lebt als freie Autorin in Berlin. Ihr Werk umfasst Romane, Erzählungen, Gedichte, Essays und Übersetzungen aus dem Englischen. In den vergangenen Jahren

erschienen *Schöne Frauen lesen*, Essays (2007), der Gedichtband *berührte orte* (2008) sowie der Roman *Vorliebe* (2010). 2014 veröffentlichte sie den Roman *Sieben Sprünge vom Rand der Welt*, der auf der Longlist des Deutschen Buchpreises stand. Draesner hat für ihr Werk zahlreiche Auszeichnungen erhalten, zuletzt u. a. den Literaturpreis Solothurn (2010) sowie den Joachim-Ringelnatz-Preis (2014).
www.draesner.de

Rolf-Bernhard Essig, Dr. phil., geboren 1963, lebt als Autor, Kritiker, Moderator in Bamberg. Neben Sendungen wie *Essigs Essenzen* und *Migranten des Wortschatzes* (*Deutschlandradio Kultur* und *WDR*) schreibt er als Literaturkritiker für die wichtigen deutschen Zeitungen, bildet Journalisten fort und hält Schreibseminare an in- und ausländischen Universitäten. Seine Bücher und Hörbücher für Erwachsene und Kinder – teils mit seiner Frau Gudrun Schury entstanden – widmen sich Sprichwörtern und Redensarten, Helden, dem *Rausch der Meere*, *Schreiberlust und Dichterfrust*, Karl May, Ansbach, Regensburg, Hermann Essig, dem Film und dem Offenen Brief. 2015 erschien das zusammen mit Gudrun Schury verfasste Buch *Schlimme Finger. Eine Kriminalgeschichte der Künste von Villen bis Beltracchi.*
www.schuressig.de

Gerhard Falkner, geboren 1951, lebt in Weigendorf und Berlin und arbeitet als Lyriker, Dramatiker, Essayist und Übersetzer. Der Träger des Peter-Huchel-Preises 2009 und des Kulturpreises der Stadt Nürnberg 2010 ist einer der einflussreichsten und stilprägenden zeitgenössischen deutschen Lyriker. In seiner Dichtung verbinden sich Formwille, Impulsivität und sprachreflexive Elemente in einzigartiger Weise. Zuletzt erschienen u. a. die Lyrikbände *Hölderlin Reparatur* (2008), *Kanne Blumma* (2010), *Ignatien – Elegien am Rande des Nervenzusammenbruchs* (2014, mit Yves Netzhammer) sowie *Apollokalypse* (2016), mit dem er auf die Longlist des Deutschen Buchpreises gewählt wurde. Für die von der Kritik mit Begeisterung aufgenommene Novelle *Bruno* erhielt er 2008 den Kranichsteiner Literaturpreis und den August-Graf-von-Platen-Literaturpreis. 2014 wurde ihm der Wolfram-von-Eschenbach-Preis verliehen.

Evelyn Grill, geboren in Oberösterreich, studierte Jura in Linz (abgebrochen) und lebt seit 1986 als freie Schriftstellerin in Deutschland. Zu ihren Veröffentlichungen gehören die Romane *Ins Ohr* (2002), *Winterquartier* (2004), *Vanitas oder Hofstätters Begierden* (nominiert für den Deutschen Buchpreis 2005), *Der Sammler* (2006), *Schöne Künste* (2007), *Wilma* (2007) und *Das römische Licht* (2008). Für ihre Bücher, die ins Englische, Ungarische, Georgische und Polnische übersetzt wurden, erhielt sie diverse Preise und Stipendien, zuletzt das Rom-Stipendium (2006) und den Otto-Stoessl-Preis (2006). Zuletzt erschien ihr Roman *Das Antwerpener Testament* (2011).

Ulla Hahn, aufgewachsen im Rheinland, arbeitete als Lehrbeauftragte an verschiedenen Universitäten, anschließend als Literaturredakteurin bei *Radio Bremen*. Schon ihr erster Lyrikband *Herz über Kopf* (1981) wurde zu einem großen Leser- und Kritikererfolg. Ihr lyrisches Werk wurde u.a. mit dem Leonce-und-Lena-Preis und dem Friedrich-Hölderlin-Preis ausgezeichnet. Für ihren Roman *Das verborgene Wort* (2001) erhielt sie den Deutschen Bücherpreis. 2009 folgte *Aufbruch*, der zweite Teil des Epos. Auch dieser

Roman stand wochenlang auf der Bestsellerliste. 2014 veröffentlichte sie *Spiel der Zeit*.

ECKHARD HENSCHEID, geboren 1941, studierte Germanistik und Publizistik in München, arbeitete als Journalist in Regensburg und Frankfurt am Main und lebte seit 1971 abwechselnd in Frankfurt, Amberg und Arosa (Schweiz) als freier Schriftsteller, bevor er sich mit seiner Frau endgültig in Amberg niederließ. Der Autor zahlreicher Erzählungen und Romane, Idyllen und Märchen, Satiren und Essays, Polemiken und Glossen sowie Literatur-, Kunst- und Musikkritiken gehörte der legendären *Neuen Frankfurter Schule* an und zählt damit zu den Begründern des Satiremagazins *Titanic*. Für sein Lebenswerk, darunter etwa die *Trilogie des laufenden Schwachsinns* (1973–1978) sowie das sprachkritische Wörterbuch *Dummdeutsch* (1985), wurde Henscheid 2009 vom Freistaat Bayern mit dem Jean-Paul-Preis ausgezeichnet. 2014 erschien sein Buch *Dostojewskis Gelächter*.

SANDRA HOFFMANN lebt als freie Schriftstellerin in Tübingen. Sie ist Gründerin, Organisatorin und Moderatorin von buch&bühne am Landestheater Tübingen, einer Lesereihe für junge Autoren. 2009 erhielt sie für den Roman *Liebesgut* den Mörike-Förderpreis. 2012 wurde ihr für den Roman *Was ihm fehlen wird* der Thaddäus-Troll-Preis verliehen.
www.hoffmannserzaehlungen.de

MICHAEL KLEEBERG wurde 1959 in Stuttgart geboren. Seine Kindheit verbrachte er in Böblingen und Hamburg, wo er später auch Politische Wissenschaften und Neuere Geschichte sowie an der Hochschule der Künste Visuelle

Kommunikation studierte. Ab 1983 folgten einjährige Aufenthalte in Rom, West-Berlin und Amsterdam. 1986 siedelte er nach Paris über, wo er von 1987 bis 1994 neben seiner schriftstellerischen Tätigkeit Mitinhaber einer kleinen Werbeagentur war. Seit 2000 lebt er als freier Schriftsteller und Übersetzer aus dem Französischen (Marcel Proust) und Englischen (John Dos Passos) in Berlin. Für sein literarisches Werk wurde er u. a. mit dem Anna-Seghers-Preis (1996), dem Lion-Feuchtwanger-Preis (2000), dem Irmgard-Heilmann-Preis (2008) und dem Friedrich-Hölderlin-Preis (2015) ausgezeichnet. Zu seinen wichtigsten Werken zählen die Romane *Proteus der Pilger* (1993), *Ein Garten im Norden* (1998), *Der König von Korsika* (2001), *Karlmann* (2007) sowie die Novelle *Barfuss* (1995) und der Reisebericht *Das Tier das weint* (2004). Zuletzt erschien 2014 der Roman *Vaterjahre*. Sein Werk ist in zahlreiche Sprachen übersetzt.
www.michaelkleeberg.de

Günter Kunert, 1929 in Berlin geboren, studierte Grafik an der Hochschule für angewandte Künste in Weißensee. Der Dichter und Schriftsteller verließ 1979 die DDR und lebt bei Itzehoe. Neben zahlreichen Lyrikbänden veröffentlichte Günter Kunert Kurzgeschichten (Parabeln) und Erzählungen, Essays, autobiografische Aufzeichnungen, Aphorismen, Glossen und Satiren, Märchen und Science-Fiction, Hörspiele, Features, Reden, Reiseskizzen, Drehbücher, eine Vielzahl von Vor- und Nachworten zu Publikationen anderer Autoren, Libretti, Kinderbücher, einen Roman und ein Drama sowie anderes mehr. Kunert ist darüber hinaus auch als Maler und Zeichner hervorgetreten. Für sein Schaffen erhielt er viele Preise und Ehrungen sowie mehrmals die Ehrendoktorwürde. Günter Kunert ist seit 2005 Präsident des P.E.N.-Zentrums deutschsprachiger Autoren im Ausland, 2012 wurde ihm das Große Verdienstkreuz der Bundesrepublik Deutschland mit Stern verliehen. Zuletzt erschien u. a. die Gedichtsammlung *Fortgesetztes Vermächtnis* (2014).

Robert Menasse wurde 1954 in Wien geboren und ist auch dort aufgewachsen. Er studierte Germanistik, Philosophie sowie Politikwissenschaft in Wien, Salzburg und Messina und promovierte im Jahr 1980 mit einer Arbeit über den *Typus des Außenseiters im Literaturbetrieb.* Menasse lehrte anschließend sechs Jahre an der Universität São Paulo. Dort hielt er vor allem Lehrveranstaltungen über philosophische und ästhetische Theorien ab, u. a. über Hegel, Lukács, Benjamin und Adorno. Seit seiner Rückkehr aus Brasilien 1988 lebt Robert Menasse als Literat und kulturkritischer Essayist hauptsächlich in Wien. Für sein umfangreiches Werk erhielt er zahlreiche Preise, u. a. den Friedrich-Hölderlin-Preis der Stadt Bad Homburg (2002), den Joseph-Breitbach-Preis (2002), den Österreichischen Kunstpreis für Literatur (2012)sowie den Heinrich-Mann-Preis (2013). Zuletzt erschienen der Roman *Don Juan de la Mancha* (2007), die Essaysammlung *Permanente Revolution der Begriffe* (2009), der Erzählband *Ich kann jeder sagen* (2009) sowie die Bücher *Der Europäische Landbote* (2012) und *Heimat ist die schönste Utopie. Reden (wir) über Europa* (2014).

Christiane Neudecker wuchs in Nürnberg-Eibach auf und lebt heute als freie Schriftstellerin und Regisseurin in Berlin. 2005 erschien ihr Erzähldebüt *In der Stille ein Klang* im Luchterhand Literaturverlag, 2008 ihr erster Roman *Nirgendwo sonst*, für den sie mit dem August-Graf-von-

Platen-Förderpreis und dem Förderpreis für Kunst und Wissenschaft der Stadt Nürnberg ausgezeichnet wurde. Ihr Erzählband *Das siamesische Klavier – Unheimliche Geschichten* (2010) erhielt u. a. den Phantastik-Preis der Stadt Wetzlar. 2015 erschien ihre *Sommernovelle*. Zum Titel der hier abgedruckten Erzählung inspirierte sie die Leipziger Galerie »Laden für Nichts«.
www.christianeneudecker.de

HERBERT ROSENDORFER, geboren 1934 in Bozen, war Jurist und zuletzt als Richter am Oberlandesgericht in Naumburg sowie als Professor für Bayerische Kulturgeschichte an der Ludwig-Maximilians-Universität München tätig. Herbert Rosendorfer hat zahlreiche Romane, Theaterstücke, historische und musikalische Sachbücher verfasst und lebte nach seiner Pensionierung wieder in Südtirol. 2012 starb er in Bozen.

MARTIN SUTER, geboren 1948 in Zürich, ist Schriftsteller, Kolumnist (er schrieb die wöchentliche Kolumne »Business Class« und verfasste die Geschichten um Geri Weibel) und Drehbuchautor (u.a. schrieb er das Drehbuch zu dem Film *Giulias Verschwinden*, 2009). Bis 1991 arbeitete er als Werbetexter und Creative Director, bis er sich ausschließlich fürs Schreiben entschied. Seine Romane – zuletzt erschien *Montecristo* (2015) – sind auch international große Erfolge. Martin Suter lebt mit seiner Familie in Spanien und Guatemala.

HANS-ULRICH TREICHEL, geboren 1952 in Versmold/Westfalen, studierte Germanistik, Philosophie und Politologie an der Freien Universität Berlin. Seit 1995 ist er als Professor für Deutsche Literatur am Deutschen Literaturinstitut der Universität Leipzig tätig. Zuletzt erschienen u. a.: *Südraum Leipzig*, Gedichte (2007); *Der Papst, den ich gekannt habe*, Erzählung (2007); *Anatolin*, Roman (2008) und *Grunewaldsee*, Roman (2010).

Textnachweis

»Der Bücherdirigent vom Dom« von Michael Kleeberg ist die erweiterte Fassung eines Feuilletons, das am 12.12.2009 in der *WELT* unter dem Titel »Wir wollen doch beide Bücher verkaufen« erschienen ist.

Alle anderen Geschichten sind für diese Anthologie geschriebene Originalbeiträge.